Sonderausgabe 1

zu

Weine aus Liebe

von

Jaliah J.

Impressum

Alle Rechte am Werk liegen beim Autor
J., Jaliah
Sonderausgabe 1   zu Weine aus Liebe

Berlin, Dezember 2015
Erstauflage
Lektorat: Günter Bast, Theresa
Cover/Bildgestaltung: Klaud Design – Marie Wölk

Herstellung und Verlag:
BoD - Books on Demand, Norderstedt

ISBN: 978-3-7392-0702-5

Llora por el amor - Weine aus Liebe war mein allererstes Buch.

Es war nie geplant diese Geschichte zu veröffentlichen, genauso wenig wie El Destino. Heute bin ich sehr dankbar, dass ich mich dazu entschlossen habe und mich so viele dabei unterstützt haben.

Inzwischen ist die Llora por el amor-Reihe eine spannende Buchreihe geworden. Die Reihe hat viele Leser, die sie gespannt verfolgen und ich wollte in dieser Sonderausgabe den ersten Teil, die Anfänge dieser Reihe, auch aus Pacos Sicht zeigen und einen kleinen Einblick in sein Gefühlschaos geben.

Dazu werden in dieser Sonderausgabe zum einen drei Szenen, die aus dem Buch *Weine aus Liebe* herausgeschnitten wurden, veröffentlicht. Zum anderen habe ich die Leser nach zwei Szenen gefragt, die sie gerne noch genauer beschrieben hätten und diese zwei Szenen dann hier ausführlich zu Papier gebracht.

Die Fragen zu dem Interview sind Fragen der Leser aus dem Jahr 2013 und 2015.

Ich hoffe, es gefällt allen und dass ihr noch lange und viel Spaß und Spannung an den Trez Puntos und den Les Surenas habt.

Vielen Dank an meine Familie, meine Freunde und an meine Leser, die mir alle viel Kraft auf meinem Weg geben, der hoffentlich noch lange weiter geht.

Jaliah J.

Weine aus Liebe

aus Pacos Sicht

Kapitel 1

»Wer ist es?« Paco sieht zu Josir nach hinten, der zu ihm und Rodriguez ins Auto gestiegen ist, Josir zuckt die Schultern. »Keine Ahnung, wir haben mit dem Anrufer nicht selbst gesprochen. Er hat über Hernandez alles an uns weitergeben lassen.« Paco sieht genervt zurück zur Straße. »Was zum Teufel sucht ein verfluchter Punto bei uns und dann auch noch in der Bibliothek?« Rodriguez holt seine Waffe heraus und prüft, ob genug Munition vorhanden ist. »Scheiß drauf, warum es so ist, ich hoffe, es ist jemand aus den engeren Kreisen, dann haben wir einen Grund, dieses beschissene Abkommen zu brechen.« Paco startet das Auto, dieser Gedanke lässt ihn selbst wieder lächeln.

Sie halten alle vor der Bibliothek. Chico scheint kaum noch zu halten zu sein, so streitlustig ist er. Als sie die Bibliothek betreten, sind diejenigen, die sie erkennen, schlau genug das Weite zu suchen. Die Bibliothekarin sieht eingeschüchtert zu ihnen, aber sie scheint angewiesen worden zu sein, ihnen die Person zu zeigen und deutet auf einen Tisch in der Mitte des Raumes. Verwirrt schauen alle dorthin aber gehen darauf zu. Nirgends ist einer der Trez Punto zu sehen, am Tisch sitzt eine zierliche junge Frau mit langen Haaren und liest.

»Was zur Hölle..?«, murmelt Rodriguez, als sie auf sie zugehen. Genau in diesem Moment blickt die Frau von ihren Büchern hoch, sieht sich erst um und dann zu ihnen. In dem Augenblick, als sie sie erblickt, bemerkt Paco nicht nur ein außergewöhnlich schönes Gesicht und große grüne Augen, die ihnen entgegen funkeln ... dieses Punto-Mädchen scheint auch nicht sonderlich beeindruckt von ihrem Auftreten zu sein.

Sie platzieren sich vor dem Tisch und mustern die junge Frau. Doch sie erwidert ihre Blicke, als würde sie das Ganze nicht sonderlich interessieren. »Sieh mal an, als wir gehört haben, jemand von den Trez Puntos ist auf unserem Gebiet, hätten wir nicht mit ... so etwas gerechnet.« Chico scheint als erster den ungewöhnlichen Fund verdaut zu haben. »Wie kommt es, dass du hier bist?« Rodriguez ist sauer, dass sie nicht das vorgefunden haben, was sie hofften. Pacos Blick bleibt weiter auf dem Gesicht dieser Frau, ungewöhnlich, man sieht ihr die puertoricanische Herkunft an, trotzdem wirkt sie so ... anders.

Sie hat nicht nur diese grünen Augen, auch ist ihr ganzes Gesicht sehr fein. Sie hat eine kleine Nase, dazu volle Lippen, ihre Haare sind nicht so dunkel, eher hellbraun. »Ich lerne hier, ich wusste nicht, dass sich die Bibliothek schon auf eurem Gebiet befindet, ich dachte es gehört noch zum neutralen Teil«, unterbricht sie seine Gedanken. Zudem ist sie mutig, scheinbar beeindrucken sie die Frau noch immer nicht sehr. »Hast du gehört, Paco? Sie lernt, habt ihr in eurem Teil keine Bibliothek?« Als Chico ihn anspricht, scheint das erste Mal eine normale Reaktion von ihr zu kommen, sie sieht zu ihm. Wenn sie es auch zu verbergen versucht, Paco hat ihre erste geschockte Reaktion gesehen. Ihre Augen treffen sich kurz, doch dann packt sie ihre Bücher ein.

»Wohin so schnell?« Chico nimmt ihren Arm und hält ihn fest. Eine Sekunde schaut sie ihn direkt an, dann tut sie etwas, was Paco wirklich umhaut. »Fass mich nicht an«. Die Frau knallt das Chico so heftig gegen den Kopf, dass der sie ansieht, als käme sie von einem anderen Planeten. Die Kleine ist lebensmüde, Paco sieht auf ihren Arm und merkt, dass sie leicht zittert. Er kennt Chico, er wird sie nicht loslassen. Paco seufzt genervt auf, so kommen sie hier nicht voran. »Lass sie los, Chico!«

Ihre Augen wandern wieder zu Paco. »Sind alle Punto-Frauen so frech? Die armen Trez Puntos, da tun sie mir ja mal richtig leid«, witzelt Chico, lässt sie aber los. Jetzt macht sie wieder etwas, was Paco aus der Fassung bringt. Sie stemmt ihre Arme an ihre Hüften und funkelt Chico böse an. Paco muss grinsen. Sie hat keine Ahnung, was sie hier gerade tut. »Hübsch seid ihr ja, das muss man euch schon lassen, aber dafür, dass du hier auf unserem Gebiet bist, etwas zu mutig. Wir können mit dir machen, was wir wollen und kein Trez Punto darf dich rächen«, entgegnet Chico auf ihren Blick. Rodriguez schmunzelt, Pacos Blick geht noch einmal zurück zu dieser ungewöhnlichen Frau. Chico hat wirklich Recht, sie ist außergewöhnlich hübsch. Anscheinend haben sie Chicos Worte wach gerüttelt, denn sie senkt ihren Blick. In Paco macht sich ein komisches Gefühl breit, was er nicht einordnen kann. Er räuspert sich und blickt weiter zu dieser Frau, die das in ihm auslöst.

»Lasst uns kurz allein, ich will mit ihr reden.« Alle grummeln zwar, vor allem Chico, aber sie ziehen sich zurück, während die Frau ihn beobachtet, bis sie den Kopf leicht schüttelt und ihre Bücher wieder einpackt. »Wie heißt du? Und wieso bist du so verrückt hier zu sein?« Paco kann seinen Blick nicht von ihr wenden. Als sie hinter dem Tisch hervorkommt, sieht er sie das erste Mal richtig. Nicht nur, dass sie ein ungewöhnlich schönes Gesicht hat, ihre braunen Haare gehen ihr fast bis zum Po. Dazu ist sie so zart, er kann kaum glauben, dass sie sich gerade mit Chico angelegt hat. »Ich wollte einfach nur lernen, hier gibt es viel mehr Bücher als bei mir an der Uni und hier habe ich meine Ruhe.« Sie hebt ihre Hände. »Ich habe keinen Anschlag auf euch vor, falls ihr das annehmt.« Noch immer scheint sie ziemlich gelassen zu sein, er ist mindestens einen Kopf größer als sie, aber sie sieht unbeeindruckt aus ihren grünen Mandelaugen zu ihm hoch, dabei bemerkt er ihren süßen Duft.

»Paco, hier ist Maria. Sie hat angerufen.«, gibt ihn Rodriguez von hinten Bescheid. Paco stöhnt innerlich auf, bitte lass es nicht die Nervensäge Maria sein, doch als er sich umdreht, grinst ihn genau diese an und kommt zu ihnen. »Paco, lange nicht gesehen.« Sie sieht ihn eindringlich an. »Maria, ich kläre das gerade.« Natürlich lässt Maria sich nicht abwimmeln, das hat sie noch nie. »Ich wollte dir ihre Plaka zeigen, sie trägt sie nicht dort, wo es normal ist.« Maria will zu der Frau gehen, doch wieder bekommt das Punto-Mädchen einen Blick, der Paco schmunzeln lässt. »Denk nicht mal daran!« Das Punto-Mädchen lässt sich zumindest nichts gefallen, Maria wird zickig. »Tut mir leid, aber es ist meine Pflicht eine Trez Punto zu melden, jeder würde das tun«, verteidigt sie sich.

»Ich nicht, ich hätte das nicht getan, oder wirke ich so bedrohlich? Hätte ich dich auf unserem Gebiet entdeckt, hätte ich dich gebeten zu gehen, aber ich hätte keine Männer gerufen. Ist ja nicht so, dass ich schwer bewaffnet hier gesessen und meine Plaka hochgehalten habe, ich wollte nur lernen.« Ihre Stimme wird immer dünner und Paco bemerkt, dass sie plötzlich nicht mehr so selbstsicher ist. Warum auch immer, es versetzt ihm einen Stich, sie jetzt so zu sehen. »Maria, ich kläre das«, endlich versteht sie den Wink und geht zu den anderen zurück. Paco beobachtet, wie die kleine Punto ihr hinterher schaut und leise sauer aufschnauft, was ihn zum Grinsen bringt. Irgendwie ist sie etwas Besonderes, das spürt er sofort. Sie wendet sich zu ihm und wirkt irritiert, dass er über sie lachen muss, also probiert er es noch einmal.

»Also ... wie heißt du?« In ihrem Kopf scheint es zu arbeiten, bis sie schließlich, mit nicht mehr ganz so kräftiger Stimme, ihren Namen preisgibt. »Bella.« Paco kann nicht mehr aufhören zu grinsen, er mag sie. »Wie passend!« Und das ist es wirklich, sie ist ungewöhnlich schön. »Dir ist schon bewusst, was wir mit dir machen könnten, weil du auf unserem

Gebiet bist? Zeig mir mal deine Plaka!« Obwohl er wieder Gegenwehr vermutet hätte, schiebt sie ihre braune Strickjacke nach oben und offenbart auf ihrem zarten Handgelenk die verfluchte Trez Puntos Plaka. Paco nimmt ihr Handgelenk in seine Hand und streicht mit seinem Daumen über die weiche Haut und dieses verfluchte Zeichen. »Warum hast du es an dieser Stelle?« Bella zieht ihr Handgelenk zurück und schiebt die Strickjacke wieder runter. Doch anstatt ihm zu antworten, sieht sie Paco nur an. Er erwidert ihren Blick und als er in diese grünen Augen schaut, wird ihm klar, dass er es nicht kann.

Er sollte sie in sein Auto packen, zu Juan fahren und ihn dafür zur Rechenschaft ziehen, dass sich seine Trez Puntos nicht an die Regeln halten. Wäre sie ein Mann, könnte sie schon lange nicht mehr geradestehen. Doch jetzt, während sie Paco anblickt, merkt er, dass er ihr das nicht antun kann, auch wenn er selber nicht versteht, warum. »Du hast Glück Bella, dass ich heute mit hier war, hätten die Jungs dich alleine erwischt …« Bella antwortet schnell. »Ich komme nicht mehr her.« Wieder treffen sich ihre Augen. »Das wäre besser für dich, das nächste Mal hast du sicher nicht so ein Glück!« Paco sagt ihr das absichtlich so klar, damit ihr bewusst wird, dass es sein Ernst ist. Wenn er nicht da wäre, könnte er keinen der Jungs abhalten, mit ihr zu machen, was sie wollen. Sie nickt und geht in Richtung Ausgang.

Paco verfolgt ihre Schritte. Als er bemerkt, dass Chico zu ihr will, stoppt er ihn. »Lasst sie gehen«, gibt er die Anweisung. »Paco, was soll der Scheiß? Lass uns doch etwas Spaß mit ihr haben, sie ist mega-heiß, das wäre doch mal ein Zeichen, dass sich nicht noch einer von ihnen hierher verläuft.« Ramos lacht, doch Paco sieht weiter zu, wie die kleine Punto aus der Bibliothek eilt. Als sich die Tür hinter ihr schließt, dreht er sich zu dem Tisch, an dem sie saß und entdeckt ein kleines Buch. Paco nimmt es an sich.

»Was zur Hölle soll der Scheiß, Paco? Warum lässt du sie gehen? Wir hätten ein Zeichen setzen können!« Chico ist sauer. Klar, er hat recht, doch Paco steckt das Buch in seine Anzugjacke und sieht ihn an. »Sie ist doch bloß eine harmlose Frau, nicht mal die Plaka trägt sie richtig, so etwas haben wir nicht nötig.« Chico scheint das nicht so zu sehen, aber am Ende zählt sowieso, was Paco sagt, wobei er selber nicht so wirklich begreift, warum er das Juan nicht unter die Nase gerieben hat. Rodriguez steht bei der Bibliothekarin. »Sie ist wirklich eine ganz liebe, ich wusste das nicht, sie hat hier immer nur gelernt. Erst heute hat sie nach Büchern gefragt, die wir noch nicht führen, sie wollte wirklich nur lernen.« Rodriguez seufzt genervt. »Sollte sie oder jemand anderes der Trez Puntos hier auftauchen, rufen sie an.« »Er legt eine Visitenkarte mit Josirs Nummer hin, ihre Kontaktnummer für alle anderen Personen, die nicht zur Familia gehören.

Als sie wieder in den Autos sitzen, schmollt Chico immer noch. Paco wirft seinem Freund einen Blick durch den Spiegel zu. »Komm schon, hör auf damit, du kannst sowieso nicht lange sauer sein.« Mano neben ihm lacht und Paco muss grinsen. Chico räuspert sich. »Naja, ich kann dich schon verstehen, sie ist wirklich sehr heiß gewesen, die einmal unter sich zu haben, hätte sicher schon was, glückliche Trez Puntos.« Er lehnt sich zurück, Paco sieht wieder auf die Straße. Seine Gedanken wandern zu diesen unglaublichen Augen von dieser Bella, die ihn so stur angestarrt haben. Bei ihm zu Hause angekommen wollen die anderen sich noch mit ein paar Frauen die Zeit vertreiben, aber sein Kopf dröhnt noch von gestern. Er erklärt, dass er erst einmal duschen geht.

Als er in seinem Schlafzimmer sein Jackett auszieht, fällt ihm das Buch wieder auf. Paco öffnet es und sieht, dass sie sich scheinbar zu tausend verschiedenen Themen Notizen gemacht hat. Zu Büchern, Vorträgen, sie ist ziemlich fleißig, aber immer wieder scheinen ihre Gedanken abzudriften und sie zeichnet Schmetterlinge. Auf jedem zweiten Blatt entdeckt Paco einen dieser Falter. Er klappt das Buch zu und denkt an dieses ungewöhnliche Punto-Mädchen Bella.

Den Sonntag verbringt er damit, sich in seinem Haus mit Rodriguez, Ramon, Mano, Chico und Josir mit ein paar Mexikanern zu treffen. Sie handeln einige Waffendeals mit ihnen aus, dafür verschaffen sie ihnen schnellere Transportwege nach Amerika. Sie vergrößern ihr Einflussgebiet immer weiter. Nach der Besprechung fahren Mano, Josir und er an den Strand. Den ganzen Tag kehren Pacos Gedanken immer wieder zu diesem ungewöhnlichen Punto-Mädchen. Er versucht krampfhaft sich abzulenken und sie aus seinem Kopf zu vertreiben. Als er dann aber am Montag mit Mano in die neutrale Zone fährt, um ein paar Sachen zu besorgen, steckt Paco das Notizbuch ein, welches sie am Samstag hat liegen lassen. Er will sich selbst davon überzeugen, dass er sich diese komischen Gefühle, die sie schon beim ersten Anblick in ihm ausgelöst hat, nur eingebildet hat.

Paco ist weder der Typ dafür, irgendetwas für eine Frau zu empfinden, noch so etwas wie eine Beziehung zu führen, geschweige denn, ernsthaftes Interesse an einer Frau zu haben. Wenn er diese Bella noch einmal trifft, wird er feststellen, dass sie genauso gewöhnlich ist wie alle anderen. Dazu ist sie auch noch eine Punto. Wie auch immer, er wird sich noch einmal davon überzeugen. Als sie gerade ihre Bestellung im Elektroladen abgeholt und noch in einem Geschäft einige neue Turnschuhe gekauft haben, treffen sie beim Verlassen des Ladens auf Miko, Tito und Sanchez, drei der engeren Mitglieder dieser verfluchten Trez Puntos. Leider kennen sie die engsten Mitglieder und die ihre auch, das bleibt halt nicht aus, wenn man sich eine Stadt teilt.

Paco muss diesen Umstand unbedingt bald beenden. Die drei laufen mit ein paar Chicas zu einem Geschäft. Als sie Paco und Mano erblicken, sehen sie genauso wenig begeistert aus wie sie. Dieser Miko kaut auf einem Zahnstocher und grinst frech, wer zum Teufel hat sich bloß diese verdammte Regelung mit der neutralen Zone ausgedacht? Am liebsten würde er sich die drei hier auf der Stelle vorknöpfen. »Komm schon Paco, lass uns weiter.« Mano reißt ihn aus seinen Gedanken, erst jetzt bemerkt er, dass er stehen geblieben ist und den dreien hinterherschaut. Tito sieht sich noch einmal zu ihnen um. »Verdammte Surenas«, murmelt er. Paco kann sich nicht mehr zurückhalten und will ihm hinterher, doch sein bester Freund stoppt ihn. »Lass die Wichser.«

Er führt Paco in die andere Richtung. Einige Passanten sind stehen geblieben und beobachten aus sicherer Entfernung, was gerade passiert. Natürlich wissen alle, was bei so einem Aufeinandertreffen passieren kann, wäre Chico bei ihm gewesen und nicht Mano, wäre es sicher auch zu mehr gekommen. Das war schon immer so bei Mano und ihm. Paco kennt ihn seit dem Kindergarten, er ist einer der wenigen, die nicht durch die Familie zu den Les Surenas gekommen sind. Er wohnt mit seiner Mutter im neutralen Gebiet. Im Gegensatz zu Paco ist er ein ruhiger Mensch, der es als einziger schafft, ihn immer wieder auf den Boden zu holen, wenn Paco die Beherrschung verliert. Wahrscheinlich hat das ihre Freundschaft so fest werden lassen. Mano würde er sein Leben anvertrauen, abgesehen von seinen Brüdern und seinen Cousins gibt es niemanden, dem er mehr vertraut.

»Hast du nicht gerade eben noch daran gedacht, ein paar von den verdammten Puntos umzubringen?« Paco spürt Manos Blick auf sich, doch wendet seinen Blick nicht von der Eingangstür der Uni ab. »Ja, das ist etwas anderes. Ich muss nur kurz... etwas sehen«, gibt er knapp zurück. Mano seufzt. »Sie ist eine Punto, also was soll der Scheiß? Wen interessiert so ein Buch? Schmeiß es in den Müll und lass uns fahren.« Paco weiß, dass Mano recht hat, doch wie soll er ihm erklären, dass er sich einfach davon überzeugen muss, dass diese Bella genauso uninteressant wie alle anderen Frauen ist, so dass er sie wieder aus seinem Kopf verbannen kann. Paco sieht zu, wie alle möglichen Frauen die Uni verlassen. Dicke, dünne, fast alle haben dunkle Locken, manche haben ihre Haare auch blond gefärbt .... nichts Besonderes. Dann tritt auf einmal Bella aus der Tür und sein Herz beginnt sofort schneller zu schlagen, verdammt. Schon aus der Distanz sieht er, dass sie anders ist.

Sie ist heller und ... zu seinem Unglück wirklich wunderschön, er hat sich das nicht nur eingebildet in der Bibliothek. Paco flucht leise. »Das dauert nicht lange.« Er hört auch Mano aussteigen, als er den Wagen verlässt und direkt Bella ansteuert. Neben ihr steht ein Junge, der auf sie einredet, anscheinend hat sie diese eigenartige Wirkung nicht nur auf ihn. Als sie ihn bemerkt und Paco ihren irritierten Blick sieht, kann er sich ein Grinsen nicht verkneifen, damit hat das Punto-Mädchen nicht gerechnet.

Paco sieht noch einmal zu dem Jungen, der schlau genug ist zu verschwinden. Einen Moment scheint ihn Bella zu mustern, auch er lässt seinen Blick ganz über sie schweifen. Sie trägt eine enge Jeans und Stiefel, dazu ein schwarzes Oberteil. Sie wirkt so zart, ihre Haut ist so viel heller als er es gewohnt ist, dazu diese unglaublich langen Haare und diese großen grünen Augen, die ihn ansehen. Kein Wunder, dass man das Gefühl hat sie beschützen zu müssen.

Paco stolpert über seine eigenen Gedanken, ist es das? Hat er das Gefühl sie schützen zu müssen? Langsam dreht er durch, doch bevor er sich weiter selbst analysieren kann, kommt Bella ihm entgegen. Er tritt so nah wie möglich zu ihr, um sich zu vergewissern, dass er sich ihren süßen Geruch am Samstag nur eingebildet hat, doch stellt fest, dass dies nicht der Fall ist. Paco muss sich ein erneutes Fluchen verkneifen.

»Bella!« Sie sieht ihn immer noch verwundert aus ihren grünen Augen an. »Paco ... so sieht man sich wieder«. Doch sie scheint sich hier auf neutralem Boden viel sicherer zu fühlen, er muss lächeln. »Ich hoffe, ich habe dich nicht gestört ... im Gespräch mit deinem Freund.« Er zeigt zu diesem Kerl, der noch immer an seiner Schrottkarre steht und sie beobachtet, was will der Idiot eigentlich? »Mutig ist er ja«, murmelt Paco leise und überlegt rüberzugehen und ihn zu fragen, was sein Problem ist, doch Bella lenkt ein. »Das ist nicht mein Freund. Was tust du hier? Ich habe dich hier noch nie gesehen.« Er sieht wieder zu ihr. »Ich bin wegen dir hier«, gibt er ehrlich zu, doch offenbar scheint sie das nervös zu machen. Sie kaut auf ihrer Unterlippe, während ihr Blick zu seinem Wagen gleitet, an dem garantiert Mano steht und eine raucht. Paco folgt ihrem Blick und sieht, dass er neben dem Rauchen auch noch telefoniert.

Er versucht, wieder ihre Aufmerksamkeit zu bekommen. »Du hast das hier am Samstag liegen lassen, irgendwie habe ich gedacht, dass du das brauchen könntest.« Paco gibt Bella ihr Buch wieder. Damit scheint sie nicht gerechnet zu haben, wie sollte sie auch. »Danke, da ist wirklich ... Danke, dass du dir die Mühe gemacht hast es mir zu bringen.« Er kann nicht verstehen, dass ihn diese Punto-Frau so in ihren Bann ziehen kann. »Kein Problem, ich hoffe, du hast das wegen Samstag nicht zu...« Sie unterbricht ihn. »Ist schon okay, es ist ... Es war mein Fehler, ich muss mich bei dir bedanken. Ich weiß, dass die Sache auch anders hätte ablaufen können«, sagt sie leise und schon tut es ihm leid, dass sie sie Samstag so erschreckt haben, verdammt sie tut ihm gar nicht gut. »Ich hoffe, dass du wenigstens mit diesem Buch weiterkommst, wo du jetzt nicht mehr in die Bibliothek kannst.«

Bella legt das Buch in ihre riesige Tasche, warum haben Frauen immer so große Taschen? »Ja etwas, ich werde mir einige Bücher so besorgen müssen. Ich hatte nur leider keine Zeit mehr, mir die Titel aufzuschreiben. Es ging plötzlich so schnell.« Wow, da hört man wieder diese Schlagfertigkeit, die sie auch schon am Samstag gezeigt hat. »Na ja, besser als noch einmal Chico über den Weg zu laufen.« Scheinbar ist ihr das Letzte nur herausgerutscht und sie sieht ihn erschrocken an. Paco muss lachen.

»Ich meine ... « Sie zieht ihre Augenbrauen zusammen. »Ich weiß schon, was du meinst ... So böse sind wir gar nicht. Na ja, zumindest nicht immer ... aber unter manchen Bedingungen.« Sein Blick fällt auf ihre verfluchte Punto Plaka, die durch ihr kurzes Shirt frei zu sehen ist, doch dann fasst sie so darüber, als wolle sie es verstecken. Paco sieht wieder zu ihr.

Vielleicht gehört sie nicht gerne zu ihnen? Vielleicht wurde sie gezwungen und will das gar nicht? Keine Ahnung, zu was diese Trez Puntos alles in der Lage sind. »Manche Bedingungen ... aber heute scheint es nicht so kompliziert zu sein, normal zu reden«, unterbricht sie seine Gedanken und verschränkt ihre zarten Arme, was ihn zum Lachen bringt. »Hier sind wir auch auf - wie hast du es genannt? - Neutralem Boden.« Dann lächelt sie auch und ihre Augen strahlen. Verdammt, wieso hatte er die Idee sich hier zu beweisen, dass sie ganz normal ist, dumme Idee, Paco. Sehr bescheuert. »Ach so ... neutraler Boden«, sie will gerade weiter reden, da werden sie unterbrochen.

»Bella!« Sie sehen beide zu einem dunklen Mädchen, die sie von der Treppe her schockiert beobachtet. Bella seufzt leise, »... manche Bedingungen«, fügt sie leise hinzu. »Ich muss los, danke nochmal, Paco.« Er nickt und wirft einen letzten Blick auf Bella, denn das weiß er, es wird kein weiteres Mal geben, das ist sicher. »Pass auf dich auf, Bella.« Sobald er wieder ins Auto gestiegen ist, flucht Mano leise. »Wie stellst du dir das vor?« Paco sieht noch einmal zu Bella, die von ihrer Freundin anscheinend auch gerade daran erinnert wird, dass er nicht der richtige Umgang für sie ist.

Paco muss leise lachen und fährt vom Parkplatz herunter. »Es gibt kein nächstes Mal.« Mano schnalzt mit der Zunge. »Klar Paco, ich kenne dich seit du wie alt bist? Vier? Noch nie habe ich gesehen, dass du so auf eine Frau reagiert hast. Ich konnte dein Interesse bis zu mir ans Auto sehen.« Er muss lauter lachen und auch Mano grinst. »Schlag sie dir aus dem Kopf.« Paco nickt. »Das werde ich.«

Paco bringt Mano zu sich und lässt sich noch von dessen Mutter dazu überreden bei ihnen zu essen. Auf dem Rückweg macht er einen kleinen Schlenker zur Bibliothek. Eigentlich ist es eine dumme Eingebung, aber irgendwie hat er das Gefühl, diese Bella sieht das mit den verbotenen Gebieten nicht ganz so eng. Sollte sie doch noch einmal auf die Idee kommen hier aufzutauchen, soll die Bibliothekarin ihn anrufen und nicht Josir, wer weiß, wer sonst alles auftaucht. Er weiß, dass es für Bella dann nicht so glimpflich abläuft, wie das letzte Mal.

Als er die Bibliothek betritt, fällt sein Blick wieder auf den Tisch, an dem sie dieses außergewöhnliche Punto-Mädchen getroffen haben. Sofort kommt ihm ihr Lächeln von vorhin in die Gedanken, er schüttelt leicht seinen Kopf, er muss sie sich wirklich aus dem Kopf schlagen. Die Bibliothekarin erkennt ihn offenbar, denn sie sieht ängstlich zu Paco, als er an ihren Schalter tritt. »Sie war nicht mehr hier«, versichert sie ihm sofort. Paco nickt. »Ich weiß, ich ... Geben sie mir die Karte.« Sie öffnet eine Schublade und holt die Visitenkarte von Josir heraus. Paco flucht innerlich, seine Nummer wird nie herausgegeben, doch er streicht Josirs Nummer weg und schreibt seine hin.

»Sollte sie noch einmal hier auftauchen, rufen sie diese Nummer an, sonst keine und diese Nummer ist für kein anderes Auge bestimmt!« Sie nickt und steckt die Visitenkarte wieder in die Schublade, dabei mustert sie ihn einen Augenblick. »Sie ist wirklich eine ganz liebe ... Ich weiß natürlich, dass sie nicht hier sein durfte, aber sie hat wirklich nur gelernt.« Paco zieht die Augenbrauen hoch, selbst erschrocken über dieses komische Gefühl in seinem Bauch. »Ich weiß, das ändert nichts daran, dass sie hier nichts zu suchen hat.« Die Bibliothekarin nickt und sieht ihn an, als versuche sie ihn abzuschätzen. »Sehen sie sie noch einmal?« Wie bitte? Nein er darf nicht. »Nein wieso?« Sie schreibt etwas auf einen Zettel. »Hier sind die Bücher, nach denen sie gefragt hat, eins ist ab heute bestellbar, es schien so, als würde sie diese dringend brauchen.« Paco sieht auf den Zettel, den sie ihm hinschiebt und seufzt leise. Schlag sie dir aus den Kopf, hallt es darin wieder, doch er hört sich selber fragen, wie lange es dauert, die Bücher zu bestellen und dass er sie am Samstag abholt.

Zum Glück fährt er am nächsten Tag mit Chico und Rodriguez nach El Salvador, um dort die Geschäfte für die Lieferungen nach Amerika zu beschleunigen. Ihre Geschäfte laufen gut, aber noch immer sind ihnen die langen und teuren Wege bis nach Amerika ein Dorn im Auge. Die Treffen mit ihren Kontaktmännern sind lang und nervenaufreibend und bringen sie auch kein Stück weiter, doch wenigstens hat Paco seinen Kopf so voll, dass er nicht über dieses Punto-Mädchen nachdenken muss. Erst als sie Samstag zurückkehren und er die drei Bücher in der Bibliothek abholt, drehen sich seine Gedanken wieder um sie. Er verstaut das Paket in seinem Schlafzimmer und flucht innerlich. Und jetzt?

Als hätte er sich selber hereingelegt, muss er feststellen, dass er sie nun so oder so wieder sehen muss, denn jemand anderen damit zu beauftragen ist ausgeschlossen. Und wo sollte er es hinschicken? Also steht Paco am Montagmittag wieder vor der Uni. Er kommt sich bescheuert vor, vor allem, weil Mano ihn abgefangen hat. Auch wenn er sich einen Kommentar gespart hat, kann Paco seine Belustigung doch in seinen Augen erkennen, als er sich ans Auto lehnt und die Leute betrachtet, die aus der Uni kommen. Nach zehn Minuten merkt er, dass Bella wohl nicht da ist oder noch Unterricht hat. Paco geht auf eine Gruppe von Frauen zu, die um ein Auto stehen und versuchen, ihn und Mano nicht zu auffällig zu beobachten, was ihnen aber nicht gelingt. »Kennt einer von euch Bella?« Ein kräftiges Mädchen nickt. »Die mit der du letzte Woche geredet hast? Sie ist in meinem Kurs.« Wie passend, dass es scheinbar schon einigen aufgefallen ist, großartig Paco. »Wo ist sie?« Das Mädchen zuckt zusammen. Er merkt, dass er seine Wut über sich selbst an ihr ausgelassen hat, doch sie fängt sich gleich wieder. »Sie ist heute nicht da. Soll ich ihr etwas sagen?« Paco flucht leise, geht zum Auto, nimmt das Paket und will es dem Mädchen gerade in die Hand drücken, als sie ihn anlächelt.

»Wer, soll ich sagen, schickt ihr das?« Schlaues Mädchen, doch soweit kommt es noch, dass jetzt auch noch sein Name hier herumgeht. »Hast du etwas zu schreiben?« Das Mädchen seufzt enttäuscht und hält ihm einen Stift und einen Zettel hin. Er kritzelt einfach 'Paco' rauf, doch bevor er ihn knickt, ergänzt er noch einmal: 'Als kleine Entschädigung'. Paco muss lächeln, als er an Bellas wütenden Gesichtsausdruck denkt, als sie erwähnt hat, dass sie sich nicht mal die Namen der Bücher notieren konnte. Er gibt dem Mädchen das Paket und bitte sie, es Bella zu geben, bevor er wieder zu Mano und seinem ich-kann-es-nicht-fassen Blick zurückkehrt. Das war wirklich das allerletzte Mal.

Aber selbst ein paar Tage später hat er es noch nicht geschafft, sich Bella aus den Kopf zu schlagen. »Das war es eigentlich. Es läuft alles wie gehabt. Die Einnahmen aus dem Mexiko-Deal sind sogar noch höher ausgefallen«, schließt Josir seinen Vortrag über das Neueste, was es über die laufenden Geschäfte zu berichten gibt. Alle nicken zufrieden. Der engste Kreis ist versammelt, seine Brüder, fünf Cousins und zwei ihrer besten Freunde. Die anderen feiern schon unten am Pool.

»Schlag sie dir endlich aus dem Kopf, Amigo.« Mano klopft Paco auf die Schulter und unterbricht seine Gedanken. Sie gehen in den Garten zum Pool, wo schon gefeiert wird. Paco setzt sich zu Rodriguez und Chico, die sich gerade ein paar neue Waffen ansehen, die sie geliefert bekommen haben. »Sieh mal, Paco.« Chico hält ihm eine Waffe hin, die genau für seine Hand gemacht scheint, er dreht und wendet sie in seiner Hand, danach lässt er seinen Blick schweifen. Die Jungs amüsieren sich mit den anwesenden Chicas und er entdeckt Rosa. Sie tanzt eng mit einem anderen Mädchen unter den Blicken einiger jüngerer Mitglieder der Familia, die ihr Glück kaum fassen können. Paco beobachtete sie eine Weile. Ihre Haare sind etwas heller, so ähnlich wie die von Bella, wenn auch nicht so lang. Verdammt ... er muss sich dieses Punto-Mädchen aus dem Kopf schlagen. »Hast du einen Gummi?« Sein Bruder kramt in seiner Tasche, er und Paco sind zwei der wenigen, die sich schützen beim Sex, so oft, wie sie wechselnd mit diesen Mädchen ihren Spaß haben. Er nimmt den Kondom, den Rodriguez herauszieht. Chico hält seine Hand auf, damit er ihm die Waffe wiedergeben kann, doch er steckt sie sich hinten in den Hosenbund seiner Jeans. »Sie gefällt mir«, grinst er und Chico grinst zurück. »Wusste ich es doch.«

Paco geht direkt zu Rosa, er hat eigentlich gar keine Lust auf Gequatsche. Als er bei ihr ankommt, tanzt sie ihn gleich aufreizend an. »Hey Paco, du hattest lange keine Zeit mehr für mich.« Sie legt ihre Hände auf seinen Oberkörper. »Hmm...« Viel an hat sie nicht, er umfasst ihre vollen Brüste. »Komm!« Paco nimmt sie mit in die Garage. Er macht sich heute nicht einmal die Mühe, sie ins Haus zu bringen. Hauptsache er kriegt seinen Kopf frei. Bevor er ihr in die Garage folgt, begegnet er noch Manos Blick, der zustimmend nickt. Er hofft, es bringt etwas, und er kriegt Bella aus seinen Gedanken. Nachdem sie die Garage betreten haben, wendet sich Rosa zu ihm um. »Ich kam mir so vernachlässigt vor«, säuselt sie in sein Ohr und beginnt seinen Hals zu küssen. Als sie versucht an seinen Mund zu kommen, übernimmt Paco die Führung und setzt sie auf die Motorhaube des Wagens. Er küsst selten eine von ihnen auf den Mund, aber heute will er unbedingt seinen Kopf freibekommen.

Er entfernt ihr bisschen Oberteil und ihren Slip. Rosa stöhnt laut auf, als Paco in sie eindringt und sieht ihn an, doch in diesem Moment kommen ihm Bilder von Bella in seine Gedanken, wie sie ihn mal wütend und mal lächelnd ansieht mit ihren neugierigen schönen Augen. Paco flucht und zieht sich zurück. Als er Rosa umdreht, so dass er sie nicht mehr ansehen muss, kichert sie auf. »So wild heute, Paco?« Er dringt erneut sauer in sie ein und verflucht sich selber dafür, diese Bilder nicht aus seinem Kopf zu bekommen. Es gelingt ihm nicht. Er kann sich diese ungewöhnliche Frau nicht aus dem Kopf schlagen.

Kapitel 2

Zwei weitere Tage probiert er es noch, bis er seiner Neugier nach ihr erneut nachgibt.

Als sie in die Turnhalle von Bellas Uni kommen, sieht Paco sich sofort um, ob er sie irgendwo entdecken kann. Alle waren überrascht, dass er auch beim Konzert auftaucht, nur Mano nicht, er weiß, dass es ihm nicht wirklich gelingt, Bella aus dem Kopf zu bekommen. Paco weiß auch nicht genau, was er sich hier eigentlich vormacht zu tun, er hat nicht mal vor, mit ihr zu sprechen. Er will sie nur einmal wiedersehen, um vielleicht auch etwas mehr von ihr zu erfahren, hier muss man sie ja kennen. Sie begleiten Don Carlos noch hinter die aufgebaute Bühne.

Seit gestern ist er bei ihnen, vor allem bei Rodriguez zu Besuch. Jedes Mal, wenn er nach Hause kommt, gibt es eine lange, ausschweifende Party. Zu den normalen Chicas kommen noch einige Groupies von Don Carlos hinzu. Er war schon immer ein Mitglied ihrer Familia, er ist einer der besten Freunde von Rodriguez, der heute auch dabei ist. Doch schon früh hat sich herausgestellt, dass Don Carlos, der bei ihnen einfach nur Carlito heißt, anders ist. Während Rodriguez, die anderen und Paco sich schon sehr früh um die Angelegenheiten der Familia gekümmert haben, hat er sie zwar immer begleitet, jedoch hat er die ganze Zeit mehr vor sich her gesungen, als sich für Waffen oder die Geschäfte zu interessieren. Für Paco ist er wie ein jüngerer Bruder, da er und Rodriguez ständig zusammen waren, hatte er ihn auch immer um sich herum.

Sie gehen nach oben und setzen sich auf die Zuschauerbänke. Wie immer werden sie von allen Seiten angestarrt. Es dauert nicht lange, bis sich ein paar Frauen zu ihnen gesellen, doch Pacos Blick schweift unaufhörlich herum. Da die Halle rund ist, kann man schwer den Überblick behalten, auch als das Konzert, was Carlito hier gibt, anfängt, hat er sie noch nicht entdeckt. Don Carlos startet das Konzert und mitten im Lied bemerkt Paco sie dann. Er kann nicht verhindern, dass sein Herz etwas schneller schlägt. Er hat versucht, sich Bella wieder schlecht zu reden, doch ein Blick genügt und er ist wieder aufs Neue fasziniert von ihr.

»Guck mal an, ist das nicht unser Punto-Mädchen?«, knurrt Chico, der seinem Blick gefolgt ist und alle schauen zu Bella. In diesem Moment hört sie auf mit ihrer Freundin zu reden und lässt ihren Blick schweifen. Sobald Paco wieder in ihre schönen Augen sieht, kann er sich ein Lächeln nicht verkneifen und nickt ihr leicht zu. Zwar sieht sie etwas unsicher zu den anderen, doch nickt dann zurück, bis ein Mädchen zu ihr tritt und ihr einen Typen vorstellt. Der scheint gar nicht seine Augen von Bella nehmen zu können. Das Erste, was er somit heute schon mal rausbekommen konnte, ist, dass nicht nur er sie anziehend findet. Paco kann seinen Blick nicht von ihr wenden und verfolgt jede Bewegung des Wichsers, der neben ihr steht und um ihre Aufmerksamkeit buhlt.

Plötzlich nimmt er ihr Handgelenk und sieht sich ihre Plaka an. Sie scheint genauso überrascht und, warum auch immer sie so einen Beschützerinstinkt in Paco wachruft, er will gerade aufstehen, als Mano ihn zurückhält. »Beruhige dich mal, … So gut kann ich sie sogar einschätzen, dass sie damit alleine klar kommt.« Tatsächlich fängt Bella auf einmal an zu lachen, und der Mann guckt etwas dumm aus der Wäsche. Er muss grinsen, diese Frau ist einmalig. Sie dreht sich wieder um. Gerade treffen sich ihre Blicke erneut und sie lächelt, da umarmt sie schon der nächste Typ. Paco erkennt in ihm den gleichen, den er schon einmal mit ihr auf dem Parkplatz gesehen hat. Rodriguez folgt seinem Blick.

»Kannst du dich mal entscheiden? Gerade grinst du sie noch an und jetzt siehst du so aus, als würdest du am liebsten jemanden töten … Oder liegt das an dem Typen?«, zieht ihn sein kleiner Bruder auf. »Ihre Freundin ist heiß«, stellt er dazu noch grinsend fest. Ein paar Mädchen scheinen bei ihnen ihre Freundinnen gefunden zu haben, eine von ihnen mit langen blondgefärbten Haaren sieht ihn interessiert an. »Bist du nicht Paco Surena?« Er grinst und wirft noch einen Blick zu Bella, die noch immer mit den anderen Typen beschäftigt ist. »Ja, der bin ich.«

Sie setzt sich zu ihm. »Ich habe schon einiges von dir gehört.« Ihre Hand legt sich auf sein Hosenbein. Fast schon automatisch legt er den Arm um sie. »Wirklich? Und woher willst du wissen, ob das alles stimmt?« Sie lächelt, auch Rodriguez neben ihnen lacht leise. Offenbar ist er zufrieden, dass Paco sich wieder anderen Sachen zuwendet, Frauen, die für ihn nicht so ein Problem sind wie dieses Punto-Mädchen auf der anderen Seite der Halle. Die Blondine an seiner Seite überschüttet ihn mit Komplimenten und Fragen. Einen Moment ist er wirklich abgelenkt, bis er Rodriguez leise fluchen hört. »Was finden die bloß immer alle an Carlito?« Paco folgt seinem Blick, der an Bellas Freundin hängt, die anscheinend ganz angetan von Carlito ist.

Paco sieht gerade noch, wie Bella die Halle verlässt. Einen Moment wiegt er alles ab. Er sollte hier sitzen bleiben, diese willige Blonde mit nach Hause nehmen, die ihm sicher keine Kopfschmerzen bereiten wird und die er dann, wenn er Glück hat, nie wiedersieht. Was gut ist, einfach, unkompliziert, keine Probleme ... Er flucht laut. »Ich komme gleich wieder.«

Als er die Halle verlässt, muss Paco sich erst einmal umsehen, bis er Bella mit einem Mann auf dem Parkplatz entdeckt. Er tritt näher und beobachtet, dass der Mann sich gerade immer weiter auf Bella zubewegt und sie zurückweicht. Die Frau scheint ein Magnet für Gefahren zu sein. »Bella!« Sie wirbelt zu Paco herum und sieht überrascht zu ihm, doch sein Blick bleibt auf diesem widerlichen, betrunkenen alten Mann. »Na ja, auf jeden Fall werde ich mich mal wieder ins Getümmel stürzen«, bringt dieser lallend hervor, wenigstens ist er noch so klar bei Verstand, dass er abhaut. Paco tritt näher zu Bella und sieht dem Mann zu, wie er wieder zur Halle wankt. »Paco ... hey... Was machst du hier draußen?« Bella scheint wirklich überrascht, ihn hier zu sehen. »Ich vermute, ich habe einen Punto-Frau-in-Gefahr-Chip eingebaut.« Er kann sich über ihren empörten Gesichtsausdruck ein Grinsen nicht verkneifen.

»Aha, okay... gut zu wissen. Ich wollte mich bei dir bedanken für die Bücher, das wäre echt nicht nötig gewesen.« Paco zuckt so unbedeutend wie möglich die Schultern. »Ich denke, wir können nicht die Verantwortung dafür übernehmen, wenn du schlechte Noten erhältst.« Ob Bella weiß, dass, wenn sie ihn so anguckt und versucht ihn einzuschätzen, sich eine niedliche kleine Falte zwischen ihren Augenbrauen bildet? Bella seufzt leise »Auf jeden Fall ...danke, ich hätte es dir ja vorhin persönlich gesagt, aber du warst ja beschäftigt, ich wollte nicht stören.« Es scheint sie zu stören, dass er mit der Chica beschäftigt war, das ist gut, immerhin hat er sich gerade auch zum Deppen gemacht, als er aufgestanden und ihr gefolgt ist, obwohl er eigentlich nicht mal mit ihr reden wollte, nur weil er gemerkt hat, dass sie geht. Paco flucht leise. Was zur Hölle denkt er sich eigentlich, was er hier tut?

»Wolltest du schon gehen? Musst du nach Hause?« Bella zuckt die Schultern. »Eigentlich nicht, ich hatte nur keine Lust mehr, in der Halle zu bleiben.« Er zieht die Augenbrauen hoch. »Gibt es niemanden, der sich um dich Sorgen macht, wenn du hier bist?« Ein leises Lachen entfährt ihr, bevor sie antwortet. »Erstens bin ich schon ein großes Mädchen und kann auf mich selber aufpassen. Und zweitens, falls du meinst, ob ich einen Freund habe. Nein, ich habe keinen.« Irgendwie fühlt er sich ertappt und muss sich räuspern. »Wenn man daran denkt, dass wir dich auf unserem Gebiet vorgefunden haben und du hier gerade mit mir stehst, bezweifle ich, ob du so gut auf dich aufpassen kannst.« Nicht dass er ihr jemals etwas tun würde, es ist nur nicht gut für sie, hier bei ihm zu sein ... für beide nicht. Bella stemmt ihre Hände in die Hüften und funkelt ihn böse an. »Weißt du Paco, vielleicht bin ich einer der wenigen Menschen in dieser verdammten Stadt, der nicht nur auf irgendwelche Plakas achtet...«

Auf einmal klingelt ihr Telefon, sie deutet zu warten und geht ran. Er hört jemanden laut ins Telefon reden, sie fängt an zu lachen. »Ich habe dich gewarnt, stell dein Auto nicht auf meinen Parkplatz.« Sie hört wieder zu, mit wem zu Teufel redet sie da? »Tja, das nächste Mal ist dein Liebling Schrott.« Sie lacht wieder leise, plötzlich wird sie ernst und sieht sich um, dann bleiben ihre Augen auf Paco gerichtet. »Ich bin auf einer Veranstaltung an der Uni.« Wieder Ruhe. »Ja ja, es ist abgesprochen. Ich bin mit einer Freundin hier ... Selena.« Sie verdreht genervt die Augen. »Nein ... es ist alles in Ordnung.« Jetzt grinst sie Paco frech an. »Kein Surena in Sicht. Ich bin absolut sicher.« Er weiß nicht, ob er sie schütteln oder lachen soll, die Frau macht ihn fertig. Sie lacht über seinen Gesichtsausdruck und redet weiter ins Telefon. »Ja ja okay, vergiss es, ich mach dich nicht mit Selena bekannt, such dir jemand anderen. Ich muss jetzt Schluss machen.«

Paco kann nicht glauben, dass sie so locker mit allem umgeht. »Sag mal, kann es sein, dass du das alles mit den beiden Familias nicht ernst nimmst?« Sie steckt ihr Telefon ein. »Wenn du wüsstest, wie oft ich das schon gehört habe«, antwortet sie leise. Er weiß einfach nicht, wie er mit ihr umgehen soll, doch eigentlich schon, nämlich gar nicht, aber das hat sich scheinbar erledigt, als er wie ein Vollidiot hinter ihr hergelaufen ist. »Paco, das ist doch...«, beginnt sie, doch dann kommt ihr scheinbar eine Idee. »Weißt du was? Soll ich dir zeigen, was ich glaube oder woran ich glaube?« Er zieht die Augenbrauen hoch, keine gute Idee, noch mehr Zeit mit ihr zu verbringen. »Komm Paco, ich zeige dir meine Sicht, ich will wissen, was du davon hältst, denn abstreiten kannst du das nicht.«

Was bleibt ihm übrig, als Bella zu folgen? Er ist gespannt, wie ihre Sicht ist, vielleicht wird er so schlauer aus dieser Frau. Während sie ihn zum

Schulgebäude bringt, mustert er sie von der Seite. »Hast du gar keine Angst, mit mir alleine zu sein, immerhin bin ich ein Surena?« Sie lacht und führt ihn eine Treppe hoch. »Du bist nicht ein Surena, du bist der Anführer der Surenas. Glaub mir Paco, ich weiß, wer du bist!« Bella bleibt eine Stufe vor ihm stehen und wirbelt zu ihm herum, so dass sie in einer Augenhöhe sind. »Sehe ich so aus, als hätte ich Angst?« Durch eine Laterne, die von draußen reinstrahlt, werden ihre Augen angeleuchtet, die unglaublich funkeln. Bevor er etwas sagen kann, wirbelt sie wieder herum und läuft weiter. »Wenn du mir was hättest tun wollen, hättest du schon deine Chance gehabt.«

Er bleibt kurz stehen und schaut ihr hinterher und somit auf ihren runden Po. Erst als sie aus seinem Sichtfeld gerät, geht er schnell hinterher. Die Frau macht ihn fertig. Als sie mehrere Stockwerke hochgegangen sind, bleibt Bella vor einer Tür stehen und dreht sich wieder zu ihm um, sie kaut kurz auf ihrer Unterlippe. »Das ist mein geheimer Lieblingsort, ich habe noch nie jemanden hergebracht, nicht mal meine beste Freundin weiß, dass ich mich hierher zurückziehe.« Sie zeigt mit dem Zeigefinger auf Paco. »Das bleibt unter uns.« Er muss grinsen. »Versprochen!« Sie lächelt zurück. »Ein Abkommen zwischen einem Surena und einer Trez Punto … wer hätte das gedacht.« Bevor er etwas erwidern kann, öffnet sie die Tür, und sie treten auf das Dach der Uni.

Es gibt nichts als eine große Fläche, die mit Kies ausgelegt ist, ein paar Schornsteine ragen leicht raus. Paco muss leise lachen. »Wow, ich hätte mehr erwartet.« Sie lacht auch. »Weil du das Offensichtliche nicht siehst. Komm mit.« Sie nimmt seinen Unterarm und führt ihn an einen zugemauerten Schornstein, auf dem sie offensichtlich öfter sitzt, wenn sie die Mandarinenschalen weggeworfen hat. Sie stellt ihn vor dem Schornstein ab und stellt sich selbst auf den Schornstein hinter Paco und hält ihm die Augen zu. »Okay Paco...« Er muss grinsen, als sie sich an sein Ohr beugt, sie riecht umwerfend süß. »Bist du bereit meine Sicht zu sehen, was ich über diese Trez Punto-Les Surenas Sache denke?« Sie öffnet seine Augen, beugt sich über seine Schulter und zeigt zur östlichen Seite.

»Dort leben die Trez Puntos.« Sie zeigt in die Mitte, »neutraler Boden«, und sie zeigt auf das Surenas-Gebiet. Hier an dieser Stelle des Daches hat man über alle Gebiete einen Ausblick, sie hat sich diese Stelle auf dem Dach bewusst gesucht. Bella zeigt auf den Himmel, wo der Vollmond hell leuchtet und tausend Sterne funkeln. »Wir alle leben in der gleichen Stadt, Paco. Sie ist nur durch euch getrennt, aber etwas könnt ihr nicht verhindern. Wir alle sehen in den gleichen Himmel, zum gleichen Mond, auch wenn ihr dagegen kämpft, im Grunde kommen wir alle aus einer Stadt.« Paco schaut auf die tausend Sterne und muss leise lachen. »Hat dir schon mal jemand gesagt, dass du … unglaublich bist?« Sie lacht auch und setzt sich auf den Schornstein. »Ja, hab ich schon gehört.« Paco kann nicht anders und setzt sich neben sie, einen Moment denkt er daran, den Arm um sie zu legen, doch sein Verstand kann ihn gerade noch daran hindern. »Und was hältst du von meiner Theorie?« Bella sieht Paco neugierig aus ihren schönen Augen an, da muss er lächeln.

»Du siehst das alles ziemlich leichtfertig, ich denke nicht, dass es so einfach ist.« Sie wendet ihren Blick von ihm ab, wobei er ihr am liebsten befehlen würde, dies nicht zu tun. »Vielleicht ist es das und ihr macht es nur kompliziert.« Er folgt ihrem Blick und sieht zum Mond. »Auf jeden Fall muss ich dir sagen, dass der Mond von unserer Seite schöner ist.« Bella beginnt zu lachen. »Das war ja klar.« Er mag es, wenn sie lacht, es hört sich echt an, nicht so künstlich, wie wenn die anderen Frauen um seine Aufmerksamkeit buhlen. »Wirklich, ich werde es dir beweisen und widerlege somit deine Theorie.« Ihre Augen blitzen auf. Er bekommt das Gefühl, dass Bella nicht so einfach zu handhaben ist wie die Frauen, mit denen er es sonst zu tun hat. »Das wirst du nicht schaffen... Aber viel Glück beim Versuch.« Ihr scheint kalt zu sein, automatisch bietet er ihr seine Jacke an. »Hier zieh die an.« Paco legt ihr die Jacke um ihre zarten Schultern und sie schlüpft rein. Seine Jacke ist ihr viel zu groß. Er muss sich ein Grinsen verkneifen, als sie sich die Ärmel hochzieht. »Danke.«

Er weiß nicht, was mit ihm los ist, aber ihm gefällt es unheimlich, sie in seiner Jacke zu sehen, kurz schießt ihm das Bild in den Kopf, wie sie eines seiner Shirts zum Schlafen trägt und er merkt, dass er das will, er dreht wirklich durch. Bella fragt ihn etwas über Don Carlos aus und Paco erzählt, wie es damals war, als er entdeckt wurde und was für Blödsinn sie früher zusammen gemacht haben und dass es alle wunderlich finden, was für Texte er singt in Anbetracht seines Frauenverschleißes.

»Was ist mit dir, Paco? Gibt es jemanden bei dir? Hattest du schon feste Beziehungen?« Er lehnt sich etwas zurück. »Nein, ich bin nicht der Typ für so was.« Bella legt den Kopf schief. »Bei dir hört sich das an, als wäre es eine tödliche Krankheit.« Paco sieht ihr in die Augen. »Ich bin der Anführer der Les Surenas, Bella, ich kann es mir nicht leisten, eine Frau zu lieben, sie wäre ein wunder Punkt für mich, meine Feinde würden das wahrscheinlich ausnutzen.« Bella schließt kurz die Augen. »Du kannst nicht verhindern, dass du dich irgendwann verliebst, willst du dein Leben mit Chicas verbringen? Ich glaube nicht, dass du dafür der Typ bist.« Während sie ihm ihre Meinung etwas wütend unterbreitet, muss er grinsen. Sie hat auf jeden Fall eine Menge Temperament. Erst als er ihr ein Haar aus dem Gesicht streicht, scheint sie etwas verwirrt und sieht ihn mit funkelnden Augen an.

»Spricht da das Punto-Mädchen oder die Psychologiestudentin? Erzähl mir, warum du genau Psychologie studierst? Um Familiamitglieder zu heilen?« Bella erzählt ihm die Gründe, warum sie studiert und Paco bemerkt, dass sie wie ein offenes Buch ist. Wenn sie etwas nicht einschätzen oder verstehen kann, bekommt sie diese kleine Falte auf der Stirn, wenn sie etwas wissen will, legt sie den Kopf leicht schief, und wenn sie von etwas begeistert ist, wie, wenn sie von Kindern spricht, funkeln ihre Augen. Sie funkeln nur noch mehr, wenn sie wütend ist, er hätte ihr Stunden zuhören und sie beobachten können. Irgendwie schafft sie es sogar, Paco zu entlocken, dass er als Kind Feuerwehrmann werden wollte, was er für Essen liebt und wie er seinen kleinen Bruder früher geärgert hat. Auf eine unbeschreibliche Art schafft Bella es, für die Zeit, die Paco mit ihr verbringt, die Welt stehen zu lassen. Da oben auf dem Dach gibt es nur sie und ihn.

Gerade, als sie erzählt, welches Essen sie liebt, klingelt Pacos Handy. Genervt zieht er es aus der Jacke. »Was ist?« Sein Bruder ist dran. »Wo zum Teufel steckst du? Dein Auto steht noch hier.« Paco schaut auf seine Uhr und stellt fest, wie spät es bereits ist. Bella macht das Gleiche und springt automatisch auf, sie waren über Stunden hier auf dem Dach und haben es nicht einmal gemerkt. Als Bella seine Jacke ausziehen will, deutet er an, dass sie diese behalten soll. »Behalte sie an, es ist kalt.« Er sollte aufstehen und sie sollten gehen, doch sein Herz weigert sich. »Bella, ...wie gesagt, ich werde deine Theorie noch widerlegen. Was muss ich tun, um deine Telefonnummer zu bekommen? Ich muss dich ja erreichen können, wenn es so weit ist.« Paco muss wieder über ihren grübelnden Gesichtsausdruck lachen, bis sie ihn frech ansieht. »Gib mir dein Handy. Ich lasse bei mir klingeln, dann habe ich deine Nummer und du meine.« Keine gute Idee, gar keine gute Idee, aber er will ihre Nummer. Paco zieht sein Handy aus der Hosentasche und beobachtet, wie sie ihre Nummer eingibt, bei sich klingeln lässt und ihre Nummer speichert, ziemlich zufrieden gibt sie ihm dann sein Handy wieder.

Als sie die Treppen der Schule hinunterlaufen, flucht er innerlich, keiner hat seine Nummer, außer seinen Brüdern, seinen Cousins, Chico und Mano. So sollte es eigentlich auch bleiben, aber er wollte Bellas Nummer unbedingt. Vielleicht ist es gar nicht so schlecht, so kann sie ihn erreichen, wenn irgendetwas ist. Als sie auf den Parkplatz treten, kommen Chico, Mano und Rodriguez auf sie zu. Scheinbar sind die anderen schon vorgefahren. Paco spürt, wie Bella sich leicht anspannt und sieht, wie alle drei verwirrt von Bella, die seine Jacke trägt, zu Paco sehen. Chico grinst sie an. »Sieh an, sieh an.« Es ist nur eine kleine Geste, wahrscheinlich nimmt Bella sie nicht mal wahr, aber ihm fährt es durch alle Knochen.

Als Chico sie anspricht, tritt Bella näher zu Paco. Sein Herz schwillt an, als er merkt, dass sie ihm traut. Sie traut klugerweise keinem der anderen, aber sie kommt automatisch zu ihm, als wüsste sie genau, dass er sie schützt und nicht zulässt, dass ihr etwas passiert. Er wirft den Jungs einen warnenden Blick zu und sie halten sich zurück. Auf dem Weg zu ihrem Auto bleibt Paco kurz bei Bella an ihrem Wagen stehen. Sie will seine Jacke ausziehen, aber er möchte, dass sie diese anbehält, es fühlt sich gut an, sie darin zu sehen. »Aber wann soll ich sie dir zurückgeben?« Er muss lächeln. »Du hast vergessen, dass ich noch deine Theorie widerlegen muss, bis dahin behältst du sie.« Sie nickt leicht. »Pass auf dich auf, Bella.«

Paco geht zu den Jungs und weiß jetzt schon, dass er sich gleich einiges anhören muss. Als er sich hinter das Steuer setzt, spürt er die Blicke der anderen auf sich brennen, er ignoriert sie und beobachtet, wie Bella vom Parkplatz fährt, dann gibt er Gas. »Was zum Teufel denkst du dir, Paco?« Rodriguez beginnt sofort, als sie den Parkplatz verlassen. »Was soll er sich denken, ich würde sagen, er denkt nicht viel mit dem Kopf, wenn es um die kleine Punto geht.« Chico lacht über seine eigene Bemerkung. »Ist dir klar, dass sie für dich tabu sein sollte, sie ist eine Punto?«, fährt Rodriguez unbeeindruckt fort. Paco dreht sich zu ihm. »Wir haben es verstanden. Denkst du, ich weiß nicht, was sie ist?« Er ist selbst erstaunt, wie scharf er seinen Bruder angeht, doch immerhin ist er der Ältere und er sollte aufpassen. »Ich weiß gar nicht, was ihr euch so anstellt, Punto hin oder her. Denkt ihr, die Trez Puntos hatten noch nie ihren Spaß mit jemandem aus unserem Gebiet? Er hatte etwas Spaß und ich gönne es ihm, sie ist wirklich heiß.«

Pacos Blick geht warnend zu Chico. »So war das nicht, ich habe sie nicht angefasst. Sie ist nicht so eine...«

Chicos Mund öffnet und schließt sich wieder, bevor er weiterspricht. »Was hast du sonst mit ihr gemacht in der ganzen Zeit? Willst du etwa sagen? Ach du Scheiße ... sie bedeutet dir etwas? Paco, bist du krank?« Paco stöhnt laut auf. »Leute, kommt mal wieder runter, ja.« Mano lenkt ein und lenkt Chico ab, doch Paco begegnet Rodriguez' Blick im Spiegel, der ganz klar sagt, was er sich selber denkt, hör auf mit dem Scheiß.

Und das ist es auch, was er sich die nächsten Tage immer wieder sagt. Er sollte wirklich die Finger von diesem Punto-Mädchen lassen, sein Leben weiterführen wie bisher. Es ist ja nicht so, als wäre es ein schlechtes Leben. Doch trotz dieses Wissens im Hinterkopf hält er Ausschau nach einem passenden Ort, an dem er Bella wiedersehen kann. Momentan ist alles sehr ruhig im Les Surena Gebiet, ihm ist es fast schon zu ruhig, doch wirklich greifbar ist sein Gefühl nicht. Bei einem Essen mit ein paar Geschäftsmännern aus der Nachbarstadt wird er wenigstens etwas abgelenkt und versucht sich auf ihre Geschäfte zu konzentrieren.

Die Geschäftsleute haben große Probleme, da ihre Schmuckfilialen regelmäßig überfallen werden. Und das, obwohl sie schon bei einer Familia Schutzgeld bezahlen, aber scheinbar ist diese Kleinfamilia nicht daran interessiert, ihre Filialen wirklich zu schützen. Sie einigen sich auf einen Preis, sicherlich viel höher als der, den sie bisher zahlen mussten, aber die Les Surenas sind wenigstens wirksam. Sie verabreden sich mit ihnen am nächsten Tag in Pacos Lieblingsrestaurant, es gibt hier das beste Essen. Ihm kommt ein Einfall, er lässt sich von dem Besitzer aufs Dach bringen. Rodriguez und Mano folgen ihnen leicht verwirrt. Paco sieht den Ausblick und weiß, dies ist der perfekte Ort für ein Wiedersehen mit Bella.

Sobald er zu Hause ist, ruft er Bella an. »Hallo?« Als er ihre Stimme wieder hört, muss er lächeln. »Hey Bella.« Sie zögert leicht. »Wer ist da?« Sofort vergeht ihm das Lächeln wieder. »Paco!« Offensichtlich denkt sie nicht so oft an ihn. »Ohhh, hey Paco.« Paco ignoriert seine aufkommende Wut. »Wie geht es dir?« Er bildet sich ein, sie schmunzeln zu hören. »Bei mir ist alles in Ordnung. Wie geht es dir? Alles klar bei euch... da drüben?« Paco muss leicht den Kopf schütteln, die Frau macht ihn echt fertig. »Hier ist alles in bester Ordnung. Ich habe etwas gefunden.« Paco ist zufrieden. »Was gefunden? Was meinst du?« Er legt sich auf seiner Couch zurück und entspannt sich.

»Ich habe den perfekten Ort gefunden, wo ich deine Theorie widerlegen kann.« Bella scheint zu verstehen. »Aha und welchen Ort?« Paco lächelt. »Das zeige ich dir dann.« Er hört ihre Neugierde deutlich. »Wann?« Paco richtet sich nach ihr. »Wann du Zeit hast.« Bella zögert. »Und wo?« Paco merkt, dass sie Bedenken hat. »Es ist auf einem Dach ... natürlich, ich muss ja mit deiner Aussicht mithalten können. Ich bin aber sehr sicher, dass dich die Aussicht umhaut, wenn du dann auch ehrlich bist. Außerdem gibt es dort das beste Essen und ich kann dich gleich überzeugen, dass es das auch bei uns gibt.« Er muss grinsen und kann sich bildlich vorstellen, wie sie diese kleine Falte auf der Stirn bekommt.

»Bei euch? Bei euch heißt ... auf eurem Gebiet?« Paco zuckt die Schultern. »Natürlich, ich will dir doch zeigen, dass der Mond schöner bei uns scheint, wo soll ich dir das sonst zeigen?« Er spürt ihr Zögern immer noch. Das erste Mal, seit er sie kennt, scheint sie zu erkennen, was es bedeutet, sich mit ihm zu treffen. »Ich weiß nicht Paco, hast du da nicht etwas Entscheidendes vergessen? Ich darf nicht auf euer Gebiet.« Nein, hat er nicht, wie sollte er? »Der Ort ist gleich an der Grenze, noch näher als die Bibliothek. Außerdem ist das egal, du bist mit mir.« Noch immer scheint sie sich nicht sicher zu sein. »Vertrau mir Bella, es ist okay.« Wieder zögert sie, bis sie mit der klaren und sicheren Stimme, wie er sie von ihr gewohnt ist, antwortet.

»Samstag, lass uns am Samstag treffen.«

Kapitel 3

Am nächsten Tag fährt Paco mit Mano, Rodriguez und Chico in die nächste Stadt zu einer der Filialen, die nun in ihren Aufgabenbereich fallen. Die Männer zeigen ihnen alles, aber es dauert nicht lange und sie bekommen Besuch von mehreren Mitgliedern der Familia, die sich bisher um diese Filialen erfolglos gekümmert hat. Zwar erkennen sie, wer sie sind, aber das ihnen durch die Hände geglittene Geschäft lässt sie übermütig werden. Vor allem einer, offenbar deren Anführer, fängt an sich aufzuspielen, was Paco erst ruhig beobachtet, als ihm das Ganze zu viel wird, aber eingreift.

Schneller als er oder einer der anderen reagieren kann, knallt Paco seinen Kopf auf die Theke der Kasse. Sofort strömt Blut aus einer Platzwunde, und er drückt ihm seine Waffe an die Schläfe. »Ich sage dir das einmal, also hör gut zu. Ab sofort unterliegt das Ganze hier den Les Surenas, comprende? Verschwindet und sagt es schnell weiter, denn dem Nächsten, der hier auftaucht, wird es nicht so gut ergehen wie dir.« Damit hat wohl keiner gerechnet, seine Männer sehen allesamt etwas eingeschüchtert zu ihnen und er braucht sich nicht umzudrehen um zu wissen, dass Mano, Rodriguez und Chico, sie alle hinter seinem Rücken mit ihren Waffen in Schach halten. Paco hört Chicos belustigtes Lachen und schubst den Mann aus dem Laden. »Und jetzt verschwinde!«

Sie bleiben noch zwei Nächte in der Stadt, doch offensichtlich ist ihre Nachricht angekommen. Keiner lässt sich mehr blicken und Paco ist sich absolut sicher, dass es so bleiben wird. Trotzdem lässt er Rodriguez und Chico noch ein paar Tage länger dort bleiben und fährt mit Mano zurück. Zu Hause angekommen geht er duschen und macht sich fertig. Als er in den Spiegel sieht, schwört er sich selber, dass dies das letzte Mal ist, dass er Bella wiedersieht, egal wie besonders sie ist.

Als Paco später auf den Parkplatz der Uni auf Bella wartet, erklärt er sich selbst noch einmal gedanklich die Regeln für diesen Abend. Etwas Zeit mit Bella verbringen, zum letzten Mal, dann ein für alle Mal die Finger von ihr lassen. Als ihr Wagen angefahren kommt und sie aussteigt, weiß er, dass sein Plan sehr schwer umzusetzen sein wird. Sie sieht unglaublich aus. Das rote Kleid, was ihre zarte Figur wahnsinnig betont, sie sieht zu umwerfend aus. Ihre Haare fallen ihr tief in den Rücken, sogar aus dieser Entfernung kann er schon ihre Augen strahlen sehen. Sehr gute Idee das alles, Paco, wirklich Klasse. »Hey.« Sie lächelt etwas unsicher zu ihm. »Hey«, Bella hält Paco eine Tüte hin, in der er seine Lederjacke entdeckt, da muss er lächeln. »Und bist du bereit?« Sie nickt und steigt ins Auto.

Kaum sind sie losgefahren, platzt er mit der Frage heraus, die ihm schon seit dem Tag des Konzertes in den Gedanken herumschwirrt. Er hat diesen komischen Professor noch nicht vergessen. »Was hast du die Woche gemacht? Hat sich dein Professor etwas mehr zurückgehalten?« Er wendet seinen Blick zu ihr. »Ja hat er, keine Ahnung. Wahrscheinlich war er zu betrunken, es war ja eigentlich gar nichts weiter.« Die Frau ist echt zu leichtsinnig. »Du solltest vorsichtiger sein wegen der Männer«, murmelt Paco leise und sieht verwundert zu Bella, als sie anfängt zu lachen. »Den Tipp hättest du mir vielleicht geben sollen, bevor ich mit dem Anführer der Les Surenas auf deren Gebiet gefahren bin.« Wo sie recht hat, hat sie recht.

Als sie vor dem Restaurant aussteigen, bemerkt er, dass Bella an einem Armband rumspielt, was ihre Plaka verdeckt und flucht innerlich. Was zur Hölle tun sie beide hier? Sobald sie das Restaurant betreten, kommt der Besitzer auf beide zu und begrüßt sie. Als er Bella als Engel bezeichnet, muss Paco lächeln, kein Wunder, dass jeder ihre Schönheit bemerkt. Doch als sie das Restaurant durchqueren und er die Blicke der anderen Männer auf ihr bemerkt, findet er das gar nicht mehr so reizvoll, auch wenn die Männer versuchen, es nicht so offensichtlich zu tun, da jeder hier weiß, wer er ist. Er bemerkt Bellas unsicheren Blick und legt seine Hand auf ihren Rücken. Zum einen, um ihr zu zeigen, dass sie sich keinen Kopf machen soll, zum anderen, um allen noch einmal zu verdeutlichen, dass sie zu ihm gehört … zumindest heute.

Sofort entspannt sich Bella und er flucht zum tausendsten Mal heute, wieso ist sie so verrückt und vertraut ihm so offensichtlich? Nachdem der Besitzer sie vor der Tür zum Dach alleine gelassen hat, dreht Paco sich zu Bella um. »Okay, bist du bereit?« Sie zieht die Augenbrauen zusammen. »Was hast du vor?« Er legt seine Hand über ihre Augen. »Gleiche Voraussetzungen für alle.« Er spürt an ihrem vorsichtigen Gang, dass sie etwas unsicher ist. »Paco, ich war doch immer nett zu dir? Du wirst mich doch nicht in einen Abgrund werfen?« Paco muss lachen, so ist das doch schon viel besser, sie soll ihm nicht so viel vertrauen. Als sie stehen bleiben, beugt er sich zu ihr hinunter. Er nimmt ihren süßen Duft noch stärker wahr und muss sich beherrschen, nicht einen Kuss auf ihre zarten Schultern zu geben. »Sieh und staune, mein Punto-Mädchen.«

Eine ganze Weile betrachtet Bella diesen Ausblick ruhig, sieht auf sein Gebiet, seine Seite der Stadt, für die er töten würde und es tut. »Es ist wirklich wunderschön«, sagt sie schließlich leise, »gehört das alles zu eurem Gebiet?« Paco zeigt ihr die Grenzen und ihr Grundstück. »Und gibst du mir Recht? Hab ich deine Theorie widerlegt?« Bella dreht sich zu ihm um. Wieder muss er sich zusammennehmen und nicht einfach seinem Wunsch nachkommen, ihre so weich aussehende Haut zu berühren. »Es ist wirklich ein unglaublicher Ausblick und … ach ich kann das nicht.« Paco muss lachen. »Das heißt doch nicht, dass du dein Gebiet nicht liebst.« Man merkt, dass es ihr nicht leicht fällt, aber schließlich gibt sie es zu. »Ja … Ich gebe es zu, von hier sieht der Mond viel schöner aus.« Paco muss über ihre Sturheit weiter lachen, in dem Moment kommt ihr Essen.

Während des Essens versucht Paco herauszubekommen, wie sie genau zu den Trez Puntos steht. Jedes Mal weicht Bella geschickt aus, also gibt er irgendwann auf. Er bemerkt, je länger sie zusammensitzen, desto mehr fasziniert ihn Bella. Sie bringt ihn zum Lachen, er mag es ihr zuzuhören und versucht, ihre Gedankengänge nachzuvollziehen. Bei keiner anderen Frau hat er es so genossen Zeit mit ihr zu verbringen. Als Bella ihn auch noch beim Kartenspielen auflaufen lässt, wundert er sich nicht mal mehr über sein Punto-Mädchen.

Als sie wieder auf dem Parkplatz der Uni ankommen, kann er selber nicht glauben, wie schnell die Zeit vergangen ist und würde Bella am liebsten nicht gehen lassen, wenn er an seinen eigenen Schwur denkt, dass dies wirklich das letzte Mal war. »Paco, der Abend war wirklich wunderschön.« Verdammt, er will sie nicht gehen lassen. »Ja, das war er wirklich.« Einen Augenblick wartet sie und sieht ihn an, doch als sie sich dann abwenden will, verabschiedet sich sein Verstand endgültig.

Paco hält sie am Arm fest, so dass sie nicht von ihm weggehen kann. Als er so nah an ihr steht und ihr in ihre schönen Augen sieht, fühlt es sich so verdammt richtig an, obwohl es so falsch ist. Beim ersten Berühren ihrer Lippen weiß Paco tief in sich, dass er nichts anderes mehr schmecken möchte. Er küsst sie und es ist fast wie Atmen, sie dabei fest an sich zu halten. Als er den Kuss vertieft und sie sich an ihn schmiegt, fühlt es sich so gut, … so richtig an.

Er kann nicht aufhören sie zu küssen, ihren süßen Geschmack zu schmecken und sie fest an sich zu drücken. Als Bella an seinem Mund ein leises Keuchen entfährt, geht es ihm durch den ganzen Körper. Sein festes Vorhaben, Abstand zwischen ihnen zu wahren, auch wenn er nicht darauf verzichten konnte, sie noch einmal zu treffen, löst sich in Luft auf. Paco hat in seinem Leben schon einige Macht gespürt, seine, die seiner Familia, die der anderen Familias, noch nie hat ihn etwas in die Knie gezwungen. Und diese zarte Punto-Frau in seinen Armen bezwingt ihn. Er kann sich mit dieser Tatsache weder anfreunden, noch sie verhindern.

Langsam löst Paco seine Lippen von ihren aber kann es nicht lassen, noch ein paar Küsse auf ihre weichen Lippen zu verteilen. Er legt seine Stirn an ihre, will ihr etwas sagen und gibt ihr nur einen Kuss auf die Stirn. Sie weiß, dass dies bei ihnen viel bedeutet, dass man das nur bei Personen macht, die einem sehr wichtig sind. Noch nie hat er eine Frau auf die Stirn geküsst.

Bella scheint auch nicht daran interessiert zu sein, aus seinen Armen zu kommen, eher schmiegt sie sich noch näher an ihn, als plötzlich ihr Telefon klingelt. »Ich muss langsam los«, sagt sie leise und schaut Paco an. Am liebsten würde er sie nicht gehen lassen, aber was bringt das? Die Kluft zwischen den Welten, in denen sie beide leben, könnte nicht größer und gefährlicher sein. Er nickt und lässt seine Arme sinken. »Bye Paco.« Noch einmal stellt sie sich auf Zehenspitzen und drückt ihm einen Kuss auf den Mund, dann fährt sie davon. Paco bleibt noch auf dem Parkplatz stehen, schaut in die Richtung, in die sie gefahren ist ... ins Gebiet der Trez Puntos und stößt einen lauten Fluch aus.

Die nächsten zwei Tage pendelt seine Gefühlswelt hin und her. Er sollte sich von der Trez Punto-Frau fernhalten, das war ihm schon von Anfang an bewusst, das ist ihm immer jede Sekunde bewusst. Doch jetzt, nachdem er sie in seinen Arm gehalten, sie so nah gespürt, ihren süßen Geschmack verinnerlicht hat, sie ihm ihr unvergleichliches Lächeln geschenkt hat, will er nichts anderes, als das noch einmal zu fühlen, sie einfach bei sich zu haben. Auch wenn er genau weiß, dass er das nicht sollte. Paco weiß nicht, wie oft er sein Handy in der Hand hatte, ihre Nummer gewählt hat, weil er mit ihr sprechen wollte, es dann aber doch nicht getan hat, weil er es nicht darf.

Am Montag hat Chico Geburtstag. Da Chico fast nur bei Paco oder Rodriguez im Haus schläft, frühstücken sie schon zusammen mit dem Geburtstagskind. Für abends ist eine große Party geplant, also relaxen sie den restlichen Tag am Pool, bevor sie am Nachmittag in die Stadt fahren, um Sachen zu besorgen und noch ein paar Runden in der Gegend umherzufahren, um zu überprüfen, ob alles in Ordnung ist. Mano begleitet Chico, Rodriguez und Paco ebenfalls. Als Chico und Rodriguez gerade beim Fleischer sind und Unmengen von Grillfleisch ordern, sieht Mano seinen besten Freund besorgt an.

»Wo bist du mit deinen Gedanken? Du wirkst so, als wärst du meilenweit entfernt.« Paco setzt sich auf eine Bank vor der Fleischerei und fährt sich entnervt durch die Haare. Nicht nur, dass er selber merkt, wie er den Verstand verliert, es müssen auch noch alle anderen mitbekommen. »Ist es immer noch wegen dem Punto-Mädchen? Die Kleine hat es dir echt angetan oder?« Paco sieht seinen besten Freund an. »Nein, … doch sie macht mich … sie will einfach nicht aus meinem Kopf verschwinden, aber das wird sie noch. Ich versuche alles zu vergessen.« Mano lacht und setzt sich neben ihn. »Das gelingt dir ja offensichtlich hervorragend.« Paco wirft ihm einen warnenden Blick zu, doch in diesem Moment kommen Chico und Rodriguez hochzufrieden aus dem Laden zurück. Sie fahren zurück, womit dieser Unterhaltung zum Glück ein Ende gesetzt ist.

Am Abend füllt sich Pacos Haus schnell, alle kommen, es sind nur die besten Chicas vertreten und das in Massen. Alles wäre perfekt, würde nicht Bella in seinem Kopf umherschwirren. Als sie feststellen, dass sie die Holzkohle für den Grill vergessen haben, meldet Paco sich zur Verwunderung aller freiwillig, um diese noch schnell zu besorgen. Erst als er mit seinem Auto in die neutrale Zone fährt, atmet er wieder richtig durch, so geht es nicht weiter. Entweder schlägt er sich Bella ganz aus dem Kopf oder er lässt sich etwas einfallen. Wer weiß, wie fest sie zu den Trez Puntos gehört? Vielleicht hat sie sich die Plaka wirklich selbst machen lassen, was dafür sprechen würde, dass sie sich an ihrem Handgelenk und nicht zwischen Daumen und Zeigefinger befindet.

Vielleicht kann er ihre Familie überzeugen, zu den Les Surenas zu wechseln. Dafür muss er allerdings erst einmal wissen, wie sie zu den Trez Puntos steht, und bei diesem Thema macht Bella sofort zu. Paco besorgt die Holzkohle. Bevor er zu seinem Auto zurückkehrt, kommt er an einem großen Blumenladen vorbei, an dem gerade alles eingeräumt wird. Die Verkäuferin ist dabei, einen Eimer mit riesigen pfirsichfarbenen Blumen ins Geschäft zu tragen. Paco sieht auf dem Schild, dass es sich bei diesen Blumen um Gladiolen handelt, und erinnert sich, dass es Bellas Lieblingsblumen sind. »Señora, sie brauchen die Blumen nicht hineinzustellen, ich nehme sie, alle.« Die ältere Frau sieht ihn etwas verwundert an. »Das sind sehr seltene Blumen hier, sie sind sehr teuer.« Paco lächelt mild. »Wie gesagt, ich nehme sie!«

Zehn Minuten später steht er auf dem Uni-Dach. Auf dem Schornstein, auf dem Bella und er am Tag des Konzertes gesessen haben, liegen verstreut Kürbiskernschalen, also war Bella wieder hier. Paco legt die Blumen auf den Schornstein. Er ist nicht der Typ, der vor ihrer Tür steht, um ihr Blumen zu geben. Er weiß nicht mal, ob er sie wiedersehen kann, aber er will, dass sie diese Blumen von ihm bekommt. Er geht zum Ende des Daches, sieht auf den Ausblick, den Bella ihm gezeigt hat. Paco muss leise lachen, als er auf alle Gebiete dieser verdammten Stadt Sierra hinabsieht. Diese zarte Punto-Frau mit diesen unglaublichen Vorstellungen und ihrer eigenen Sicht der Dinge bringt gerade seine Welt durcheinander.

Chicos Geburtstagsfeier wird wild, lustig und vor allem lang. Paco hat irgendwann nicht mehr alles mitbekommen, mehrere Flaschen Bier haben schnell ihre Wirkung gezeigt. Allerdings weiß er, dass es eine der wenigen Partys war, bei der er nicht irgendwann mit einer Chica abgetaucht ist. Er kommt erst wieder zu sich, als sein Handy klingelt und er erkennt, dass es Bella ist, die ihn gerade anruft. Im ersten Moment ist er verwundert, doch dann erinnert er sich, dass sie ja mit einem Trick seine sonst so geheime Nummer herausbekommen hat.

Es tut gut, ihre Stimme wieder zu hören, sie bedankt sich für die Blumen. Paco ist das unangenehm, er wechselt schnell das Thema, bis plötzlich Chico in sein Zimmer platzt und mitteilt, dass unten ein Treffen stattfindet. Paco beendet das Gespräch schnell, etwas verwirrt geht er hinunter zum Besprechungsraum und stellt fest, dass fast alle aus dem engeren Kreis bereits warten. Zwar sehen auch die anderen etwas verkatert aus, aber es sind alle da außer Rodriguez, den Chico sicher gerade auch aus dem Bett schmeißt.

Paco behält Recht, keine fünf Minuten später treffen auch die beiden ein, auch wenn Rodriguez stinksauer über die Tatsache scheint, dass er so früh aufstehen muss. Pacos Kopf hämmert wie verrückt, er ist dankbar, dass Ramon die Führung übernimmt und zu reden beginnt. Anscheinend sind in den letzten Tagen einigen Mitgliedern der Les Surenas fremde Autos mit unbekannten Männern aufgefallen. Jedes Mal, wenn sie diese angesprochen haben, hatten diese erklärt, sie seien nur auf der Durchfahrt. Aber da es vermehrt aufgetreten ist, sollen ab heute alle wachsamer sein. Paco selbst ist nichts dergleichen aufgefallen, er macht sich auch nicht wirklich einen Kopf darum, dumme Zufälle, mehr nicht.

Die Les Surenas sind die größte und mächtigste Familia in Puerto Rico. Die Trez Puntos einmal ausgenommen, ist niemand in der Lage, sich mit ihnen anzulegen, abgesehen von der Tatsache, dass niemand den Mut dazu hätte. Trotzdem nimmt er als Anführer solche Sachen nicht auf die leichte Schulter und teilt die Männer zu mehr Wachfahrten ein. Er selber verbringt den restlichen Tag zu Hause, dafür bricht er am nächsten Morgen mit Mano und Rodriguez auf und durchkämmt jeden Winkel ihres Teiles der Stadt. Doch sie finden nichts, alles scheint wie immer, keine unbekannten Männer haben sich auf ihr Gebiet gewagt.

Die Fahrt wird zur Qual als Pacos Klimaanlage den Geist aufgibt. Dieser Tag ist einer der heißesten in Puerto Rico. Sie ziehen alle ihre Shirts aus und fahren wieder zum Les Surena Anwesen zurück. Er setzt die beiden ab, eigentlich will er auch aussteigen doch er greift zum Handy. Er ist so oder so schon verloren, was Bella betrifft, also wählt Paco ihre Nummer. Sobald Bella an ihr Handy geht und Paco ihre Stimme hört, breitet sich in ihm ein zufriedenes Gefühl aus. Er hält an der Straßenseite. Ihr Akku gibt wohl gerade den Geist auf, Paco versteht nur noch, dass sie auf dem Dach ihrer Uni ist. Als sie getrennt werden, steckt er sein Handy in die Hosentasche und beginnt zu grübeln.

Was tut sie bei der Hitze auf dem Unidach? Garantiert lernt sie, in die kühle Bibliothek kann sie sich ja dank ihm nicht mehr zurückziehen. Er entdeckt einen Supermarkt und zieht sich sein Shirt über, um ein paar Sachen einzukaufen. Die Hitze an diesem Tag ist unerträglich, sobald er zurück im Auto ist, zieht er sich sein Shirt wieder aus. Keine fünf Minuten später geht er die Treppen zum Unidach hoch. Die Uni ist leer gefegt, wer außer Bella würde an so einem Tag schon freiwillig hier sein? Paco öffnet leise die Tür und entdeckt Bella sofort, die gerade dabei ist, ihre Bücher ein- zupacken. Sie trägt nur sehr kurze Jeansshorts und ein weißes Shirt, nicht mal Schuhe hat sie an.

Paco begutachtet ihre cremigen hellen Beine. Sie ist schlank, zierlich, so ganz anders als die Frauen, mit denen er es sonst immer zu tun hat, aber er kann den Blick nicht von ihr abwenden. Erst als sie sich zu ihm umwendet und ihre neugierigen grünen Augen erschrocken zu ihm aufsehen, regt er sich und geht zu ihr. »Habe ich dich erschreckt?« Bella sieht ihn verwundert an. »Etwas ... ja..., sonst kommt hier niemand hin.« Paco lächelt leicht, er genießt den Gedanken, der Einzige zu sein, der von Bellas kleinem Rückzugsort weiß. »Was tust du schon wieder hier oben bei dem Wetter?« Sofort verschränkt sie die Arme, das scheint sie immer zu tun, wenn sie das Gefühl hat, sich verteidigen zu müssen. »Ich wollte lernen ... aber es ist zu heiß.« Sein Blick gleitet noch einmal an ihrem knappen Outfit entlang.

»Warst du heute so in der Uni?« Bella kneift sofort sauer die Augenbrauen zusammen. »Warst du heute so draußen?« Sie zeigt auf seinen freien Oberkörper und beginnt zu lachen, auch er muss lächeln. »Nein, ich habe mir das Shirt erst gerade im Auto ausgezogen, weil meine Klimaanlage kaputt ist.« Zufrieden sieht er sie an und wartet darauf, dass sie ihm erklärt, sie war heute auch nicht so knapp bekleidet in der Uni, doch sie lacht einfach weiter. »Ich ... hatte die Schuhe noch an!« Bella deutet auf ein paar Schuhe, die achtlos auf dem Dach herumliegen. Paco sieht zu ihren zierlichen Füßen und auf eine Fußkette, wie er schon so viele gesehen hat, doch an Bellas Bein lässt es ihn wütend werden. Eine Fußkette bedeutet, dass sie noch zu haben ist. Er würde ihr das Ding am liebsten sofort von ihrem Bein reißen.

Wieder blickt er an ihr hoch. Auch wenn Paco weiß, es geht nicht, dass es unmöglich ist, breitet sich in ihm ein Gefühl aus, das ihm sagt, sie gehört zu ihm. »Wie gesagt, es ist heiß heute«, betont sie noch einmal extrem deutlich. Paco sieht ihr in die Augen und verwirft seine vorigen Gedanken, so sehr er es will, sie wird nie Teil seines Lebens sein.

»Als du gesagt hast, du bist hier, habe ich gedacht, du lernst bestimmt und so wie ich dich einschätze, bist du jemand, der seinen Blick nicht von den Büchern wendet und vergisst zu essen, deswegen habe ich dir etwas mitgebracht.« Er hält ihr die Tüte entgegen und sie sieht ihn an, als wäre er leicht verrückt geworden. Doch dann kommt sie näher und gibt ihm einen Kuss, »danke!« Paco muss lächeln. »Du weißt doch noch nicht einmal, was ich mitgebracht habe.« Sie bringt ihn zum Schornstein, wo er sich an den kühlen Stein im Schatten lehnt. »Na dann zeig mal.« Ohne zu zögern setzt sie sich zu Paco und legt ihre Beine über seine.

Er zeigt ihr, was er alles eingekauft hat, doch erst legt Paco die Waffe beiseite, die er bei sich hat. »Wow Paco, das wäre doch nicht nötig gewesen.«

Er muss lachen, weder schreckt sie davor zurück, noch zeigt sie großes Interesse daran. »Na ja, ich dachte, es wäre keine gute Idee, mit einer Waffe in der Hose in die Uni zu gehen, vielleicht wäre da jemand auf falsche Gedanken gekommen, deswegen habe ich sie sicherheitshalber in die Tüte gelegt.«

Paco holt die restlichen Sachen heraus: Gummibärchen, Kekse, Nachos, eine Schale mit Obst und Cola-Dosen. Bella ist eine Weile ganz still, dann sieht sie ihn an. »Danke, Das schaffst wirklich nur du«, nuschelt sie leise, während er die Obstschale öffnet und sie Bella gibt. »Was schaffe nur ich?« Sie piekst eine Erdbeere heraus und gibt ihm ebenfalls eine. »So etwas, aus einer Tüte eine Waffe und Gummibärchen zu holen … so bist du zu mir.« In Paco kommt ein ungutes Gefühl hoch, wieso denkt sie so etwas? »Was meinst du damit?« Sie scheint es zu spüren und will das Thema wechseln.

»Vergiss es, ist nicht wichtig. Ich analysiere nur zu viel, bringt das Studium mit sich.« So leicht kommt sie nicht davon. »Nein nein, vergesse ich nicht. Sag mir, was du meinst.« Bella zuckt die Schultern. »Bist du sicher? Das kann hart werden, ich bin gut in so etwas.« Er lehnt sich entspannt zurück. »Cariño … ich bin mir sicher, ich hab schon Härteres gehört.« Bella lächelt und wartet einen Moment, bis plötzlich alles aus ihr herausprudelt.

»Du bist so unterschiedlich zu mir, ich weiß nicht mal, ob du das selber merkst. Einerseits bist du so lieb und aufmerksam wie jetzt, oder als wir essen waren, bei dem Konzert … und dann meldest du dich nicht mal. Es vergehen Tage, wo es scheint, als gäbe es mich gar nicht für dich. Als wäre das alles nie passiert. Und wenn es so weit ist, dass ich denke... ich hab mir das alles nur eingebildet... tauchst du wieder auf und machst solche lieben Sachen. Wenn du bei mir bist, denke ich, dir liegt etwas an mir und dann schwups, ist es vorbei und du denkst nicht mal mehr an mich. Es ist wie eine Berg- und Talfahrt mit dir, ich wundere mich, dass du noch kein Schleudertrauma hast. Das meinte ich mit Gummibärchen und der Waffe.«

Jedes ihrer Worte trifft Paco, er weiß selber, dass es so ist, weil er genauso hin und hergerissen ist, wie sie es beschrieben hat, doch er wollte nicht, dass sie es spürt. Er hat doch keinen Schimmer, was er hier überhaupt tut. Es ist still zwischen ihnen und er versucht sich etwas in seinem Kopf zurechtzulegen, was er ihr dazu sagen kann, ohne es noch schlimmer zu machen, doch plötzlich will sie ihre Beine wegziehen und Paco hält sie fest.

»Nein... Bella...« Sie sieht ihn nicht an, ihr scheint die Situation unangenehm zu sein. Paco nimmt ihr Kinn hoch, so dass sie ihm in die Augen sieht.

»Bella, mache nie den Fehler zu denken, ich würde nicht an dich denken, ich denke ständig an dich, viel zu viel, als dass es für uns beide gut ist.« Er will noch mehr sagen, ihm liegen die Worte schon auf der Zunge, doch er kann nicht anders, als sie in diesem Moment zu küssen. Er hat ihren süßen Geschmack vermisst. Paco zieht sie enger an sich. »Ich habe dich vermisst«, flüstert sie zwischen den Küssen, doch anstatt zu antworten, küsst er sie und zeigt ihr, dass es ihm genauso ging. Paco ist nicht der Typ, der sich lange mit Frauen beschäftigt, meistens kommt man schnell zur Sache, doch bei Bella kann er schon von einem einzelnen Kuss nicht genug bekommen. Als sie sich schließlich lösen, legt sie ihren Kopf auf seine Brust und gibt ihm einen Kuss auf diese. Paco küsst ihre weichen Haare. »Das hat man davon, wenn man sich mit einer Psychologiestudentin abgibt.« Er muss leise lachen. Bella sieht ihn glücklich an, bevor sich ihre Lippen erneut treffen.

Paco nimmt sich anschließend eine der Unterlagen, an denen Bella ständig arbeitet und überfliegt sie. Zwar versteht er die ganzen Fachbegriffe nicht wirklich, aber sie scheint tatsächlich sehr gut zu sein. Als sie ihm widerwillig erzählt, dass sie damit an einem Wettbewerb teilnimmt, weiß er sofort, sie wird diesen gewinnen, ihr traut er mittlerweile fast alles zu. Als sie beim Einpacken ihrer Bücher seine Waffe in die Hand nimmt, schlägt es in seinem Kopf gleich Alarm, das ist nun wirklich sein und nicht ihr Gebiet. Doch sie hält die Waffe richtig, Paco sieht ihr verwundert zu. »Das sieht nicht so aus, als hättest du zum ersten Mal eine Waffe in der Hand....« Sie lächelt nur und hantiert gekonnt mit der Waffe herum, was Paco nervös macht.

Sie ist dabei so in Gedanken, dass sie gar nicht mitbekommt, wie Paco sich hinter sie stellt und ihren Nacken küsst, ihr dabei aber gleichzeitig die Waffe entwendet. Sie dreht sich zu ihm um. »Unterschätze mich nicht, Paco!« Er muss lachen. »Das würde ich nie tun, Cariño«, weiter kommt er nicht, denn Bella erobert seine Lippen. Sobald er ihren süßen Geschmack wieder genießt, seufzt er innerlich auf. Er kann nicht genug von ihr bekommen, und als sie den Kuss lösen, sind sie beide außer Atem. Sie sehen sich in die Augen. Paco wird bewusst, dass er noch nie etwas so stark gewollt hat wie Bella. Er beugt sich vor und küsst sie erneut, fordernder. Sobald er bemerkt, dass sie dieser Forderung nachkommt, hebt er sie hoch und setzt ihren Po auf den Schornstein ab, während er sich zwischen ihre Beine stellt.

Dabei lösen sich seine Lippen nicht einmal von ihren. Als er es schließlich doch schafft, sich von ihren süßen Lippen zu trennen, fahren seine Lippen ihren Hals entlang. Bella riecht so gut. Als sie ihren Kopf in den Nacken legt und seine Berührungen zu genießen scheint, fährt er weiter fort.

»Bella verdammt, du schmeckst so süß.« Er hört selbst, dass seine Stimme rauer ist. Während ihre zarten Finger seinen Oberkörper entlangfahren, gleitet auch seine Hand unter ihr Oberteil. Ihre Haut ist so weich. Im selben Moment streichelt seine andere Hand über ihr Bein, bis er an der Fußkette stoppt und verärgert seine Augenbrauen zusammenzieht, während er die Kette mit einem Ruck entfernt. Nein, kein anderer soll sie haben, sie ist nicht mehr frei! Paco spürt, dass Bella protestieren will. »Ich kaufe dir zehn neue ... Armbänder«, flüstert er an ihre Lippen und entlockt ihr ein Lächeln. Paco wagt sich weiter fort, er umfasst ihre runden festen Brüste, sie verkrampft sich leicht. Paco hatte bisher nur Frauen, die üppig gebaut sind, er hätte nicht gedacht, dass ihn solche zarten Frauen überhaupt ansprechen, aber Bella macht ihn wahnsinnig. Als sie leise aufstöhnt, während er über ihre Brustwarzen streicht, erkennt Paco, dass sie auch spürt, was sie in ihm auslöst, doch sie drückt sich nur enger an ihn heran und stöhnt an seine Lippen, bis ... sein Handy klingelt.

Erst versucht er es zu ignorieren, doch auch Bella scheint abgelenkt, und als es erneut anfängt, flucht Paco. Welcher Idiot stört ihn jetzt? Er holt das Handy aus der Hosentasche und wendet sich um. Sofort umarmt ihn Bella von hinten und küsst seinen Rücken. Er zieht ihr Bein an sich und streichelt darüber. Paco weiß nicht, ob er wieder auf diese Nähe verzichten möchte. Am Telefon ist Chico und berichtet ihm, dass sein Cousin schon seit einer Nacht nicht mehr aufgetaucht ist und seine Mutter, Pacos Tante, sich beginnt Sorgen zu machen. Die Jungs wollen losfahren um ihn zu suchen, doch Paco schnalzt die Zunge.

»Er ist sicher bei einer Chica hängen geblieben.« Auch wenn er das für eine gute Erklärung hält, bekommt er ein mulmiges Gefühl, als er auflegt. Bella muss wohl bemerkt haben, wie spät es ist, denn sie ist aufgesprungen und packt ihre Sachen ein. Er steckt sich die Waffe in den Hosenbund und mustert Bella noch einmal. »Tust du mir einen Gefallen?« Paco kann sich auf ihr fragendes Gesicht ein Grinsen nicht verkneifen. »Was denn?« Ohne weiter zu erklären, zieht er ihr sein Shirt über und mustert zufrieden sein Werk. »So ist es besser ... viel zugedeckter.« Ihre schönen Beine sind fast bis zum Knie von seinem Shirt bedeckt, es gefällt ihm auch, dass sie sein

Shirt anhat. Doch Bella lächelt nur frech zurück, wickelt es sich hoch und verknotet es so, dass es ihr sexy bis an die Taille geht. »Ich trage gerne dein Shirt.... kein Problem!«

Als Paco in das Surena-Gebiet einfährt, hat er noch immer Bellas Duft in der Nase. Er muss lächeln, diese kleine Punto-Frau ist etwas Besonderes. Sobald er sein Auto vor dem Haus parkt, schlendert Chico gerade von Rodriguez heraus und beißt in einen Apfel. »Jesús ist immer noch nicht aufgetaucht, geht nichts ans Handy, deine Tante macht sich Sorgen. Sie hat sogar schon deine Mutter alarmiert.« Paco grinst, er weiß genau, dass dieses etwas breiter als sonst ausfällt, einfach weil er die letzten Stunden zu sehr genossen hat. »Ich habe ihn doch noch mit einer Chica weggehen sehen, er wird eine lange Nacht gehabt haben, ich wette, er taucht jede Minute entspannt wieder auf.« Chico sieht Paco lange an und schlägt ihn auf den Arm.

»Gestern hattest du keine Chica, heute dieses Grinsen, so kennt man dich gar nicht, Pacooo«, zieht er ihn auf, wie er es früher schon immer gemacht hat. Paco hasst es, wenn sein Name so in die Länge gezogen wird, er legt den Arm um Chico. »Falls du denkst, dass es irgendwann mal eine Frau schaffen sollte mich zu ändern ... schäm dich!« Er gibt ihm einen leichten Schlag in den Nacken und lacht. »Du solltest mich besser kennen.« Mit diesen Worten geht er schnell in sein Haus, um zu duschen und weicht dem Apfel aus, den Chico laut lachend hinter ihm her wirft.

Zwei Stunden später sieht seine Laune ganz anders aus. Jetzt haben alle ein ungutes Gefühl, Jesús' Handy ist immer noch aus und mittlerweile wurde sogar die Chica gefragt, mit der er gestern unterwegs war, er hat sie zu Hause abgesetzt und ist gleich wieder los. Sie wohnt außerhalb von La Sierra, aber dieser Weg ist in einer halben Stunde gefahren. Seitdem fehlt jede Spur und niemand weiß, wo er die letzten Stunden geblieben ist. Sie verteilen sich und Paco dankt Gott dafür, dass sie so viele sind. Sie beginnen jeden Winkel in ihrem Gebiet und in der neutralen Zone abzusuchen. Jesús ist noch neu bei ihnen, mit seinen gerade mal siebzehn Jahren hat er erst frisch seine Plaka bekommen. Paco kennt diesen Übermut, den viele dann verspüren, doch er hätte sich wenigstens telefonisch gemeldet. Zudem ist er die meiste Zeit mit Rodriguez und Josir zusammen, keiner von ihnen weiß, wo er steckt.

Sie finden nichts, Paco ist schon kurz davor, das Trez Puntos-Gebiet freizugeben, damit sie es durchwühlen. Mano redet auf ihn ein, vernünftig zu sein und Miko anzurufen. Er denkt, man kann das mit ihnen abklären, denn wenn sie einfach so das Gebiet betreten, bedeutet das automatisch Krieg. Paco ist es egal, er kann sich sehr gut vorstellen, dass einer der verfluchten Trez Puntos etwas damit zu tun hat. Sicherlich keiner ihrer inneren Kreise, so dumm sind sie nicht. Sie wissen, was es für Konsequenzen hat und das Risiko geht niemand von ihnen ein. Aber irgendeiner ihrer Handlager, der unter ihnen steht, kann Jesús getroffen haben, vielleicht in der neutralen Zone und wollte sich aufspielen. Es gibt viele Möglichkeiten. Paco ist gerade dabei, das Gebiet freizugeben, als der Anruf von Rodriguez kommt. Sie haben sein Auto gefunden.

Kapitel 4

»Lasst uns alleine, bringt ihn nach Sevilla, ich komme gleich nach!« Paco bringt es nicht übers Herz, noch einen Blick auf die in Decken gehüllte Leiche von Jesús zu werfen. Er sieht den anderen zu, wie sie respektvoll nicken und sich langsam davon machen, alle bis auf er und sein jüngerer Bruder Rodriguez. Paco kriegt das Bild nicht aus dem Kopf, wie von Tieren wurde Jesús hingerichtet. Im ersten Moment dachte er es auch, als sie etwas weiter entfernt von seinem, außerhalb von Sevilla, mitten auf einem freien Feld abgestellten Auto, seine Leiche gefunden haben. Sie haben ihn gequält.

Das Einzige, was darauf schließen lässt, dass es Menschen waren, war der saubere und gekonnte Schnitt, mit dem sie ihm seine Plaka von der Hand geschnitten haben. Er reibt sich über die Augen, die Tränen, die hochkommen, reibt er hinaus und ersetzt sie durch Wut. Er ist der Anführer, er muss allen den Weg zeigen und besonders einem.

Paco geht zu seinem jüngeren Bruder, der als Einziger noch da ist, er hat allen den Rücken zugewandt und starrt seitdem auf das Feld. Doch Paco kennt ihn, vielleicht besser als sonst ein Mensch. Als er neben ihn tritt, hält er ihm seine Schachtel mit Zigaretten hin und Rodriguez nimmt eine. Sie beide rauchen nicht wirklich, nicht viel, aber genau jetzt brauchen sie das. »Ich werde jedem Einzelnen, der dafür verantwortlich ist, das Doppelte antun. Wie hoch ist die Wahrscheinlichkeit, dass Juan und seine Hunde damit zu tun haben?« Paco nimmt einen Zug, er sieht seinen kleinen Bruder von der Seite an. Er sieht seine nicht vorhandenen Tränen für ihren Cousin, der so misshandelt wurde. Er erkennt sie hinter der Maske aus Wut. Auch er weint sie leise und seine Brust zieht sich zusammen. Doch wirklich weinen werden andere, seine Mutter, ihre Mutter, alle, die es können, sie haben nie die Wahl gehabt, sie haben eine andere Rolle in diesem Leben.

»Ich denke es nicht, ich habe schon oft Opfer von ihnen gesehen. Ich kenne ihre Handschrift. Und bei aller Abscheu, den ich für sie empfinde, das war nicht ihr Werk, das war das Werk von Gottlosen und wir werden nicht ruhen, bis wir wissen, wer dafür verantwortlich ist.« Er sieht es wieder kommen und legt seinen Arm um Rodriguez. Schon lange sprechen er und Ramon über ihren jüngsten Bruder. Sie machen sich Sorgen, Rodriguez ist anders als jeder von ihnen aufgewachsen. Als jüngster Bruder hat er schon von klein auf so viel gesehen, zuviel gesehen, ist so abgehärtet worden, dass es etwas in ihm kaputtgemacht hat.

Sie beobachten besorgt, wie er eine Seite entwickelt, die unkontrollierbar ist. Paco ist dafür bekannt eiskalt zu sein, doch er vermutet, dass unter Rodriguez noch viel mehr vergraben liegt und sie beobachten, wie das in solchen Situationen herausbricht. »Halt dich zurück, verstanden? Wir machen das zusammen. Ich habe ihn auch geliebt Rodriguez, aber wir klären das als Familia nicht als Familie, hörst du?« Sein jüngerer Brüder sieht ihm in die Augen. Er selber kann manchmal nicht glauben, wie ähnlich er ihm sieht, man könnte glauben, sein jüngeres Ich steht vor ihm, nur viel aggressiver und unberechenbarer. Anstatt zu antworten, dreht sich Rodriguez um und geht zum Auto. Paco flucht, als er ihm folgt.

Die nächsten Tage vergehen wie in einer Starre, sie durchkämmen jeden Winkel der Stadt, suchen nach Spuren, wer es gewagt hat, sich auf so bestialische Weise an die Surenas heranzuwagen. Rodriguez, Ramon und Paco haben auch die schwere Aufgabe, die Nachricht ihrer Tante zu übermitteln. Seine Eltern kommen eingeflogen, damit sie sich von Jesús verabschieden können und um an der Trauerfeier teilzunehmen. Alle bleiben die Tage bei ihnen in den Häusern, sie verlassen früh das Haus und kehren erst nachts zurück, sie schlafen höchstens ein paar Stunden. Dann kommen Paco immer wieder die Bilder von Jesús hoch. Es treibt ihn dazu, am nächsten Tag noch gründlicher nachzuforschen. Sie fahren bei zwei Gangs vorbei, die für diese Gräueltaten verantwortlich sein könnten, doch sie treffen nur auf verängstigte Gesichter. Es ist keiner so dumm sich mit ihnen anzulegen, und sie stehen bei der Trauerfeier mit leeren Händen da, was Paco quält. Er hätte gerne seiner Tante in die Augen gesehen und gewusst, dass ihr Sohn, sein Cousin, gerächt wurde, doch er kann es nicht.

Am Tag nach der Trauerfeier hat er das erste Mal Luft und ist ein paar Minuten alleine. Paco wählt Bellas Nummer. Sie geht nicht ran. Natürlich hat er die letzten Tage ständig an sie gedacht, doch er ist nicht dazu gekommen, sich bei ihr zu melden. Sie geht nicht ran, er versucht es wieder, doch sie reagiert nicht. Den ganzen Tag versucht er sie zu erreichen, als sie jedes Mal seinen Anruf ignoriert, wird er sauer. Er will wissen, wie es ihr geht, kurz mit ihr sprechen, doch sie schaltet das Handy ganz aus. Paco steht kurz vor dem Durchdrehen. Was fällt ihr ein? Noch nie hat eine Frau ihn so abgewiesen, aber er kann es nicht lassen und probiert es immer wieder. Irgendwann sehen ihn schon alle schief von der Seite an, wenn er sein Handy herausholt, nur um es gleich wieder fluchend zu schließen.

Sie wollen am nächsten Tag noch einem weiteren Hinweis nachgehen und fahren in die neutrale Zone. Als sie an der Uni vorbeifahren, übernimmt sein Herz seinen Verstand, er ist so wütend, dass sie nicht ans Handy geht. »Haltet kurz, ich muss etwas klären!« Mano verdreht die Augen, während Chico sich ein Grinsen verkneift, doch Paco beachtet es nicht weiter und geht schnell in das Gebäude. Er kennt sich hier nicht aus, also öffnet er einfach alle Türen und sucht wütend nach Bella, dabei beachtet er die erst verwirrten dann ängstlichen Blicke, die ihm entgegenschlagen, gar nicht. Wenn er Bella nicht entdeckt, schlägt er die Tür zu und geht zur nächsten. In einem Saal erkennt er Bellas Freundin, die bei seinem Anblick die Arme in die Luft hebt, so als würde sie sich ein, »das kann doch nicht wahr sein«, nicht verkneifen können und Paco knallt auch diese Tür zu.. Sie hat recht, das kann wirklich nicht wahr sein.

Erst drei Türen weiter entdeckt er dann endlich Bella. Sie sticht sofort aus der Menge heraus und für eine Minute vergisst er seine Wut bei ihrem Anblick. Der Professor fragt ihn leise, ob er ihm helfen kann, doch sie sollen ihn alle in Ruhe lassen. »Ich muss mit Bella sprechen!« Alles andere hat ihn nicht zu interessieren. Paco lässt die Punto-Frau nicht aus den Augen. Alle im Raum sehen entweder neugierig oder verängstigt zu ihm. Die Surenas kennen sie alle. Er kann sich vorstellen, dass es unangenehm ist, jetzt den Anführer von ihnen wütend vor sich zu haben, doch Bella verzieht keine Miene. Sie packt seelenruhig ihre Bücher ein und bewegt sich langsam zu ihm, als würde er sie zu einem Picknick abholen. Sie hat sogar noch die Nerven den Professor anzulächeln und ihm zu versichern, dass alles in Ordnung ist.

Paco hat das Gefühl gleich zu platzen. Nichts ist in Ordnung. Als sie dann auch noch ihre Nase hochhält und an ihm vorbeigeht, knallt er auch diese Tür zu, lauter als alle anderen und halt sie am Arm zurück. »Was zum Teufel denkst du dir? Warum gehst du nicht ans Telefon, wenn ich dich anrufe?« Paco ist stinksauer. Jeder, wirklich jeder, der ihn kennt oder auch nicht kennt, würde genau in diesem Moment drei Schritte zurück machen, doch diese kleine Punto-Frau blinzelt ihn nur wütend an. »Wieso sollte ich ans Telefon gehen, Paco?« Bella schreit ihn an. »Was willst du eigentlich von mir? Denkst du im Ernst auch nur eine Sekunde, dass ich dein Spiel mitspiele? Dass du dich einmal die Woche meldest und ich dann glücklich zu dir springe? Vergiss es, Paco! Und wage es nicht noch einmal daran zu denken, mich wie eine Chica zu behandeln, ich bin keine Chica, hast du das verstanden? Geh einfach Paco, ich bin absolut sicher, es gibt genug, die ganz scharf darauf sind, diese Art von Spielen zu spielen.«

Paco blinzelt einmal, zweimal, er kann nicht fassen, dass sie ihn hier gerade zusammengestaucht hat. Bevor er reagieren kann, fährt sie fort, wenn auch dieses Mal etwas ruhiger. »Weißt du was, es war mein Fehler, du hast von Anfang an gesagt, dass du so bist, ich hätte es wissen müssen. Es war genauso mein Fehler, dass ich angefangen habe, etwas für dich zu empfinden, deswegen steige ich auch aus dem Spiel aus, Paco. Such dir jemand anderes dafür, ich habe kein Interesse mehr.« Sie dreht sich um und geht.

Paco sollte sie gehen lassen, er sollte gar nicht hier sein, das alles dürfte nicht sein, doch er geht ihr immer noch wütend hinterher. »Warte! Bella, verdammt wir sind noch nicht fertig.« Er klingt immer noch wütend, aber nicht mehr so sehr. »Doch das sind wir, Paco!« Sie hält es nicht mal mehr für nötig ihn anzusehen, doch Paco hat sie schon eingeholt und zieht Bella in einen leeren Hörsaal, wo er die Tür hinter ihnen zuknallt. Bella seufzt genervt auf und setzt sich auf einen Tisch, während Paco anfängt, wie ein Tiger hin und her zu laufen. Er versucht in seinem Kopf, die Gefühle seines Herzens und das Wissen seines Verstandes zu entwirren.

»Was willst du von mir, Paco?« Bella kommt ihm wieder zuvor, er bleibt stehen. »Ich habe dich nie, nicht eine Sekunde wie eine Chica behandelt. Jede andere vor dir Bella, aber nicht dich. Ich habe jede Frau vor dir nur einmal zum Spaß genommen, vielleicht zweimal, wenn es gut war, also erzähle mir nicht, ich hätte dich wie eine Chica behandelt.« Diese Worte sind wahr, und das scheint auch Bella zu wissen, sie sieht auf ihre Schuhe. »Okay, von mir aus, ich kann aber nicht damit leben, so in der Luft zu schweben. Ich weiß nicht, woran ich bei dir bin, es macht mich verrückt, wie du zu mir bist. Ich bin mir zu schade, um nur einmal die Woche interessant zu sein, es war okay, als es für mich auch nur zum Spaß war, aber das ist langsam vorbei.«

Paco kann nicht anders, wie sie da sitzt, so zart und doch funkeln ihre grünen Augen nur so vor Energie. Er tritt näher an sie heran. Er versucht noch einmal sich zu erklären, auch wenn er weiß, dass es sinnlos ist, da er sich selber nicht versteht. Paco will nach ihrer Hand greifen, doch sie entzieht sich ihm und das trifft ihn. Er spürt, dass er sie nicht verlieren will. »Nein Paco, mach das nicht schon wieder und morgen hast du mich vergessen ich...« Er ignoriert ihren Protest und nimmt Bellas Hände in seine. »Was habe ich dir gesagt? Du sollst nicht denken, dass ich nicht an dich denke, Bella. Für mich ist das alles so … denkst du, es ist mir leicht gefallen, in den Blumenladen zu gehen und die Blumen für dich zu kaufen? Ich kam mir so bescheuert vor, ich habe noch nie für irgendjemanden Blumen gekauft.« Ein leichtes Lächeln legt sich auf ihr Gesicht.

»Das meine ich, ich habe mich darüber so gefreut, ich dachte wirklich... keine Ahnung«, sagt Bella leise. »Deswegen habe ich es trotzdem gemacht, egal wie komisch es war, ich habe es für dich gemacht. Bella, ich bemühe mich wirklich, ich weiß nicht, wie ich mit dir umgehen muss, aber ich bemühe mich für dich. Ich habe dich nur nicht angerufen, weil es bei uns … es gibt Schwierigkeiten ...das hatte nichts mit dir zu tun... das musst du mir glauben.«

In dem Moment sieht Bella auf seinen Arm, wo er sich bei den Befragungen zu Jesús' Tod ein paar Wunden eingefangen hat. »Was ist los?« Er hasst es, dass sie so etwas mitbekommt. »Ich will nicht, dass du damit irgendwas zu tun hast.« Paco hebt ihr Kinn an, damit sie ihm in die Augen sieht. »Bella, denkst du wirklich, wenn du mir egal wärst, dann wäre ich jetzt hier?« Sie sieht ihn eine Weile einfach aus ihren schönen grünen Augen an, als wäge sie alles genauso ab wie er selber es tut, doch dann legt sie ihren Kopf an seine Brust. Sein Herz schlägt sofort schneller und er muss leise lachen.

»Wie sollte ich dich je vergessen? Wow, ich kann mich nicht erinnern, dass mir jemals jemand so die Stirn geboten hat.« Bella küsst seinen Oberarm. »Ich habe dir doch gesagt, du sollst mich nicht unterschätzen.« Paco wird wieder ernst. »Es macht mich wahnsinnig, wenn du nicht auf meinen Anruf reagierst.« Er ist selber nicht zufrieden mit dieser Tatsache, doch sie ist nicht zu ändern. »Das habe ich gemerkt.« Anstatt noch etwas zu Bellas Kommentar zu sagen, küsst er sie und weiß, dass er davon nie genug bekommen wird. Er lost den Kuss und legt seine Stirn an ihre. »Ich weiß, was ich dir gesagt habe, dass ich es mir nicht leisten kann, jemanden zu lieben ... und mit dir ist es noch so viel komplizierter, deswegen habe ich auch am Anfang so dagegen gekämpft, aber es hat nichts gebracht, Bella. Ich kann dich einfach nicht gehen lassen, es geht nicht. Ich muss einige Dinge erledigen und dann ...«

Pacos Handy klingelt und erinnert ihn unsanft daran, dass unten alle warten, um den Mörder seinen Cousins zu finden. »Mist, ich muss los.« Bella gibt ihm einen Kuss. »Paco, es gibt etwas, was ich mit dir besprechen muss.« Er sieht zum Fenster. »Was denn?« Sein Handy klingelt erneut. »Nicht jetzt, das dauert länger, aber es ist wichtig.« Paco küsst sie noch einmal und zieht sie in seine Arme. »Du hast mir gefehlt, Bella.«

Kurz nachdem Paco aus der Uni raus ist, treffen sie auf einen wichtigen Informanten im neutralen Gebiet. Er hat Kontakt zu mehreren Familias in der Gegend und ist ihre Hoffnung, dass sie endlich mehr Klarheit darüber bekommen, wer für den Tod seines Cousins verantwortlich ist. Muhendes lehnt sich gelassen zurück, als Paco, Chico und Rodriguez vor ihm im Café sitzen. Die anderen sind draußen geblieben zum Schutz, um dafür zu sorgen, dass sich niemand in der Gegend aufhält, der hier nichts zu suchen hat. Einem Kerl wie Muhendes kann man niemals trauen. Als sie ihn direkt nach diesen Ereignissen befragen, bekundet er sein gespieltes Mitleid. Paco könnte ihn allein dafür verprügeln. Wie kann ein Mann so ehrlos sein und bei allen Familias herumschnüffeln, so dass er sich damit bei anderen für diese Infos Geld besorgt. Ihnen kommt das zwar gerade gelegen, aber er verabscheut solche Menschen. Sie wissen, dass nun auch bald alle anderen wissen, dass sie nach dem Mörder suchen, aber sie haben keine andere Wahl. Doch als sie ihn danach befragen, erklärt er, nichts dergleichen erfahren zu haben, er wüsste auch nicht, welche andere Familia so verrückt wäre, sich mit den Les Surenas anzulegen.

Noch bevor Paco antworten kann, klingelt sein Handy. Daran, dass es Mano ist, der draußen wartet, weiß Paco, dass es mehr als wichtig sein muss. Als Paco das Handy zuklappt, reibt er sich müde mit der Hand über das Gesicht. Sie haben ein weiteres Mitglied der Familia gefunden, genauso zugerichtet wie Jesús.

Paco weiß nicht wohin mit seiner Wut, als sie die Leiche seines guten Freundes in das Krankenhaus bringen, welches solche Angelegenheiten für sie für viel Geld diskret behandelt. Seine Gedanken rotieren. Dass es ein Zufall war, vielleicht ein Streit, der entfacht ist, ist hiermit ausgeschlossen. Die Les Surenas werden gezielt angegriffen. Sie bleiben über Nacht in der anderen Stadt. Auf dem Rückweg klingelt sein Handy. Als er Bellas Nummer sieht, überlegt er einen Augenblick nicht ranzugehen, doch dann nimmt er ab. Er kann Bella kaum verstehen, weil sie so sehr weint, dass sich sein Magen erneut zusammenzieht.

»Bella?« Sie schluchzt erneut auf. »Paco ... ich«. Paco wird nervös. »Bella, was ist los?« Es muss ihr etwas passiert sein. »Paco, ich muss dich sehen, jetzt.« »Warum weinst du? Was ist passiert?« »Komm einfach.« »Wo bist du?« »Ich warte auf dem Parkplatz der Uni.« Sie fahren gerade in die Stadt hinein und Paco sagt Chico, er soll sich zu Rodriguez ins Auto zu setzen, er kommt später nach. Rodriguez will ihn nicht alleine gehen lassen, doch Paco fährt einfach davon. Er hat ein sehr ungutes Gefühl und rast zum Parkplatz der Uni. Sobald er ankommt und Bellas Wagen entdeckt, geht er hin und öffnet die Tür. Sein Herz, was bereits in so großer Trauer ist, schlägt gequält schneller, als er sie aus dem Wagen zieht und sieht, wie blutverschmiert und verweint sie ist. „Bella, wer war das?" Paco sucht nach der Wunde, aus der das Blut kommt, doch er findet keine.

»Paco, ich habe nichts ... das ist nicht mein Blut.« Sie kann kaum sprechen, so sehr weint sie. Pacos Hände zittern selber, doch er nimmt ihr Gesicht in seine Hände, damit sie ihn ansieht. »Schschsch, Süße, komm her!« Er hält sie fest und spürt, dass sie diesen Halt auch braucht, doch dann hält er es nicht mehr aus. »Bella, ich drehe gleich durch, wenn du mir nicht sagst, was mit dir passiert ist.« Bella sieht ihn aus ihren großen verweinten Augen an und beginnt zu erzählen. Er spürt, wie aufgebracht Bella ist und küsst ihre Wangen. »Mein Cousin, er wurde umgebracht, nicht umgebracht, sie haben ihn gequält, sie haben seine Hand abgeschnitten, er war überall voller Blut und als ich ihn im Arm hatte, war er schon tot.«

Paco ist im ersten Moment erleichtert, dass es wirklich nicht direkt etwas mit ihr zu tun hat, doch dann begreift er, dass offensichtlich die Trez Puntos ebenfalls angegriffen wurden. Er schließt die Augen. »Das tut mir leid Bella, wieso haben sie dich das sehen lassen?«, flüstert er an ihre Stirn. »Paco, bitte sag mir, dass ihr nichts damit zu tun habt... bitte.« Er sieht sie ernst an. »Von was redest du, Bella? Wie kommst du darauf?« Bella sieht ihn aus ihren großen Augen an. »Sie glauben, ihr wart das, wegen einer Sache in Tehuana ... oder so etwas. Bitte Paco, sag mir, dass du nichts damit zu tun hast.« Paco lacht kurz hart auf, wie klar, dass Juan wieder nicht weiter denkt als um die nächste Ecke.

»Bella, von uns wurden schon zwei umgebracht. Einer meiner Cousins und ein Freund, deswegen hatte ich keine Zeit. Weißt du noch auf dem Dach der Anruf? In der Nacht haben wir meinen Cousin gefunden. Wir haben auch die Trez Puntos unter Verdacht, aber wir waren noch nicht sicher. Wegen des Tehuana-Deals, das sind Peanuts für uns, darum machen wir uns nicht mal Gedanken. Juan denkt echt nicht nach, Bella, die Les Surenas haben damit nichts zu tun, das schwöre ich dir.« Bella hört nicht auf zu weinen.

»Warum hast du mir das nicht gesagt, dass mit deinem Cousin? Es ... aber, wer war das dann? Paco, wir sind die zwei größten und stärksten Familias in Puerto Rico, wer sollte so was Dummes tun?« Paco küsst ihre Stirn. »Ich weiß es nicht, aber scheinbar wollten sie uns gegenseitig aufhetzen, was ihnen ja auch fast gelungen ist. Mach dir deswegen keine Sorgen, ich kläre das, genau vor so etwas wollte ich dich schützen.« Paco nimmt sie in den Arm, sie ist so zart, wirkt so unschuldig. Er hasst es, dass sie von all dem weiß, doch dann fällt ihm etwas ein.

»Bella, sie haben bei uns welche der engsten Mitglieder genommen. Wie nah war dein Cousin von Juan, wie eng stehst du mit der Familia in Verbindung?« Bella senkt sofort kurz ihren Blick und in Paco kommt ein ungutes Gefühl hoch. »Mein Cousin Sanchez ... « Sie haben Sanchez erwischt? Aber das würde bedeuten, dass sie auch die Cousine von Juan ist. »Bist du etwa die Cousine von Juan?« Bella schüttelt schnell den Kopf, in Paco kommt sofort Erleichterung hoch. »Ich bin ... seine Schwester.« Pacos Herz schlägt schneller, zu schnell. Er bleibt ruhig stehen und sieht auf Bella, die ihren Blick gesenkt hält.

Sie ist seine Schwester? Jetzt wird ihm so einiges klar und er fragt sich, wie er so dumm sein konnte. Juans Schwester, er hasst diesen Kerl über alles, hat schon tausendmal ihn und seine ganze Familie verflucht. Und die ganze letzte Zeit hat er nichts Besseres zu tun gehabt, als an dessen Schwester zu denken. Seine Wut steigt von Minute zu Minute. Normalerweise geht ihm jeder aus dem Weg, wenn er in diesem Zustand ist. Er spürt, wie seine Hände zittern und er versucht sich zu beruhigen. Erst als sie ihn irgendwann zögernd wieder ansieht, findet er Worte.

»Bella bist du ... bist du wahnsinnig?« Er versucht nicht mal seine Wut zu verstecken, sie verschränkt sofort die Arme vor der Brust. »Ich wollte es dir ja sagen, zum richtigen Zeitpunkt.« Paco glaubt das alles nicht. »Ach wirklich? Bella, ich ... hast du überhaupt eine Vorstellung davon, was das bedeutet? Du hättest es mir verdammt noch mal von Anfang an sagen müssen.« Anstatt zu merken, dass sie dieses Mal wirklich ihre Klappe halten sollte, fährt sie unbeirrt fort. »Das konnte ich nicht Paco, denk doch mal nach, es hat seinen Grund, dass kaum einer weiß, dass Juan eine Schwester hat...« Er unterbricht sie. »Ich wusste es, ich wusste nur nicht, dass du es bist.« Bella seufzt laut.

»Paco, wann hätte ich es dir sagen sollen? In der Bibliothek, was hättet ihr mit mir gemacht, wenn ihr das gewusst hättet und danach? Ich wusste doch nicht mal, woran ich bei dir bin. Ich konnte dir das nicht sagen, solange ich nicht wusste...« Paco kann ihr nicht mehr zuhören. »Falsch Bella, ganz falsch, du hättest es mir nicht sagen sollen, du hättest dich von mir fernhalten sollen. Verdammt, weißt du, wie lange unsere Familien schon verfeindet sind? Hast du darüber überhaupt nachgedacht? Ich meine, ich weiß ja, dass du das alles nicht ernst nimmst, aber für so dumm hätte ich dich nicht gehalten.« Paco kann einfach nicht begreifen, wie leichtsinnig Bella mit allem umgeht und in was für eine Lage er sie gebracht hat.

»Wirklich? Wirfst du mir jetzt etwa vor, dass ich mich in dich verliebt habe, obwohl du die falsche Plaka trägst? Paco denkst du, ich kann mein Leben davon abhängig machen, wer zu wem gehört, das ist einfach passiert.« Paco wird immer wütender. Wäre es nicht Bella, die jetzt vor ihm steht, hätte er sich schon lange nicht mehr zurückhalten können. »Nicht nur eine Punto, nein auch noch die Schwester einer meiner gottverdammten größten Feinde. Weißt du, ich könnte ...vor allem du wirfst mir vor, ich meine es nicht ernst, Bella? Du bist so eine Heuchlerin, du hast die ganze Zeit mit falschen Karten gespielt.« Paco weiß, wie hart er sie anfährt, aber er kann nicht anders, dieses Geständnis verändert alles.

Er beginnt hin und her zu gehen, die einzige Methode, seine Wut etwas zu zügeln. »Ich habe mich nicht verstellt Paco, ich bin immer noch die Gleiche, nur dass du jetzt weißt, wer mein Bruder ist. Ich kann nicht fassen, dass diese kleine Tatsache alles für dich ändert.« Paco, der die ganze Zeit auf und ab läuft wie ein Tiger im Käfig, wirbelt zu ihr herum. »Diese kleine Tatsache? Du tust so, als hättest du mir gerade gesagt, du hast einen Fleck vergessen zu erwähnen. Hast du eine Vorstellung davon, was passiert wäre, wenn uns jemand gesehen hätte, Bella? Denkst du, es geht hier nur um uns beide? Wenn es nur um uns ginge, wäre es mir scheißegal, aber so kann keiner von uns denken. Es hat Konsequenzen, über die du nicht mal nachdenkst. Die Waffenruhe wäre sofort aufgehoben, wenn Juan das erfährt. Ich würde das Gleiche tun, hätte ich eine Schwester. Willst du dafür verantwortlich sein, dass jemand verletzt wird, Bella? Kannst du damit leben, nachdem du heute deinen toten Cousin im Arm hattest, ich verdammt noch mal kann das nicht. Ich bin der Anführer der Les Surenas, ich kann nicht einfach eben wegen uns so etwas riskieren, was hast du dir nur gedacht?«

Bella schaut zu Boden, endlich mal eine normale Reaktion von ihr, vielleicht haben sie seine Worte doch wachgerüttelt. Ihr Schweigen nimmt er als Zustimmung, sie kann nicht so blind sein und diese Tatsachen ignorieren. Müde lehnt er sich gegen sein Auto, was zur Hölle haben sie nur getan? Da sieht sie nach oben und direkt in seine Augen. »Tu das nicht, Paco.« Bella sieht ihn wütend an »Was soll ich nicht tun?«

Er verschränkt seine Arme vor der Brust. »Mich so anzusehen, als wäre ich wer anders, ich bin immer noch die Gleiche, die du vor zehn Minuten im Arm hattest.« Paco wendet den Blick ab. »Du wusstest doch, dass ich eine Trez Puntos bin ...« Das ist unglaublich, sie begreift es immer noch nicht. »Ja eine Trez Puntos, verdammt, ich dachte, du wärst weit weg von der Familia, vielleicht eine Cousine eines weiteren Mitglieds oder so was. Du trägst ja nicht mal deine Plaka richtig. Trotzdem wollte ich dich am Anfang nicht, aber ich konnte dich nicht vergessen und ich hätte mir was einfallen lassen. So wäre es vielleicht irgendwie möglich gewesen.«

Diesmal unterbricht Bella ihn. »Und das alles ändert sich? Gestern hast du mir gesagt, dass du es probierst, dass du Gefühle für mich hast und weil ich in deinen Augen den falschen Bruder habe, ändert das alles? Es kann so viel dagegen sprechen wie es will, ich kann nichts dafür. Es ist mir egal, ob du ein Les Surenas bist oder nicht, an meinen Gefühlen ändert das nichts.« Bella wischt sich die letzten Tränen weg. »Ich habe das alles so satt.«

Paco stellt sich wieder gerade hin, sein Herz zieht in seiner Brust, doch er trägt zu viel Verantwortung, um darauf zu hören. »Es ist egal, was dagegen spricht oder nicht, es hätte nie passieren dürfen.« Noch einmal sieht Bella ihn an, dreht sich dann um und geht. Paco kämpft gegen sein Herz, welches ihn anschreit sie aufzuhalten. Nachdem sie vom Parkplatz fährt, schlägt er mit voller Wucht die Fensterscheibe seines Wagens ein. Seine Hand beginnt zu bluten und schmerzt, doch es ist nichts im Vergleich zu dem Schmerz, der in seinem Herzen sitzt. Sobald Paco wieder zu Hause ist, drehen sich seine Gedanken wie verrückt in seinem Kopf, das darf nicht wahr sein.

»Verdammte Scheiße Paco, was ist passiert?« Chico kommt auf ihn zu, nun werden alle aufmerksam. Paco hat seine blutende Hand ganz vergessen. »Es geht schon, alles in Ordnung!« Er geht in Richtung seines Schlafzimmers. »Trommelt alle zusammen, Besprechung in einer halben Stunde und ich meine wirklich alle!« Er stellt sich unter die heiße Dusche, wie konnte das passieren? Wie konnte es ihm passieren, sich auf die Schwester seines Feindes einzulassen, er kann nicht glauben, dass gerade IHM das passiert. Er haut erneut mit der Faust gegen die Wand, als er an Bellas Tränen denkt, er wünschte, irgendetwas würde den Schmerz in seiner Brust übertreffen. Als er dann in das Besprechungszimmer kommt, sind wirklich alle versammelt, einige stehen sogar vor der Tür, die Les Surenas sind stark gewachsen. Paco tritt nach vorn an den Besprechungstisch und sieht in die Runde. Sie haben jetzt zwei Mitglieder verloren, durch seine Schuld hat er fast den größten Krieg zwischen den Trez Puntos und den Les Surenas heraufbeschworen, der überhaupt denkbar wäre. Er muss jetzt handeln als ihr Anführer.

Er schildert alles, was bis jetzt passiert ist, einige haben nicht alle Vorfälle mitbekommen. Die Informationen, die sie herausgefunden haben, sind viel zu wenig. Er weist alle an aufzupassen, teilt sie in Gruppen ein, momentan sollen sie keine Sachen mehr auf eigene Faust machen. Er will es nicht riskieren, noch einer Mutter den Tod ihres Sohnes beibringen zu müssen. Als er alle eingewiesen hat, räuspert er sich und schneidet ein Thema an, was er selber lieber vermeiden würde.

»Ich habe mitbekommen, dass die Trez Puntos ebenfalls angegriffen wurden. Sanchez, einer aus ihren engeren Kreisen, ist genauso hingerichtet worden wie die beiden von uns. Sie verdächtigen uns, wir haben auch an sie gedacht. Ich bin mir absolut sicher, das ist kein Zufall. Nicht, dass ich ein Problem damit habe mich mit ihnen anzulegen, im Gegenteil, aber ich bin der Ansicht, dass es dieses Mal vielleicht sinnvoller ist, mit ihnen zusammenzuarbeiten. So kommen wir an mehr Informationen. Wichtiger, als diese verdammten Puntos dran zu kriegen, ist es mir, die Mörder von meinem Cousin und Freund zu finden! Rodriguez wird zu Sanchez' Beerdigung gehen und mit ihnen reden!«

Alle sehen etwas verwundert zu Paco, doch Ramon räuspert sich. »Das sehe ich genauso, das wäre wahrscheinlich die beste Lösung!« Auch Rodriguez nickt. Es ist eine beschlossene Sache. Als sich alle zum Gehen aufmachen, klopft Chico auf den Tisch. »Danach haben wir immer noch Zeit, uns die Trez Puntos vorzunehmen!« Paco bleibt im Raum stehen, Rodriguez bleibt als einziger sitzen und sieht seinen älteren Bruder ernst an. »Wieso gehe ich zu den Trez Puntos? Was ist mit Bella passiert?« Paco flucht leise und dreht sich zum Fenster um. »Vergiss Bella, es gibt sie nicht mehr, wir haben mit keinem von ihnen zu tun!« Er hört, wie Rodriguez laut aufseufzt und dann den Raum verlässt.

Paco sieht noch lange aus dem Fenster, über sein Gebiet, seinem Herzen, dem Land der Les Surenas und er schwört sich, Bella aus seinem Herzen zu verbannen.

Kapitel 5

Paco sieht schlecht gelaunt auf die Straße, sie sind auf dem Weg ins Trez Puntos-Gebiet. Er hat probiert, jede andere Möglichkeit auszuschöpfen, doch sie kommen so nicht weiter, es gibt keine Anhaltspunkte, wer hinter diesen Angriffen stecken könnte. Chico und Rodriguez haben dieses Treffen ausgemacht. Als sie bei der Beerdigung von Sanchez waren, haben sie gemerkt, auch die Trez Puntos wollen um jeden Preis wissen, wer für diese Angriffe verantwortlich ist, zu jedem Preis. Das ist das erste Treffen in solch einer Form, jemals. Paco wünschte sich, es würde anders gehen, doch gerade bleibt ihnen keine Wahl, als sich mit den Trez Puntos auszutauschen.

Als sie in das Gebiet einfahren, schnalzt Chico neben ihm mit der Zunge. »Auf geht's!« Rodriguez sieht über den Rückspiegel zu seinem Bruder. Paco weiß, was in seinem Kopf vor sich geht, Rodriguez und Ramon haben ihm in letzter Zeit öfter solche Blicke geschenkt. Vielleicht ist er seit der Sache mit Bella auch gereizter, doch wie sehr er sie wirklich vermisst und wie sehr er es hasst, sie nicht aus dem Kopf zu bekommen, können sie nicht wissen. Paco hat sich die letzten zwei Wochen gut ablenken können. Sie waren ständig dabei die Gegend zu durchforsten, Nachforschungen anzustellen. Er hat auch probiert, sich mit einer anderen Frau abzulenken, alles, um nicht an Juans Schwester zu denken. Bella muss verrückt sein, ihm diese kleine Tatsache verschwiegen zu haben. Er war bestimmt einfach noch zu sauer, so dass er die andere Frau nicht einmal anfassen konnte. Bella ist in seinen Gedanken, er schafft es noch nicht, sie aus seinem Herzen zu streichen. Doch er ist Paco Surena, es gibt nichts, was er nicht schafft.

»Denkt dran, wenn wir Bella sehen sollten, kein Wort. Wir müssen die Situation nicht noch schlimmer machen.« Rodriguez nickt. »Wir fahren in ihr Familia Haus, soviel wie ich gehört habe, lebt Juan mit seiner Familie in einem anderen Haus.« Paco sieht aus dem Fenster auf das Punto-Gebiet, es ist besser, wenn er sie gar nicht zu Gesicht bekommt. Gleich am Anfang des Gebietes warten Miko und Raul mit ein paar Männern und zwei Wagen. Natürlich trauen die ihnen auch nicht über den Weg und fahren vor bis zu dem Punto-Haus. Als sie eintreffen, sind schon viele versammelt. Es ist absolute Stille, als sie in den Garten treten. Juan steht neben Tito und Pepo in der Mitte. Es stehen vereinzelt ein paar Stühle herum, doch Paco hat nicht vor, es sich hier gemütlich zu machen. Jeder mustert den anderen, die angespannte Situation ist spürbar, ein falsches Wort und es gibt ein Blutbad.

Als Anführer muss Paco einen kühlen Kopf bewahren, er ignoriert alle anderen und nickt leicht in Juans Richtung. Mehr als das wird es nicht geben, als sie sich genau vor den Trez Puntos hinstellen, ist es einen Moment still. Juan und Paco sehen sich in die Augen, Paco erwischt sich dabei, wie er bei Juan nach Ähnlichkeiten zu Bella sucht, doch da gibt es nicht viel. Sie ist so viel heller als er, hat grüne Augen. Paco schüttelt kurz den Kopf, er sollte mit so etwas gar nicht erst anfangen.

Juan seufzt laut auf. »Okay, fangen wir an, ich kann mir auch Schöneres vorstellen, also bringen wir es hinter uns.« Zumindest haben sie beide die gleiche freche Art an sich. Paco sagt den Trez Puntos, was bei ihnen passiert ist, was sie herausgefunden haben. Er schlägt vor, dass sie sich über zwei Mittelsmänner gegenseitig austauschen, sobald eine der Familias was Neues herausgefunden hat, damit sie so schnell wie möglich erfahren, wenn es etwas Neues gibt und sie sich diejenigen schnappen können. Juan nickt, doch Pepo ergreift das Wort und beginnt zu schildern, was bei den Trez Puntos vorgefallen ist. Während er spricht, werden sie durch eine zuschlagende Tür und ein lautes und wütendes »Juan!« unterbrochen. Pacos Herz zieht sich zusammen. Bella.

Alle blicken fallen zur Tür, Juan flucht auf. Keine Sekunde später tritt Bella in den Garten. Sie sieht verwundert zu allen, sie wusste offensichtlich nicht, dass dieses Treffen stattfindet. Paco würde am liebsten auch laut fluchen, als Miko und Raul sofort zu ihr gehen und sie zu den anderen bringen. Als würde er es zulassen, dass jemand ihr etwas tut. Sie stellt sich zu Juan und Pepo. Paco zwingt sich den Blick abzuwenden und weiter zu Pepo zu sehen, der mit dem Erzählen fortfährt. Hatte er gedacht, er kann sich diese Frau einfach so aus dem Kopf schlagen? Vielleicht hat er einfach nur verdrängt wie schön sie ist.

Als sie gerade die Tür hereingekommen ist, wäre beinahe sein Herz stehen geblieben. Auch wenn er Pepo anblickt, bemerkt er, wie Bella leise mit Miko zu diskutieren anfängt, bis der seinen Arm um sie legt. Natürlich werden sie alle Bella sehr lieben. Wie verrückt war sie zu denken, dass sie beide jemals eine reale Chance gehabt hätten? Pepo endet und Paco meldet sich sofort zu Wort, er will das Ganze nur noch schnell hinter sich bringen.

»Also ist es so wie bei uns, ich denke, wir werden so weitermachen wie vorhin besprochen, wir versuchen herauszufinden, wer dahinter steckt. Chico wird mit euch im Kontakt bleiben, damit wir uns austauschen können, falls es etwas Neues gibt. Ansonsten gelten weiterhin alle Bedingungen, wir sind momentan in höchster Alarmbereitschaft und wir werden auch weiterhin niemanden der Trez Puntos auf unserem Gebiet dulden!«

Juan nickt. »Das sehe ich genauso, solange wir das nicht erlauben wie heute, gelten diese Bedingungen für uns auch weiterhin. Momentan bleibt uns nichts übrig als uns auszutauschen, ich könnte mir auch Schöneres vorstellen Paco, ich denke, da sind wir uns einig.« Paco kann sich ein Grinsen nicht verkneifen, ja alles andere wäre schöner. In dem Moment, wo Chico und Miko ihre Handynummern austauschen, treffen sich die Blicke von Paco und Bella. Als er ihr in ihre grünen Augen sieht, spürt er selber, dass er seine kalte Art für einen winzigen Moment verliert, sie fehlt ihm. Doch er fängt sich schnell und sieht wieder weg. Keine Minute später zischt Bella, »ich gehe«, zu ihrer Familie und wendet sich ab. Paco weiß nicht, was Bella so wütend gemacht hat, doch Juan könnte ihm schon fast leid tun, als er flucht und ihr hinterhergeht. »Eine Minute!«, wirft er in die Runde. Chico neben ihm schmunzelt, doch kann sich einen Kommentar verkneifen. Juan redet auf Bella ein, doch sie ist wohl sehr sauer.

»Vergiss es Juan, du solltest mir jetzt lieber gar nichts sagen.« Juan nimmt seine Schwester mit ins Haus. Pepo, Miko und Chico unterhalten sich noch weiter, doch Paco beobachtet, wie die beiden sich im Zimmer streiten. Man hört zwar nichts, doch man sieht, dass Juan seine Schwester sehr zu lieben scheint, auch wenn sie sich gerade streiten. Als sie wieder herauskommen, sieht Paco weg, es wird Zeit hier zu verschwinden. »Tito, bring Bella nach Hause!« Paco blickt nicht noch einmal zu ihnen, als Bella geht. Sie brechen selber auch kurz darauf auf, es ist alles gesagt, alles geklärt. Auch wenn sie sich jetzt mit ihnen austauschen, will Paco das Kapitel Trez Puntos weit hinter sich lassen.

Die nächste Zeit kommt er auch nicht viel zum Nachdenken, es werden noch zwei Manner der Les Surenas getötet. Sie gehören zum engeren Kreis, auch wenn sie keine direkte Familie waren. Paco ist kurz davor durchzudrehen. Jedes Mal das gleiche, beide wurden abgefangen, übel zugerichtet, die Hand mit der Plaka fehlt. Da Chico engen Kontakt zu Miko hat, wissen sie, dass es bei den Trez Puntos genauso zwei Leute erwischt hat, genau das gleiche Muster. Auch sie tappen im Dunkeln. Paco und Rodriguez fahren zu allen möglichen Familias, die dafür infrage kommen könnten, durchsuchen ihre Häuser nach Hinweisen, gehen Spuren nach, aber nichts, sie finden nichts. Doch alle vier wurden in der neutralen Zone geschnappt, diesen Schwachpunkt beider Familias scheinen sie genau zu kennen, dagegen muss etwas unternommen werden.

Es ist ein neues Treffen mit den Trez Puntos geplant, dieses Mal auf dem Surena-Gebiet. Es ist Paco lieber bei ihnen, doch sie gehen damit auch einen großen Schritt auf die Trez Puntos zu. Sie bringen sie in ihr Zuhause, was bedeutet, dass sie friedliche Absichten haben. Er hofft, Juan weiß das zu würdigen. Paco, Mano und zwei seiner Cousins sind am Tag des Treffens noch in der neutralen Zone, um neue Handys abzuholen, die sie bestellt haben, ihre Schwäche. Sind es für Frauen die Klamotten und Schuhe, so können sie gar nicht schnell genug die neuesten Handys haben. Mano, der in Technik Sachen am fittesten ist, hat schon zwei eingeschaltet und eingestellt, bis sie ins Surena-Gebiet kommen. Gerade als sie dort hineinfahren, sieht Paco aus dem Augenwinkel, wie sich ein Mann zwischen zwei Bäumen zu verstecken versucht. Er sieht ihr Auto nicht, sondern guckt auf die Wachen der Surenas, die die Grenzen so gut es geht bewachen, besonders heute, wo die Trez Puntos kommen. Paco hält und deutet den anderen an, wo er etwas gesehen hat, doch der Mann hat sie bemerkt und rennt los. »Vamos!«

Innerhalb weniger Sekunden hat jeder seine Waffe gezückt und rennt hinterher. Mano und Sammy sind dicht hinter ihm, Paco zielt mit seiner Waffe, um dem Mann ins Bein zu schießen, da rennt er in eine kleine Gasse. Als sie dort einbiegen, liegt der Mann geduckt am Boden. Paco wird automatisch langsamer und hebt die Waffe. »Sieh mich an du Hund, was tust du hier?« Der Mann keucht schwer und Paco sieht, dass sich vor ihm eine Blutlache auftut. »Was zur Hölle?« Mano geht vor und dreht den Mistkerl um, er hat sich selber die Zunge abgeschnitten. Paco flucht und tritt ihm das Messer aus der Hand. »Wir werden trotzdem etwas herausbekommen.« Er durchwühlt die Taschen des Mannes, der sich nicht einmal zu wehren scheint. Sie finden aber nur ein Handy, nicht einmal eine Plaka hat er. Während sich Sammy um den Mann kümmert, sieht sich Paco zusammen mit Mano an, was sie auf dem Handy finden können. Und als er die ersten Bilder sieht, wird er wütend, der Mistkerl hat etwas mit den Entführungen zu tun. Sie zeigen Chico und Miko, einige der Surenas, doch als sie weiterblättern, wird Paco schlecht und er sieht rot.

Als sie nach Hause kommen, treffen sie Chico im Flur. »Wo wart ihr so lange? Sie sind schon da, wir warten!« Paco gibt Mano das Handy, der als einziger kein blutverschmiertes Shirt hat und geht schnell die Treppen hinauf zu seinem Zimmer. Er blickt hinaus in den Garten, wo er eine junge Frau sieht, die er nicht kennt. Also haben die Trez Puntos verstanden und den Les Surenas die Geste mit genau dem gleichen Respekt entgegengebracht. Solange sie nicht die ganze Familie mitgebracht haben, erkennt er das an. Paco flucht, als er an die Bilder denkt, er zieht sein Shirt aus, schmeißt es auf den Boden und zieht sich ein neues über, bevor er sich auf den Weg nach unten macht. Die Fotos haben ihn getroffen in mehrerer Hinsicht. Plötzlich stockt er, als Bella vor dem Bad steht, das gerade renoviert wird.

»Bella?« Paco hätte nicht gedacht, dass Juan so viel Vertrauen zeigen würde, seine Schwester herzubringen. »Hat er dich also wirklich mitgebracht?« Pacos Brust spannt, als er ihr in die Augen sieht. Auch sie ist überrascht, er sieht den Schmerz in ihren Augen, den er verdrängt und nicht zulässt. »Ich wollte nur ... ich suche die Toiletten.« Paco geht runter, bleibt aber auf Abstand. »Hier unten wird renoviert, geh nach oben ins linke Zimmer, dort liegt sowieso noch etwas, was dir gehört, danach solltest du zu uns ins Besprechungszimmer kommen.« Ohne ihre Antwort abzuwarten geht er zu den anderen. Natürlich hat er versucht, so wenig wie nur möglich an Bella zu denken, doch mehr als einmal hat ihn sein Weg nachts auf das Unidach geführt. Einmal hat er im Mondlicht etwas glänzen gesehen und die Fußkette gefunden, die er ihr vom Bein entfernt hat. An sein Versprechen erinnert, hat er dann jedes Mal, wenn er zu sehr an sie gedacht hat, ein Armband für sie gekauft. Bella kann die ersten schon mitnehmen, je weniger Erinnerungen desto besser.

Im Raum sitzen schon alle um den großen Besprechungstisch herum. Paco nickt einmal in die Runde und setzt sich nach vorne an seinen Platz. »Das Treffen sollte eigentlich dazu dienen, das neutrale Gebiet vorerst aufzulösen. Ihr merkt selber, dass das eine Schwachstelle ist und die dürfen wir uns momentan nicht erlauben!« Paco kommt direkt zum Punkt. »Aber wir haben auch heute zufällig etwas entdeckt, was wir euch zeigen wollen und es wäre gut, wenn du dazu deine Schwester herholen könntest.« Er sieht zu Juan und wie Paco es erwartet hat, geht der gleich in die Luft. Er scheint seine Schwester sehr zu lieben, Paco wundert das überhaupt nicht.

»Bella? Wieso das?« In dem Moment kommt Jennifer, die Frau von Ramon, herein und stellt neue Getränke auf den Tisch. Ramon bittet sie leise Bella zu ihnen zu bringen. »Es tut uns leid, aber Bella könnte uns in der Sache helfen.« Chico legt einen Plan des neutralen Gebietes aus, Juan kommt nicht dazu etwas zu antworten, denn sie teilen das neutrale Gebiet auf und gleich danach kommt Bella durch die Tür. Paco sieht zu Bellas Beinen, zwischen denen sich Pitty durchdrängt. In all dem Stress ist ihm gar nicht aufgefallen, dass sein Hund, der normalerweise immer an seiner Seite bleibt, sobald er das Haus betritt, gar nicht bei ihm ist. »Pitty komm!« Jennifer will den Hund mit raus nehmen, doch Pitty stupst Bella mit der Nase an.

»Bella, du magst doch diese Hunde nicht.« Bellas Cousin Miko grinst sie an, und sie versucht den Pitbull mit einem Finger wegzuschieben. »Ich weiß … vielleicht sollte ihm das mal jemand klar machen.« Paco zieht die Augenbrauen zusammen, was ist mit Pitty los? Jennifer lacht. »Tut mir leid, aber seit sie gekommen ist, will er bei ihr bleiben.« Endlich macht Pitty Platz und Bella setzt sich neben Juan und Miko. Als Paco Pitty ruft, denkt der gar nicht daran, von Bellas Seite zu weichen und legt sich an ihre Füße. »Es tut uns leid, sie da reinziehen zu müssen, aber sie ist die Einzige, die uns vielleicht noch ein paar Hinweise geben kann.« Ramon, sein älterer Bruder, versucht die Trez Puntos noch einmal zu beschwichtigen, man spürt, wie angespannt alle sind. Paco ist es egal, was sie gleich zu sehen bekommen, wird sie eh schockieren.

»Ich will wissen, was zum Teufel meine Schwester damit zu tun hat?« Wie Paco es sich denkt, Juan lässt nichts auf seine Schwester kommen. Paco lehnt sich zurück. „Wir haben heute jemanden gefunden, der versucht hat auf unser Gebiet zu kommen. Bevor wir ihn aber schnappen konnten, hat er sich selbst die Zunge abgeschnitten«. Miko grinst. »Schlaues Kerlchen.« Bella sieht ihren Cousin geschockt an. Paco sieht die beiden an, es ist komisch, Bella jetzt an ihrer Seite zu sehen. »Wir haben sein Handy durchgesehen und folgendes gefunden...« Paco bedient per Tastatur das Notebook, auf dem großen Fernseher wird das Menü des Handys von dem Mann sichtbar. Er zeigt ihnen die Bilder. Als er jetzt noch einmal die Bilder sieht, die ihn durchdrehen lassen haben, halten alle die Luft an.

Bella, Bella mit Juan, Bella mit ihrer Freundin, jedes Mal wird Bella herangezoomt. Juan ist ganz ruhig, Bellas Cousins fluchen laut. »Dieser verdammte...« Sie selbst sieht schockiert auf den Bildschirm. »Zu ein paar

Fotos wurden Kommentare geschrieben.« Er öffnet die Dateien. »Haben Juans Schwester, wir haben Glück, sie ist sehr heiß, wir werden erst noch unseren Spaß mit ihr haben.« Juan steht auf. „Wo ist der Mistkerl?" Paco lehnt sich wieder zurück und sieht Bella in die Augen. »Tot!« Sammy lacht auf. »Kann man wohl so sagen, Paco ist ausgeflippt. Wir hatten heute keine Langeweile.« Paco räuspert sich.

»Wir haben versucht, etwas aus ihm herauszubekommen, aber es bestand keine Möglichkeit, selbst wenn er noch hätte reden können, hätte er nichts gesagt. Keine Plaka, kein Ausweis, nichts, wer auch immer dahinter steckt, ist nicht dumm.« Juan flucht laut. »Verdammt, ihr hättet ihn uns bringen sollen, ich hätte ihn erledigen müssen. Sie ist meine Schwester.« Paco blickt auf, er und Juan funkeln sich böse an. In seinen Gedanken hallt etwas wider, was als Reaktion und viel zu schnell in seinem Kopf und Herzen erscheint, als dass er es stoppen könnte 'ich liebe sie genauso sehr!'. Ramon lenkt ein und Paco versucht diesen Gedanken schnell wieder zu verdrängen.

»Auf jeden Fall ist er beseitigt, wir lassen ihn gerade über die Grenze bringen, wo er dann hoffentlich gefunden wird, von wem auch immer, um ein Zeichen zu setzen.« Juan setzt sich wieder, aber man spürt, dass er noch aufgebracht ist. Paco ist das egal, er sieht Bella in die Augen. »Bella, wir haben keine weiteren Hinweise, das Einzige, was uns noch einfällt ist, dass, wenn du ihn vielleicht erkennst, weißt, ob du ihn mal gesehen hast und wo, vielleicht könnten wir so etwas rauskriegen.« Bella nickt und Chico verkabelt Pacos Handy. Er will nicht, dass Bella das sieht, doch es bleibt ihnen keine Möglichkeit.

Sie zieht scharf die Luft ein, als sie Bilder von dem Mann sieht, nachdem er schon etwas seine Wut abgelassen hat. »Soll das ein Witz sein? Wie soll ich da irgendwas erkennen?« Doch dann hält sie ein, steht auf und geht direkt zum Bildschirm, dicht gefolgt von Pitty. »Da ist doch ... Kannst du das mal näher machen ... zoomen?« Bella zeigt auf seine linke Wange und Paco zoomt heran. »Ich kenne ihn«, murmelt Bella leise. »Woher?« Juan sieht zu seiner Schwester.

»Das ist der Eisverkäufer aus dem Einkaufszentrum.« Bella dreht sich um und alle sehen zu ihr. »Er war, Gott ich weiß gar nicht mehr, ich habe ihn mit Sara das erste Mal gesehen, glaube ich. Wir waren shoppen und haben uns danach ein Eis gekauft. Wir haben gar nicht weiter auf ihn geachtet, aber als wir ein paar Tage später wieder da lang gekommen sind, hat er uns die gleiche Kugel, die wir davor hatten, spendiert und wir haben kurz mit ihm geredet. Ich meine, er war nett, woher sollten wir denn so etwas wissen? Dann habe ich ihn nochmal getroffen, aber im Einkaufszentrum, nicht am Eisstand, er hat mir einen Zettel in die Hand gedrückt, wo er mich um ein Treffen gebeten hat. Ich war....« Bella stoppt kurz und sieht zu ihm, war sie zu dem Zeitpunkt mit ihm zusammen? »Ähmm ... ich bin nicht hingegangen, das war's. Ich hab ihn dann nicht wieder gesehen.« Bella zuckt unbeteiligt die Schulter.

Juan knallt laut die Faust auf den Tisch. »Bella, hast du eine Vorstellung davon, wie knapp das war? Was sie mit dir gemacht hätten? Madre Mia.« Juan streicht sich über das Gesicht, Bella verschränkt die Arme vor der Brust. Paco kennt sie schon so gut, dass er weiß, das hat nicht Gutes zu bedeuten. »Woher zum Teufel hätte ich das denn wissen sollen? Außerdem habe ich gar nichts gemacht, ich bin gar nicht zum Treffen gegangen.« Juan zieht die Augenbrauen hoch und zeigt mit dem Finger auf sie. »Dein Glück, verdammt nochmal, unser Glück, ich... Bella du bist manchmal so unvorsichtig«, zischt er. »Das war so knapp.« Bella sieht ihren Bruder sauer an. »Reiz mich nicht Juan, ich weiß, wie knapp das war.«

Wieder erhebt Ramon das Wort. »Sie scheinen auf jeden Fall vor nichts zurückzuschrecken. Da das Einkaufszentrum jetzt auf eurem Gebiet liegt, müsst ihr der Sache nachgehen, obwohl ich bezweifle, dass er dort wahre Angaben gemacht hat.« Juan nickt nur. »Unser Gebiet?« Bella sieht verwundert in die Runde und Miko antwortet ihr. »Jap, es gibt keine neutrale Zone mehr. Sie haben immer dort zugeschlagen, wir müssen sie ab jetzt mehr bewachen. Sie ist aufgeteilt worden. Unser Teil ist bis zum Einkaufszentrum.« Bella verschränkt die Arme, was nie ein gutes Zeichen ist. »Bis zum Einkaufszentrum?« Miko nickt. »Einschließlich Einkaufszentrum, das ist doch was oder? Wir können morgen shoppen gehen, du schuldest mir noch eine neue Hose.« Paco sieht, wie Juan etwas unruhig wird, als Bella ihn ansieht. »Ich hoffe, dann wissen die Les Surenas Bescheid, dass täglich eine Trez Puntos auf ihr Gebiet kommt?« Alle blicken auf die beiden, die Trez Puntos lehnen sich entspannt zurück, sie sind das wohl schon gewohnt, nur Bella und Juan sehen sich aufgebracht an.

»Vergiss es Bella, die Situation hat sich geändert.« Bella erinnert ihn gerade an ihren Streit in der Uni, woher holt sie aus ihrem kleinen zierlichen Körper bloß soviel Kraft? Aber gut, nun weiß er ja, mit wem sie aufgewachsen ist. »Nein Juan, vergiss du es, du hast es mir geschworen. Ich gehe zur Uni, vergiss es, darüber diskutiere ich nicht noch mal mit dir.« Juan gibt nicht nach, Chico sieht Paco grinsend an, es steht ihm im Gesicht geschrieben, dass er Bella mag.

»Das war, bevor ich wusste, dass sie schon so nah an dir dran waren, außerdem ist das jetzt Les Surenas-Gebiet.« Bella sieht sich in der Runde um, das ist wohl nun an alle gerichtet. »Das ist mir so was von egal, wessen Gebiet das ist, wie... wie kommt ihr überhaupt auf so einen Blödsinn? Das ist eine Uni, das ist neutrales Gebiet, so wie die Schweiz, verstanden? Ich habe Prüfungen, ich muss zur Uni und ich gehe. Ich war die ganze Zeit brav und habe mich im Trez Punto-Gebiet aufgehalten. Du weißt ja nicht mal, wie lange das noch gehen wird! Vielleicht geht das über Jahre, es sieht nämlich nicht danach aus, als hättet ihr alle auch nur einen Ansatz für eine Lösung. Ich gehe zur Uni und wenn du platzt, es ist mir egal, wessen Gebiet das jetzt ist.« Sie sieht sauer zu Paco.

»Ich gehe entweder wie vereinbart oder ganz ohne Schutz, ist mir egal, aber ich gehe, da kannst du dich auf den Kopf stellen, Juan!« Bella will den Raum verlassen, Juan reibt sich das Kinn und wieder mischt sich Ramon ein. Er hat diese ruhige, besonnene Art an sich, die alle wieder runter kommen lässt. »Also ich denke, es ist kein Problem, wenn Bella zur Uni geht, wegen der Sicherheit braucht man sich keine Sorgen zu machen. Rodriguez' Freundin ist auch auf der Uni, wir gehen davon aus, es hat sich schon herumgesprochen, dass sie seine Freundin ist, von daher wird die Uni sowieso bewacht. Wir haben ein Auge darauf und wenn Bella gebracht und abgeholt wird, sollte es kein Problem sein. Sie ist auf unserem Gebiet auch sicher.« Paco sieht seinen älteren Bruder an, das ist nicht sein Ernst?

Juan seufzt leise und sieht zu seiner Schwester. »Du gehst zur Uni, rein und raus, nicht mehr, Miko holt dich ab und bringt dich hin!« Bella ist zufrieden. »So war es abgemacht.« Juan sieht sie an. Paco merkt erneut, wie sehr der Anführer der Trez Puntos an seiner Schwester hängt, sie alle scheinen Bella sehr zu lieben. »Bella du weißt, dass ich nur nicht will ...« Bella gibt ihm einen Kuss auf die Wange. »Ich weiß, aber du übertreibst mit deiner Angst um mich. Muss ich noch hier bleiben?« Sie wartet nicht einmal mehr die Antwort ab, schon ist sie draußen und Pitty beginnt zu winseln. Paco schüttelt den Kopf, Bella wirbelt alles durcheinander, sie öffnet die Tür wieder. »Na komm schon, Pitty!«

Auch sie besprechen nichts weiter, sie haben alles gesagt und die Männer der Trez Puntos brechen auf. Paco bleibt im Besprechungsraum sitzen, als sie alle gehen. Ramon und Chico bringen die Trez Puntos raus, Paco bleibt sitzen, er kennt seinen älteren Bruder. Keine fünf Minuten später kommt Ramon wieder rein und schließt die Tür, so dass sie nun alleine sind. »Wieso hast du gesagt, Bella kann auf die Uni gehen?« Ramon setzt sich genau gegenüber von Paco. »Wie lange willst du dich noch quälen?« Paco flucht und steht auf. »Von was redest du da, Ramon? Sie ist eine Trez Punto, sie hat bei uns nichts verloren!« Ramon lächelt schwach. »Wirklich? Aber du bist ihr schon zu nahe gekommen, ich habe dich die letzten Wochen beobachtet, Paco, es ist bestimmt nicht gut mit euch beiden, aber es tut dir auch nicht gut, dich so zu quälen.«

Paco unterbricht seinen Bruder und geht zur Tür. »Versuche nicht mich zu therapieren, wenn du mich beobachtest, solltest du wissen, dass es nicht funktionieren wird.« Paco verlässt den Raum und hört Ramon noch lachen. »Was ist so schlimm daran, Paco? Du gehst doch nicht zur Uni es zwingt dich niemand dort zu sein!« Paco flucht und geht in sein Zimmer. Er sieht, dass Bella die Schachteln geöffnet, aber stehen gelassen hat, er geht in sein Bad, knallt die Tür zu und versucht sich in der Dusche abzukühlen.

Kapitel 6

Am nächsten Tag hat er einen Entschluss gefasst, er wird allen zeigen, wie gut er ohne Bella klarkommt. Er verbringt den Tag damit, die neuen Grenzen mit Rodriguez zu checken. Als sie am Nachmittag zurück wollen, hält sein Bruder an der Uni. »Ich hole Selena ab, du kannst auch hier warten.« Im Gegensatz zu seinem älteren Bruder ist sich Rodriguez nicht so sicher, doch Paco schüttelt den Kopf. »Nein, kein Problem, ist Mary auch da?«

Rodriguez zieht die Augenbrauen zusammen. Mary ist Selenas Freundin. Seit Rodriguez öfter mit Selena zu tun hat, anders kann Paco es nicht nennen, auch wenn Selena ein nettes Mädchen ist und sich vielleicht mehr erhofft, Rodriguez ist genauso wenig ein Beziehungstyp wie er, kennt er Mary. Diese Mary ist heiß, sie steht auf Paco, das zeigt sie zu deutlich. Genau das Richtige, um allen zu beweisen, dass er sehr wohl auch ohne Bella leben kann. Miko steht schon vor der Uni, um auf Bella zu warten. Sie begrüßen sich und Paco fragt ihn, ob Bella noch etwas zu dem Kerl von gestern eingefallen ist. Miko verneint das, aber dass sie schon versuchen herauszubekommen, wer das genau war. Dann kommen Selena und Mary. Paco begrüßt beide und wieder zieht ihn Mary mit ihren Blicken förmlich aus. Paco schaut zu Bella, die hinter ihnen kommt, den Blick aber schnell abwendet. Trotzdem sieht er, dass es sie verletzt, dass er auf Mary wartet.

Er redet gerade mit Mary, als er Miko sagen hört: »Princesa, was hast du? Müsste heute nicht eigentlich dein Glückstag sein?« Paco zieht es in der Brust, gleichzeitig ist er auch etwas verwundert, er will ihr nicht wehtun, niemals, doch er hätte auch nicht erwartet, dass sie überhaupt noch an ihn denkt. Sie hat auf ihn nicht den Eindruck gemacht. »Alles okay, lass uns nach Hause fahren.« Miko holt etwas hinter seinem Rücken vor. »Ich habe dir etwas mitgebracht, ich war in der Stadt und ... na ja.« Miko hält Bella eine Tüte Popcorn hin und sie lacht. »Popcorn?« Miko grinst. »Du liebst doch das Popcorn aus dem Kino.« Bella gibt ihrem Cousin einen Kuss, Paco zieht die Augenbrauen zusammen, sie braucht ihn nicht, sie hat ihre Familie. »Du bist der Beste.« Miko legt den Arm um Bella und nickt Paco und Rodriguez noch einmal zu. »Ich weiß, wollen wir noch shoppen gehen?«

Paco dreht sich um und sie gehen alle zum Auto. Als Mary und Selena hinten einsteigen, zwinkert Mary ihm noch einmal dabei zu. Paco flucht innerlich, wieso müssen solche Welten zwischen Bella und den anderen Frauen liegen?

Die nächsten Tage schafft Paco es trotzdem seinen Plan durchzuziehen. Rodriguez, Chico und er holen Mary und Selena ab und Miko, Bella. Er und Bella schenken sich kaum einen Blick, doch sobald sie bei sich zu Hause sind, lässt Paco Selena und Mary und verschwindet, er kann nicht wirklich mehr als drei Worte mit Mary wechseln. Als Selena Rodriguez ein paar Tage später anruft, weil sie früher Schluss haben und sie vom Restaurant, in dem sie gerade essen, direkt zur Uni fahren, warten die beiden schon. Auch alle anderen der Klasse stehen vor der Schule, aber Paco entdeckt Bella nicht.

»Wo ist Bella?« Selena zuckt die Schultern. »Ich hab sie die Treppe zum Dach raufgehen sehen.« Paco flucht. »Wartet!« Bella denkt sich wohl, sie kann sich einen entspannten Nachmittag machen und der Bewachung ihrer Familia entkommen, aber nicht, wenn sie unter seinem Schutz steht. Er geht schnell die Treppe zum Dach hoch und reißt die Tür auf. Bella sitzt an einen Schornstein gelehnt und sieht auf, als er zu ihr kommt. Paco geht sie sauer an. »Bella, was soll der Blödsinn? Was machst du hier?« Sie antwortet nicht, sieht ihn einfach nur an. »Wir haben deinem Bruder gesagt, dass du hier sicher bist. Du hast den gleichen Unterricht wie Selena. Es geht nicht, dass du hier oben alleine bist und keiner mehr aufpasst, was denkst du dir?« Pacos gesamte Wut weicht mit einem Schlag aus ihm, als er in ihre traurigen Augen sieht. Er wünschte sich, sie würde wütend werden, ihn anschreiben, doch nicht so traurig sein. Er kann es nicht sehen.

Wortlos nimmt sie ihre Tasche und geht vom Dach. Sie nimmt ihr Telefon in die Hand. »Miko, hey. .. Holst du mich ab? Ich habe früher Schluss. Okay, bis gleich.« Paco folgt ihr, dann hält er es nicht aus und hält sie am Arm zurück. »Okay, was ist? Warum bist du so? Keine Widerworte? Keine Diskussion? Ich habe mich schon darauf eingestellt, gleich zusammengestaucht zu werden.« Er erkennt Tränen in ihren Augen und könnte sich ohrfeigen, sie soll nicht traurig sein. »Ich habe es verstanden, Miko holt mich ab.« Noch immer redet sie nicht. Paco hält sie wieder zurück, als sie weitergehen will. »Ich will wissen, was los ist!", fordert er. Dann scheint es ihr genug zu sein, sie wird lauter. »Was ist dein Problem, Paco?« Er grinst leicht. »Na das hört sich doch schon viel mehr nach dir an.«

Bella schüttelt den Kopf. »Hast du nicht irgendwas zu tun? Zum Beispiel … Keine Ahnung … mit Mary rummachen?« Paco zieht kurz die Augenbrauen hoch, dann wird sein Grinsen noch breiter. »Aha … daher weht der Wind.« Bella verschränkt die Arme, er würde sie dafür am liebsten küssen, das ist so viel besser als sie traurig zu sehen. »Nichts da, daher weht der Wind, es wäre nur nett, wenn du nicht vor meinen Augen deine neuen Freundinnen suchst. Wie fändest du es denn, wenn ich mit, keine Ahnung, Chico rummachen würde?« Paco runzelt die Stirn, eine Sekunde kommt ihm das Bild von Bella mit einem anderen in den Kopf. »Chico würde dich nie anfassen.«

Bella geht zur Unitür raus, doch dann dreht sie sich noch einmal um. »Natürlich nicht Paco, wie konnte ich das vergessen, dank dir werde ich ja ständig daran erinnert, ich bin ja nur eine Trez Punto.« Paco flucht. »Bella, so war...« Sie hört ihm nicht zu, Chico kommt zu ihnen. »Bella, ich fahre dich zur Grenze. Miko hat dort noch etwas zu tun und schafft es doch nicht weg zu kommen.« Paco will das mit ihr klären. »Ich fahre sie...« Doch sie unterbricht ihn. »Nein Paco, er fährt mich, du weißt doch, keine Sorge, ich bin nur eine Trez Punto.«

Paco hebt seinen Arm, er will sich erklären. »Bella, ich...« Sie lässt ihn nicht. »Du solltest jetzt gehen Paco, guck doch mal da, Mary wartet, das erkennt man doch klar und deutlich.« Sie zeigt abwertend zu Mary, die nun auch wütend guckt und deutet auf ihr Dekolleté. Bevor Paco reagieren kann, setzt sie sich zu Chico ins Auto und knallt die Tür zu. Dann eben nicht, Paco reicht ihr Herumgezicke, er geht ebenfalls zum anderen Auto. Sobald alle sitzen, gibt er Gas.

Unterwegs fällt ihm ein, was für eine Quasselstrippe Chico ist, so wie er ihn kennt, wird er Bella sagen, dass sie sie kleine Punto nennen. Er nimmt sein Handy zur Hand und warnt ihn schnell, das würde jetzt noch fehlen. Chico beginnt nur laut zu lachen. »Schon zu spät, ich habe ihr bereits verraten, wie wir sie nennen.« Paco flucht laut und hört Bella. »Sag ihm, er soll sich mal lieber auf seinen Wageninhalt konzentrieren.« Paco legt wütend auf und fährt in das Surena-Anwesen. Er kommt gar nicht wieder runter, wieso regt er sich noch so über Bella auf? Als er mit Mano wegfahren will, zieht ihn Mary in den Flur.

»Paco, das vorhin mit Bella … Ich finde, sie ist ganz schön frech und zeigt dir nicht den nötigen Respekt, den du verdienst!« Mary lächelt und beugt sich zu ihm hoch. Als sie ihn küsst, versucht Paco Bella auszublenden. Es ist besser so, er muss sie vergessen. Doch als Mary sich näher an ihn lehnt, bricht Paco den Kuss ab. Es fühlt sich zu falsch an. »Ich muss los!« Mary nickt zufrieden. »Bis morgen, Paco.« Er geht nicht mehr jeden Tag zur Uni, wenn er da ist, ignoriert ihn Bella komplett. Paco weiß, dass es besser ist, trotzdem muss er ab und zu dorthin und selber sehen, dass alles in Ordnung ist. Ihm fällt auf, dass Bella immer öfter Sachen trägt, die für seinen Geschmack zu sexy sind und er weiß genau, sie will ihn damit verletzen.

Wütend wird er aber erst, als er mit den anderen draußen wartet und Bella herauskommt, ohne dabei von dem Blatt aufzusehen, was sie sich gerade durchliest. Plötzlich kommt ein Kerl von hinten und umarmt sie, flüstert ihr etwas ins Ohr und sie lacht. Paco kann denken was er will, sein Verstand kann ihm sagen was er will, in dem Moment sieht er rot. Chico will noch etwas sagen, doch er ist schon auf dem Weg zu den beiden. Erst als er bei ihnen ist, sieht Bella hoch und das Einzige, was den Typen noch am Leben hält, ist Bella, die zwischen ihnen steht. »Lass sie los, sofort, oder du hast einen Arm weniger.« Zwar lässt er sie los, kneift aber die Augen zusammen. »Vielleicht sollte sie das selber entscheiden.« Bella ist schlau genug um einzugreifen, sie kennt Paco. »Ferdy hör mal, ich ... Wir sehen uns morgen, okay?« Der Typ ist scheinbar lebensmüde. »Ich weiß nicht, ob das so eine gute Idee ist, dich mit ihm hier zu ...« Bella unterbricht ihn, indem sie ihm leicht auf seine Schulter klopft. »Glaub mir, kein Problem, ich kenne das, aber es ist wirklich besser, wenn DU jetzt gehst.« Zu seinem Glück versteht der Mistkerl sie und geht.

Paco dreht sich um und geht ebenfalls zum Auto. Er hat das Gefühl, jeden Moment zu platzen. »Paco!« Bella sollte das lassen. Sie mit einem anderen zu sehen, hat in ihm etwas ausgelöst, was er selbst nicht ganz zuordnen kann. Bella hält ihn am Arm fest. »Was zur Hölle sollte das denn jetzt gerade?« Er zieht seinen Arm aus ihrem Griff. »Nicht jetzt Bella, ich bin zu wütend.« Sie schüttelt nur den Kopf. »Sehr wohl jetzt, wieso hast du ihn so angegriffen?« Paco kneift die Augen zusammen. Wie sie will.

»Was versuchst du da, Bella? Willst du mir oder dir irgendetwas beweisen, denkst du, ich glaube auch nur eine Sekunde, dass er dir was bedeutet?« Sie verschränkt sie Arme. »Oh klar, das kannst du wohl nicht glauben, oder? Dass die kleine Punto sich tatsächlich jemanden schnappt, der sie auch will, der mich anfasst, auch wenn ich eine Punto mit einem gefährlichen Bruder bin.« Dieses Mal will sie davon, doch Paco zieht sie an sich.

Sie atmet schneller. Es fühlt sich so gut an, sie wieder so nah bei sich zu haben. Sie gehört zu ihm, das spürt er ganz genau. Er legt seine Hand in ihren Nacken und sieht ihr in die Augen. Alles, was er sieht ist Liebe, sie liebt ihn genauso sehr wie er sie. Er flüstert ihr ins Ohr, noch immer ist er wütend. »Bella, das habe ich nie behauptet, du lässt mich nur nie aussprechen. Chico würde dich nie anfassen, weil ich dich liebe und er weiß, dass du zu mir gehörst. Mary kann sich noch so sexy geben, sie hat keine Chance, weil dir mein Herz gehört und ich weiß, dass dir dieser Typ nichts bedeutet, weil ich in deinen Augen sehen kann, dass du mich genauso vermisst wie ich dich. Also höre mit deinen Spielchen auf, oder deinen Ferdy gibt es nicht mehr lange. Es kann alles noch so beschissen sein, aber du gehörst zu mir.« Seine Lippen streifen eine Millisekunde ihren Hals, es kostet ihn alles, sie nicht einfach zu küssen.

Sie blinzelt. »Das schaffst wirklich nur du Paco, du bist unglaublich«, murmelt sie, immerhin leise und geht in Richtung der Autos. Bevor sie zu Chico geht, wendet sie sich noch einmal zu ihm um. Er sieht, dass alle es mitbekommen haben, Rodriguez und Chico grinsen. Bella sieht ihn noch einmal an. »Du bist so ... Du gestehst mir deine Liebe im gleichen Atemzug mit einer Morddrohung.« Paco grinst nun ebenfalls und geht zu seinem Auto. »Das war keine Drohung, cariño, das war ein Versprechen.«

Das Wochenende verbringt Paco in San Juan. Er hat dort einiges an den Häfen zu organisieren. Normalerweise genießt er es, wenn sie in der Hauptstadt sind, doch dieses Mal ist er nervös. Es gefällt ihm gar nicht aus Sierra wegzubleiben, wenn die Situation gerade so gefährlich ist. Zudem will er Bella nicht dort lassen, das macht ihn verrückt. Er fühlt sich für ihre Sicherheit verantwortlich, was unsinnig ist, sie hat ihre Familia, seine Feinde. Er hat genug beobachten können, um zu wissen, dass sie alle Bella über alles lieben. Er weiß, egal was er und sie fühlen, es darf nicht sein. Trotzdem schreibt er ihr am Montag, an dem die Prüfungen in der Uni sind, eine Nachricht.

'Ich weiß, du brauchst das nicht, weil du das kannst, aber ich wünsche dir viel Glück.' Am Nachmittag steht er vor der Uni. Es wundert ihn nicht, dass Miko, Raul, Pepo und Tito heute da sind, um Bella abzuholen. Sie stellen sich dazu, Chico witzelt gleich mit Miko rum, die beiden verstehen sich immer besser. Raul erklärt, dass Juan gerade weg ist. Paco bekommt eine Nachricht von Bella zurück. »Du fehlst mir.« Pacos Herz zieht sich zusammen, sie wieder so nah bei sich zu haben, hat sich so gut angefühlt. Bella kommt kurz danach lächelnd mit Selena aus der Uni. Als Raul seine Cousine hochhebt, fühlt sich Paco einfach nur beschissen, er würde das auch gerne, doch er kann ihr nicht mal richtig hallo sagen, es ist aussichtslos.

»Na Princesa, wie ist es gelaufen? Lass mich raten, gut, gut und gut.« Bella lacht. »Es ist gut gelaufen, was macht ihr alle hier?« Pepo küsst ihre Wange. »Na was wohl? Wir führen unsere Cousine....« Plötzlich klingeln die Handys von Miko und Raul gleichzeitig, das zieht die Aufmerksamkeit aller auf sich. Als sie rangehen und »Was? Wann? Was ist passiert? Wer ist verletzt?« ins Telefon brüllen und Raul seine Waffe zieht, weiß Paco, es ist etwas passiert. Er steht sofort bei Bella, sie alle ziehen ihre Waffen und blicken zur Straße. Miko, immer noch am Telefon, flucht laut und zieht ebenfalls seine Waffe und legt auf. »Sie haben das Punto-Haus beschossen! Die verdammten Bastarde, das Vorspiel ist scheinbar vorbei, sie beginnen einen Krieg.« Sofort ist Paco ebenfalls am Telefon, rückt aber nicht von Bellas Seite. Er fragt, ob bei ihnen etwas passiert ist, aber es ist alles in Ordnung, bei ihnen war niemand. Chico setzt Bella und Selena ins Auto. Sie umstellen das Auto, Raul will sofort zum Punto-Haus, doch Miko sagt, sie seien schon weg. Es wird beschlossen, zu ihnen zu fahren, weil dies am nächsten ist und keiner weiß, was genau sie beim Punto-Haus erwartet. Außerdem wollen sie sich sofort besprechen, weil umgehend gehandelt werden muss. Alle steigen ein. Paco und Rodriguez vorne, Miko neben Bella und Selena, die anderen verteilen sich auf die anderen Autos. Paco telefoniert bereits, während er einsteigt. Er ordnet an, dass die Straße zum Les Surenas-Anwesen gesperrt wird. »Keiner kommt mehr rein, ich will, dass es dort sicherer ist, als im Scheiß-Pentagon, verstanden? Schickt alle Cousinen dorthin. Jennifer und die Kinder sollen dort bleiben. Und sagt Ramon Bescheid. Wir treffen uns mit den Trez Puntos, es kommen nur die engsten Familia-Kreise rein, alle anderen bleiben draußen.« Währenddessen koordiniert Miko auch am Telefon.

Als Miko auflegt, flucht er laut. »Diese verdammten ... Sie sind vor einer Stunde gekommen, mit zwei Autos vorbeigefahren und haben losgeschossen. Es gibt zum Glück nur zwei Verletzte, aber es hätte auch anders sein können. Sie sind zu schnell wieder weg gewesen, die Männer die da waren, haben zurückgeschossen und einem einen Kopfschuss verpasst. Keine Kennzeichen, nichts. Madre mia, wir alle waren hier an der Uni, aber das wussten sie offenbar nicht. Wenn sie das nur, das ist ... Wäre der Angriff gestern gewesen oder heute Nacht, hätte das ganz anders enden können.«

Miko schaut zu Bella. Paco beobachtet sie durch den Rückspiegel. »Verdammt, ich bringe die um, in unser Gebiet so einzudringen, gestern hast du noch auf der Mauer gelegen und gelesen, wenn sie…« Er bricht ab und flucht wieder. Erst jetzt begreift Paco wirklich, was da gerade passiert ist. Bella ist ganz blass und trifft auf Pacos Augen. Wenn er sich vorstellt, dass ihr etwas passiert wäre.

Sie sind schnell bei ihnen, doch seine Anweisungen wurden bereits umgesetzt. Die Les Surenas sind immer für solche Fälle vorbereitet, keiner hat mehr eine Chance, hier an das Haus heranzukommen. Überall stehen Männer, die alles bewachen. Paco lässt das Fenster herunter. »Es kommt niemand mehr hier durch, außer unserer engsten Familia, niemand! Verstanden?« Der Mann nickt. »Was ist mit den Trez Puntos?« Paco sieht kurz zu Miko. »Die engsten sind schon dabei.« Der Mann nickt wieder und sie fahren weiter. Paco hält direkt vor seiner Tür, die anderen Autos halten hinter ihnen. Rodriguez bringt Selena zu Ramon hinüber, Selena fragt, ob Bella mitkommt, doch sie schüttelt den Kopf, Paco will sie jetzt auch in seiner Nähe wissen. Als sie ins Haus kommen, sind Ramon, Mano und alle anderen schon da. Das Haus ist voll von Mitgliedern seiner Familia, aber nur die engsten Kreise gehen zum Besprechungsraum.

»Ich denke, es kommen nur direkte Mitglieder mit rein?« Einer von den Jüngeren sieht zu Bella, Paco will ihn zurechtweisen, doch Miko kommt ihm zuvor. »Sie ist Juans Schwester, das heißt, sie ist mehr als im direkten Kreis.« Paco wirft dem Mann noch einen warnenden Blick zu und sie gehen ins Besprechungszimmer. Alle setzen sich um den Tisch, nur Bella setzt sich erschöpft auf die Couch hinter ihnen. Juan wird per Lautsprecher zugeschaltet. Miko fasst noch einmal zusammen, was genau passiert ist. Juan wurde anscheinend schon unterrichtet, er fragt nach Bella und sie meldet sich kurz. Die Trez Puntos haben einen Verdacht gegen eine bestimmte Familia, die Locanas. Paco selbst kennt diese Familia nicht besonders gut, aber laut Miko sind sie sind am ehesten dazu in der Lage so viel anzurichten. Ihr Gebiet ist zwar weiter weg, allerdings sind sie und die Trez Puntos schon eine Weile wegen irgendwelcher Drogenlieferungen im Streit. Paco erzählt vom Besuch bei einer Familia, die sie unter Verdacht haben, aber der hat sich nicht bestätigt.

Momentan sieht es so aus, als würden sich die Anschläge hauptsächlich gegen die Trez Puntos richten, auch wenn die Les Surenas mit angegriffen werden, allerdings nicht so stark wie sie. Juan gibt die Anweisung, dass sie nicht mehr zusehen und warten was passieren wird, ob die Locanas dahinterstecken oder nicht, sie wollen ein Zeichen setzen, was sich herumspricht. Sie werden zu ihnen fahren und sie zur Rede stellen. Bella beginnt zu weinen. Paco weiß, der Besuch der Trez Puntos wird nicht ohne Folgen für die Locanas bleiben, sie ahnt es auch. Juan weist seine Familia an, gleich zum Punto-Haus zu fahren, in Erfahrung zu bringen, was passiert ist, sich die Hälfte der Männer zu nehmen und loszufahren. Sie werden dorthin zwei Tage mit dem Auto brauchen, Juan trifft dort auf sie. Er fliegt direkt hin.

Paco sagt Chico, er soll sich ein paar Männer nehmen und mitfahren, auch die Surenas wollen zeigen, dass sie ebenso nach den Schuldigen suchen. Es soll ein Zeichen gesetzt werden, dass die beiden größten Gangs des Landes zurückschlagen. Nachdem die Sache beschlossen ist, wird Juan ruhiger. Er sagt, dass seine Freundin Sara und seine Mutter so lange in Amerika bleiben, die Cousinen sind in Italien. Paco hat alle Frauen aus dem engsten Kreis seiner Familie ebenso in Sicherheit hier ins Haus gebracht. Alle Blicke fallen auf Bella. Juan flucht leise, es ist kurz still, dann überschlagen sich alle mit Ideen. Raul will Bella mitnehmen, zum Glück sagen alle gleich etwas dagegen, sonst hätte Paco sich zu Wort gemeldet. In das Trez Punto-Gebiet kann sie nicht zurück, wenn alle weg sind. Die Männer, die dort bleiben, sind zu wenig und müssen das Gebiet bewachen. Paco würde das auch nicht zulassen.

»Bella sollte hier bleiben, sie ist nirgends gerade so sicher wie hier.« Ramon meldet sich ebenfalls zu Wort und sagt, dass alle Frauen hier im Haus bleiben, Selena bleibt auch so lange hier, Bella hätte wenigstens eine Freundin hier. Sie würden sie hierbehalten und auf Bella aufpassen. Anstatt das in Betracht zu ziehen, sagt Juan, Miko soll sie noch heute Abend in einen Flieger setzen, doch Miko schüttelt den Kopf. »Juan, ich weiß, dass diese Lösung nicht optimal ist, aber ich bin gerade hier, es ist hier wirklich sehr sicher für Bella. Ich will sie im Moment nicht auf der Straße sehen, nicht mal in Amerika. Ihr dürft eins nicht vergessen, sie ist die einzige Frau der engsten Mitglieder neben Juan, Paco und seinen Brüdern. Soll ich jetzt mit ihr über drei Stunden zum Flughafen fahren, durch verschiedene Gebiete, wo hinter jeder Ecke ein Auto herauskommen kann, das auf uns schießt? Wenn wir dabei beobachtet werden und sie Bella am Flughafen in Amerika abfangen ... Das Risiko ist zu hoch. Ob es uns passt oder nicht, hier ist sie zurzeit am sichersten. Entweder wir nehmen sie mit oder sie bleibt hier so lange, bis wir wieder zurück sind, was ja nur ein paar Tage dauert.«

Juan flucht. Paco könnte sich auch nicht vorstellen, ihm jemanden aus seiner Familie anzuvertrauen, aber sie haben keine andere Wahl. »Bella, wäre das okay für dich? Traust du den Surenas?« Er fragt, als ob sie gerade nicht zuhören würden. Bella nickt, man sieht ihr die Erschöpfung und Angst an. »Keine Angst Juan, mir kann hier nichts passieren.« Man kann quasi hören, wie er im Raum auf und ab geht. »Bella, du musst mir schwören, dass du dort bleibst, keine Uni, kein Weggehen, wenn irgendwas ist, rufst du an, ich rufe dich sowieso an...« Sie unterbricht ihn. »Wer hätte das gedacht? Ich bleibe hier Juan, keine Sorge.« Er seufzt laut auf. »Ich danke euch für euer Angebot und bin mir sicher, dass es Bella an nichts fehlen wird«, gibt er leicht zerknirscht zu. »Aber ich hoffe, euch ist auch bewusst, was ich euch anvertraue, passt gut auf meine Schwester auf, sie ist nicht so wie ... andere.« Bella sieht sauer zum Telefon und Chico lacht leise. »Wer hätte das gedacht?«

Es werden noch ein paar Einzelheiten besprochen, als sie die Verbindung mit Juan beenden, ist die Stimmung etwas besser. Miko, Pepo und Chico können es kaum erwarten, los zu kommen, Paco würde selber gerne mitfahren, aber er muss sich hier um die Gegend kümmern und will Bella nicht aus den Augen lassen. Sie bestimmen, wer von den Surenas mitfährt und steigen alle ins Auto. Bella verabschiedet sich von ihrer Familia, Paco sieht, wie sie weint. Er gibt seiner Schwägerin Anweisungen, dass sie sich um Bella kümmern soll, bis er wieder da ist. Dann fahren sie los, um sich noch einmal das Punto-Haus anzusehen. Als er zurückblickt und Bella vor seinem Haus stehen sieht, fühlt es sich gut an.

»Pass auf sie auf, sie ist von uns allen das Herz!« Miko sieht ihn warnend an und Chico schnalzt neben ihm mit der Zunge. »Macht euch keine Gedanken, Bella wird es an nichts fehlen!« Paco betrachtet die Einschusslöcher am Punto-Haus. Die gesamte Außenmauer ist durchlöchert, sie haben wie die Wahnsinnigen losgeballert. Gerade werden alle anderen Männer in die neuesten Pläne eingeweiht, jedem Trez Punto steht die Wut ins Gesicht geschrieben. Paco weiß, für die Locanas wird es böse werden, ob sie etwas damit zu tun haben oder nicht. Er entdeckt einen Block auf der Mauer und sieht ihn sich an. Es sind Aufzeichnungen und Notizen von Bella, an den Seiten wie immer verträumt einen Schmetterling hingemalt. »Wir sind so weit!« Die Männer, die fahren, treten heraus und verteilen sich auf die herumstehenden Autos. Paco schlägt mit Chico ein und sagt ihm, dass er auf sich aufpassen soll.

Als er die Autos davonfahren sieht, steigen auch sie wieder ein und fahren zurück zum Surena-Anwesen. Rodriguez sieht auf den Block, den Paco ins Handschuhfach legt. »Es ist nicht gut, dass sie da mitten drin ist. Hätten wir eine Schwester, würde ich sie ins Ausland schicken, damit sie dort sicher groß werden kann. Sie ist der wunde Punkt der Trez Puntos!« Paco nickt, er würde seine Schwester auch nicht hier lassen, aber wenn man es so bedenkt, was ist mit Jennifer? Was ist mit Selena? Sie alle werden einer Gefahr ausgesetzt, sobald sie etwas mit der Familia zu tun haben. Das ist auch ein Grund, warum Paco von festen Sachen immer die Finger gelassen hat.

Als sie auf das Surena-Anwesen kommen, laufen Jennifer und Bella gerade zu seinem Haus. Sie steigen aus und Jennifer teilt ihnen mit, dass das Essen auf dem Tisch steht. Er ist müde und hungrig, aber als er sieht, wie fertig Bella aussieht, verdrängt er es. »Alles klar bei dir?« Bella nickt und Jennifer lächelt ihn an. »Ich bringe sie rüber, geh erst einmal was essen.« Trotzdem beeilt er sich mit dem Essen und geht danach sofort zu seinem Haus. Bella ist bei ihm im Bad seines Schlafzimmers. Er zieht sich sein Shirt aus und setzt sich erschöpft aufs Bett. Als sie aus dem Bad heraustritt, zieht sich sein Herz zusammen, sie ist völlig verstört, das war alles zu viel. Bella trägt nur eines seiner Shirts und hat ihre nasse Unterwäsche in der Hand. Sie hebt die Arme und Tränen steigen in ihre Augen. »Ich hab nichts dabei.« Paco geht zu ihr und nimmt ihr die Wäsche ab. »Kein Problem, nimm dir, was du brauchst.« Er geht auf den Balkon und legt den BH und Slip über einen Stuhl zum Trocknen, dann wendet er sich an sie. »Bella, mach dir keine Sorgen, deiner Familie passiert schon nichts, du solltest dich hinlegen.«

Paco lächelt leicht, als sie einfach nur nickt, sie ist sogar zu erschöpft für Widerworte, dann legt sie sich in sein Bett. Paco beobachtet, wie sie sich einkuschelt und es fühlt sich gut an, sie hier zu wissen. Paco geht selber duschen. Als er wieder herauskommt, schläft Bella tief und fest. Da das Zimmer durch den Mond leicht beleuchtet ist, kann er ihr Gesicht betrachten. Er setzt sich auf den Sessel gegenüber dem Bett und geht jeden Millimeter ihrer Schönheit ab. Dabei denkt er an die Worte seines Bruders. Es ist nicht richtig, sie sollte das alles nicht mitmachen müssen. Doch genauso möchte er sie nicht weg wissen, obwohl er genau weiß, dass sie eh niemals wieder zusammen sein können, er fährt sich mit der Hand über sein Gesicht, diese Frau ist das reinste Gefühlschaos für ihn.

Paco öffnet müde die Augen, ein Schmerz fährt durch seinen Rücken. Er ist auf dem Sofa eingeschlafen. Sein Handy klingelt und er geht genervt ran, dabei bemerkt er, dass Bella ihn lachend beobachtet. Chico ist am Telefon und berichtet ihm, dass sie unterwegs sind. Sie haben alle gute Laune und die Cousins fragen nach Bella. Er hält ihr das Telefon hin. »Dein Cousin.« Bella telefoniert mit jedem von ihnen. Man sieht ihre Erleichterung, sobald sie ihre Stimmen hört und dass es ihnen gut geht. Als sie auflegt, gibt Paco der Haushälterin die Anweisung das Frühstück vorzubereiten. Die Tür wird aufgestoßen und Pitty kommt hereingestürmt. Er hüpft zu Bella ins Bett, um sie zu begrüßen. »Iii, lass das!« Bella lacht und holt ihre Sachen vom Balkon. Pitty folgt ihr auf den Fuß. »Da hat dich wohl jemand vermisst.« Bella hält ihre süße Nase etwas in die Luft und geht an ihm vorbei ins Bad. »Ja ... Sieht wohl so aus, als wenn wenigstens einer hier seine Gefühle zeigen kann.« Paco lacht und geht sich ebenfalls umziehen. Da ist seine kleine Punto wieder.

Danach geht er in den Garten und wartet am Frühstückstisch auf Bella, die kurz nach ihm ebenfalls im Garten erscheint. Genau das Bild von ihr, wie sie lächelnd nur in seinem Shirt morgens zu ihm kommt, hatte er schon oft vor seinen inneren Augen. Bella bemerkt seinen Blick. »Was ist?« Paco fehlen fast die Worte, doch dann räuspert er sich. »Du hast keine Vorstellung, wie oft ich mir das gewünscht habe.« Aber es hat eh keine Bedeutung, was er sich wünschen würde, wenn die Realität so anders aussieht, also wechselt er schnell das Thema. »Lass uns frühstücken.« Er sollte einfach die paar Tage mit Bella genießen, also frühstücken sie. Zwischendurch ruft Juan an und Bella redet mit ihm. Als sie auflegt, sieht sie ihn ernst an.

»Ich muss zu mir nach Hause.« Paco wirft ihr einen wütenden Blick zu. »Vergiss es, Bella.« Sie zeigt an sich herunter. »Ich brauche etwas zum Anziehen, ich habe nichts dabei. Soll ich die nächsten Tage nur in deinem Shirt herumlaufen?« Paco grinst. »Mich stört das nicht.« Bella zieht die Augenbrauen nach oben. »Das glaub ich dir, aber ich brauche ein paar Sachen.« Paco nickt. »Okay, ich muss sowieso noch in das Einkaufszentrum, ich besorge dir Sachen.« Bella lehnt sich zurück, sie will ihn provozieren. »Ich habe kein Geld dabei und wie willst DU mir Sachen besorgen?

Außerdem ist das Einkaufszentrum Trez Punto-Gebiet.« Paco zuckt die Schultern. »Ich habe Geld und bekomme das schon hin. Miko hat schon geklärt, dass ich dahin gehe, wir haben dort etwas Wichtiges zu erledigen, also was brauchst du noch außer Klamotten und Schuhen? Welche Schuhgröße hast du?« Sie gibt nicht auf. »Wir können doch einfach schnell…« Paco unterbricht sie. »Bella, vergiss es, ich bin nicht dein Bruder oder einer deiner Cousins, die du überreden kannst, du verlässt das Grundstück keinen Millimeter.« Er meint das todernst und sie scheint es zu begreifen. »Bitte, ich habe 38, ich brauche außerdem noch ein Shampoo und eigentlich war's das… denke ich.« Paco lächelt und Bella steht auf, ihr scheint es nicht zu gefallen, dass er nicht nachgegeben hat. Sie ist von ihrer Familie zu verwöhnt.

Kapitel 7

Während Bella im Schlafzimmer ist, kommen Rodriguez, Ramon, Mano, Selena und noch zwei Cousins, um Paco abzuholen. Selena fragt gleich nach Bella. Paco ist froh, dass er sie hier nicht den ganzen Tag alleine lassen muss. »Hey, da bist du ja, was wollen wir machen?« Als Bella kurze Zeit später herunterkommt, stürzt sich Selena gleich auf sie, doch Bella sieht ihn unsicher an. Sicherheitshalber lässt er noch zwei Männer bei ihnen. »Bella, das ist Mano, mein bester Freund. Mano und Ramos, mein Cousin, bleiben hier bei euch.« Sie reagiert nicht, sondern sieht ihn weiter an, bis er zu ihr kommt. »Du brauchst hier keine Angst...« Bella unterbricht ihn. »Wie lange bist du weg?« Paco ist etwas überrascht, er kann sich nicht erinnern, dass ihn das schon einmal jemand gefragt hat. Er tut immer was er will, ohne bei jemandem Rechenschaft abzulegen. »Ähhmm... keine Ahnung, ein paar Stunden, ich muss ja auch noch Sachen für dich besorgen.« Noch immer verunsichert nickt sie. »Okay, beeile dich bitte«, sagt sie leise. Natürlich ist es ihr unangenehm hier bei ihnen, sie kennt die anderen gar nicht oder kaum. Er gibt ihr einen Kuss auf die Stirn, bevor er mit den anderen geht. Sie erledigen schnell zwei Termine.

Es fühlt sich komisch an, in dieser Situation noch den normalen Geschäften nachzugehen, doch diese müssen ja auch weiterlaufen. Selena meldet sich zwischendurch und bittet sie Mary abzuholen. Als sie dann endlich ins Einkaufszentrum kommen, wird Paco ganz schlecht bei all dieser Klamottenauswahl. Er sucht nach Verkäuferinnen in Bellas Größe und beschreibt ihnen Bellas Figur und Aussehen. Er hält seine Kreditkarte hoch und sagt, was er alles braucht und dass sie nur das Beste einpacken sollen. In der Zeit bekommt er einen Anruf von Chico, der mitteilt, dass sich das ganze etwas verlängern wird. Daraufhin wendet er sich gleich an die Verkäuferin, dass er ein paar Klamotten mehr braucht. Dann gehen sie so lange in das Computerfachgeschäft, bis die Verkäuferin ihnen Dutzende von Tüten hinstellt und seine Kreditkarte fordert. Paco ist zufrieden, war doch nicht so kompliziert. Als sie Mary abholen, sieht diese ihn immer wieder enttäuscht an, als sie die ganzen Tüten aus dem Auto holen und als sie erfährt, dass sie alle für Bella sind, geht sie schon sauer vor zur Tür.

Paco ist das egal, er hat ihr nie Versprechen oder Hoffnungen gemacht und außer dem Kuss war nichts zwischen ihnen. Bella wartet bereits auf sie und lacht, als sie die vielen Tüten entdeckt. »Wow, dir ist schon klar, dass ich nicht so lange bleibe?« Pacos Blick wird ernst und Rodriguez räuspert sich. »Ähmm, wir haben vorhin mit Chico geredet.« Sofort wird ihr Blick panisch. »Nein, keine Angst, es geht ihnen allen gut, aber sie haben sich auf Anweisung von Juan erst einmal in ein Hotel zurückgezogen, sein Flug musste wegen eines Unwetters zwischenlanden, er kommt erst morgen Nacht dort an, das heißt, es dauert etwas länger. Hat Juan dich nicht angerufen?« Bella schüttelt den Kopf. »Mein Handy ist oben, ich gehe mal gucken.« Sie eilt mit den Tüten nach oben, sie setzen sich in den Garten, wo Mano ihnen von Bella gemachte Tortillas hinhält. Sie schmecken wirklich gut. Selena und Mary öffnen gerade ihre Prüfungsergebnisse, als Bella wieder in den Garten kommt. »Danke Paco, aber wie hast du das angestellt?« Sie setzt sich zu ihm.

»Das war wirklich total anstrengend«, seufzt er und Rodriguez lacht. »Klar und wie. Paco ist in drei Geschäfte gegangen, hat sich eine Verkäuferin in deiner Größe gesucht, hat deine Maße beschrieben und gesagt, sie sollen einpacken, was sie gerne hätten und nur das Beste.« Bella lacht und Paco könnte seinen Bruder umbringen. »Das hätte ich gerne gesehen, wie du meine Maße beschreibst.« Jetzt lächelt er. »Also deinen Po finde ich anbetungswürdig.« Rodriguez nickt. »Das hat er wirklich gesagt, allerdings konnte die Verkäuferin damit nichts anfangen. Sag mal, deine Tortillas sind unglaublich. Wo hast du gelernt sie so hinzubekommen?« Bella zuckt die Schultern. »Altes Trez Puntos-Rezept.« Paco und Rodriguez ziehen gleichzeitig die Augenbrauen hoch, daran werden sie sich nie gewöhnen.

»Bella, ich habe mit 2,8 bestanden und Mary mit 3,6.« Selena kreischt wie wild. »Hast du deinen Umschlag schon geöffnet?« Bella nimmt ihren Umschlag und legt ihn von einer Hand in die andere, bis Paco den Arm um sie legt. »Machst du auf? Oder soll ich das tun?« Bella ist sich unsicher, doch drückt ihm dann den Umschlag in die Hand. Sie hat als Beste abgeschnitten mit einer 1,0. Paco ist stolz auf sie und gibt ihr einen Kuss auf die Wange. »Ich wusste, dass du die Beste bist.« Alle, die es mitbekommen, gratulieren ihr. Sie ruft gleich ihre Familie an, auch die freuen sich. Paco weiß, dass sie etwas Besonderes ist. Er genießt es, den restlichen Tag neben ihr einfach dazusitzen und sich mit allen zu unterhalten.

Als es dunkel ist, bekommt Bella einen Anruf von ihrer Freundin Sara und geht nach oben, um in Ruhe zu telefonieren. Als Bella weg ist, nutzt Mary die Gelegenheit und setzt sich zu ihm. Er blickt sich immer wieder um, wo

Bella bleibt, dabei wird Mary ungeduldig. »Was hältst du davon, wenn wir uns gleich etwas zurückziehen?« Sie lächelt ihn an und geht auf ein Podest am Pool, um sich zur Musik zu bewegen. Und das kann sie, das kann er nicht abstreiten. Sie lässt Paco wissen, was ihn erwartet, doch er sieht immer wieder zur Tür, wann Bella wieder kommt. Als seine Cousine hochgeht, sagt er ihr, dass sie nach Bella sehen soll. Einige Zeit später kommt Sonja wieder. Als er sie fragend ansieht, zuckt sie nur die Schultern. Paco wartet noch zehn Minuten, dann sieht er selber nach. Er findet sie nicht, er sieht im Schlafzimmer nach, in der Küche, dann geht er wieder in den Garten, doch Bella ist nirgends. Durch sein erneutes Auftauchen werden nun alle alarmiert. »Wo ist Bella?« Paco wird unruhig, sie wird doch nicht so dumm sein. »Ich weiß nicht, ich finde sie nicht.« Jennifer kommt. »Warte, ich schau mal, sie kann sich ja nicht in Luft auflösen!«

Eine halbe Stunde später finden sich alle wieder im Garten ein. Jennifer und Selena haben sogar in den anderen Häusern nachgesehen, falls sie sich zurückziehen wollte, weil es ihr hier zu voll geworden ist. Keine Spur von Bella, Paco schaut zu Sonja, die unruhig auf einem Stuhl hin und her rutscht. »Hast du sie vorhin oben getroffen?« Sonja guckt weg, nun sehen auch die anderen zu ihr. »Hast du oder hast du nicht Sonja, rede!« Paco sieht seine Cousine wütend an und sie hebt die Arme. »Ich wusste ja nicht, dass sie gleich abhaut, ich habe ihr nur meine Meinung gesagt. Bin ich die Einzige hier, die es krank findet, dass sie in unserem Gebiet ist?«

Wäre sie nicht seine Cousine sondern ein Mann, hätte Paco sich schon auf sie gestürzt. Rodriguez spürt das, deswegen übernimmt er. »Was hast du genau zu ihr gesagt Sonja, alles!« Sonja lehnt sich zurück. »Ich habe ihr nur gesagt, dass sie die Finger von Paco lassen soll, es gibt Mädchen wie Mary, die wegen ihr keine Chance bei ihm haben, dabei sind sie viel besser für ihn. Sie gehört hier nicht her, ob sie denkt, dass man alles so leicht vergessen kann? Keiner kann das, unser Opa, unser Onkel, es gibt so viele, die durch die Hand eines Mitglieds der Trez Puntos gestorben sind. Auch wenn wir ihr es jetzt nicht zeigen, tief im Herzen hassen wir sie!« Paco ist zu wütend, Jennifer ist es, die als erstes wieder die Sprache findet. »Das ist das letzte, Sonja. Ich kenne euch alle schon so lange, keine von euch ist so ehrlich und gutherzig wie Bella. Ich gehe nach oben, vielleicht haben wir etwas übersehen!«

Paco sieht seiner Schwägerin hinterher, er hat sie selten so außer sich gesehen. Er schnappt sich seinen Autoschlüssel. »Ich fahre jetzt ins Punto-

Haus und gnade dir Gott Sonja, wenn ihr etwas passiert ist!« Rodriguez und Ramon folgen ihm, doch als sie gerade losfahren wollen, bekommen sie einen Anruf von Ramos, der Jennifer gefolgt ist, sie haben sie gefunden, auf dem Dach. Wütend geht Paco nach oben, all die Sorgen, die er sich um sie gemacht hat, verwandeln sich in Wut. Bella ist sich der Lage immer noch nicht bewusst und handelt total unvernünftig. Sie versteckt sich einfach auf dem Dach, sie muss sich doch denken, dass er sie sucht. Er knallt die Tür zum Dach auf. Als er sieht, wie sie müde dort steht, ist er zwar erleichtert, doch kann sich auch nicht zurückhalten. »Bella verdammt, was tust du hier? Wir suchen dich seit einer Stunde.« Sie ist müde und hält sich den Kopf. »Ich bin eingeschlafen, ich konnte ja nicht wissen, dass ihr mich gleich sucht.« Sie sieht alle entschuldigend an und will an ihm vorbei ins Haus. »Jetzt ist sie ja wieder da, war nur ein Missverständnis.« Jennifer versucht alle zu beschwichtigen, weil sie merkt, wie gereizt Paco ist.

»Hast du eine Vorstellung, was für... Wir dachten, du bist abgehauen, wir wollten gerade losfahren und nach dir suchen, nachdem wir dich weder im Haus, im Garten oder in einem der anderen Häuser gefunden haben.« Paco hält sie am Arm fest. »Tut mir leid, euch solche Umstände gemacht zu haben, Paco.« Sie blickt ihm in die Augen. Er sieht, dass sie geweint hat, viel geweint. Die Worte von Sonja müssen sie sehr getroffen haben.

»Aber wohin dachtet ihr denn gehe ich? Hier gehöre ich scheinbar nicht hin, bin nicht erwünscht und meine Familie ist nicht da, also wo zum Teufel hätte ich denn hingehen sollen, PACO?« Sie reißt sich von ihm los und geht weg. Mary, Selena und seine Cousine kommen gerade hoch. Selena setzt an etwas zu sagen, doch bricht wieder ab. Mary streckt die Hand nach Bella aus. »Fass mich nicht an!« Bella hat die Annäherungsversuche von Mary garantiert auch mitbekommen. Paco geht ihr hinterher. Sie geht in eines der Gästeschlafzimmer und schließt die Tür hinter sich zu. Paco flucht laut auf und Jennifer sieht ihn traurig an. »Soll ich mit ihr reden?« Paco schüttelt den Kopf. »Ich mache das gleich. Es ist meine Schuld, ich hätte nicht unterschätzen dürfen, wie es ihr hier zwischen uns geht.«

Sonja, Selena und Mary machen sich auf den Weg nach unten. »Ich habe nur meine Meinung gesagt, sie ist eine Punto, sie ist sicherlich Schlimmeres gewöhnt!« Paco dreht sich zu seiner Cousine um, doch wieder ist es Jennifer, die ebenfalls gerade mit Ramon und Rodriguez gehen will. »Weißt du Sonja, Worte sind gefährlicher als ein Messer. Das Messer kann verfehlen, Worte treffen immer!« Als alle gegangen sind, geht Paco zu dem Zimmer, in das sich Bella eingeschlossen hat. Er hat Sonja gesagt, dass dieses Thema für ihn noch nicht vom Tisch ist, aber er will sich erst einmal um Bella kümmern. Er klopft. »Bella?« Paco hört ihr Weinen. »Bella mach auf, ich habe dich doch gerade noch weinen gehört.« Es kommt keine Reaktion. »Bella!« Erst dann kommt ein ersticktes »Paco, geh einfach.« Paco flucht und boxt mit voller Wucht gegen die Wand, wieso muss alles so kompliziert sein. Er lässt sich an der Wand runter und lehnt sich gegen die Tür, wo Bella im Zimmer liegt und weint.

Er will sie, er liebt sie doch, egal wie nah sie sich sind, es scheint so, als würden sie immer wieder Welten trennen. Nichts, wirklich nichts kann ihn erschüttern oder ihn beeindrucken, doch die Situation mit Bella und die Sehnsucht nach ihr macht ihn fertig.

Am nächsten Morgen wird er durch ein leichtes Rütteln an seinem Arm geweckt. Er ist im Sitzen vor der Tür eingeschlafen. Sein Rücken bringt ihn um. »Komm, das Frühstück ist schon fertig!« Jennifer lächelt ihn an und Paco sieht zur Tür. »Bella schläft sicher noch, ihr müsst gleich los. Ramon ist auch unten.« Paco nickt und steht auf. Er geht schnell duschen und danach in den Garten. Mittlerweile bringt es gar nichts mehr, verstecken zu wollen, wie fertig ihn die Geschichte mit Bella macht. Jeder sieht, dass es so ist. Sie essen und meiden das Thema, doch Paco fühlt sich beschissen. Er muss das ein für alle mal mit Bella klären, das macht sie beide nur fertig. Als Rodriguez mit den anderen kommt, fahren sie los. Er weiß, dass sich Jennifer um Bella kümmern wird, doch bei allen Sachen, die sie zu erledigen haben, ist sie sein Hauptgedanke.

Mittags fahren sie zu einem Laden und holen mehrere Pizzas, die sie schnell bei den Frauen vorbeibringen. Selena, Jennifer und Bella sitzen im Wohnzimmer und sehen sich Filme an, als sie ihnen die Pizza vorsetzen. Man sieht Bella die verweinte Nacht an. Paco nimmt sie mit in den Flur. »Bella wegen gestern, ich wollte dich nicht so anschreien, ich dachte wirklich du wärst...« Sie hebt die Hand. »Schon gut Paco.« Doch das ist es nicht, das sieht man ihr an. »Du solltest dir das mit Sonja nicht so zu Herzen nehmen, sie...« Jetzt unterbricht sie ihn sauer. »Warte mal Paco, warum nicht? Es stimmt doch, was sie sagt oder? Es ist doch das, was du denkst, deswegen kämpfst du schon seit wir uns kennen dagegen an, Gefühle für mich zu haben.« Sie hebt müde die Arme. »Ich sehe es ein Paco, du hattest von Anfang an recht, es ist unmöglich.« Paco sieht zu Boden, er führt einen inneren Kampf aus, er sollte das jetzt so lassen. So ist es am besten für alle, sie beide wissen, es gibt keine Zukunft. »Weißt du Paco, das macht mich wirklich wahnsinnig. Du hast recht, es ist besser so, wenn wir an unsere Familias denken und aufeinander verzichten, damit wir nichts zerstören oder heraufbeschwören, aber uns wird das zerstören.« Paco sieht Bella hinterher als sie sich nach den Worten traurig umdreht und zurück ins Wohnzimmer setzt. Er dreht sich um und geht aus dem Haus, wobei er die Tür zuknallt.

Rodriguez folgt ihm und schüttelt im Auto den Kopf. »Wie lange wollt ihr das noch so machen? Entscheidet euch endlich!« Paco flucht und sie fahren zum nächsten Termin, wo Ramon schon auf sie wartet, doch nun ist es mit seiner Konzentration ganz vorbei. Bellas Worte hallen in seinem Kopf. 'Vielleicht haben sie so keine Probleme mit den Familias, aber es wird sie zerstören.'

Er weiß, dass sie recht hat, sich jetzt etwas anderes einzureden wäre gelogen. Er wird sie nicht gehen lassen können. Wenn er jetzt daran denkt, dass sie wieder bei den Puntos ist, wird er auch dann einen Weg finden sie wiederzusehen. Er fängt an aufzuhören, daran zu denken, wie er ohne sie zurechtkommt, sondern beginnt daran zu denken, wie er mit ihr zurechtkommen würde, wie es klappen könnte, was alles passieren würde. Er weiß es nicht, er kann sich darauf keine Antwort geben. »Ich muss weg!« Mitten in einem Gespräch steht Paco auf und geht. Ramon verdreht die Augen, sagt aber nichts, als Paco zurück zu seinem Haus fährt.

Mittlerweile ist es schon dunkel und er findet Bella im Pool vor, mit Pitty. Paco grinst breit. »Bella, was machst du mit meinem Hund? Er ist ein Kampfhund, bei dir benimmt er sich wie ein Pudel.« Bella lacht, offensichtlich hat Pitty es wenigstens geschafft, ihre Laune zu heben. »Ich weiß auch nicht, er ist irgendwie etwas schräg, dein lieber Pitty.« Als sie zu ihm geschwommen kommt und aus dem Pool steigt, nimmt er sich eines der Handtücher und legt es ihr um. »Ihr seid wieder da? Jennifer meinte, es könnte sehr spät werden.« Paco dreht sie so, dass sie ihn ansieht. »Ich habe unser letztes Treffen abgebrochen, was du vorhin gesagt hast, ich will das mit dir klären.« Bella merkt, wie ernst es ihm ist und nickt. »Okay, ich muss vorher aber duschen nach dieser Hundeschwimmrunde.«

Sie gehen ins Haus, dabei fällt Pacos Blick auf ihren Rücken, wo einige frische Kratzer sind. Er streicht mit dem Finger über die Stelle. „Was?" Bella kommt ihm mal wieder zuvor. »Das war vorhin im Pool, aus Versehen, ich habe nicht aufgepasst.« Paco seufzt leise auf. »Ich habe was zum Reinigen.« Bella geht hoch in sein Schlafzimmer, holt sich eine Hot Pants, eines seiner Shirts und geht direkt unter die Dusche. Paco mag dieses selbstverständliche, als wäre es richtig so. Als sie wieder herauskommt, holt er eine Creme, die er selber benutzt, wenn er eine frische Wunde hat, und setzt sich ans Bettende, um sich gegen die Wand zu lehnen. »Komm her, ich creme das ein.« Bella kommt zu ihm und er cremt die Stelle ein. Auch wenn er es vorsichtig macht, zuckt sie zusammen. »Tut mir leid, aber das ist besser, als wenn es sich entzündet. Warum musst du auch mit einem Pitbull planschen?« Er lässt ihr Shirt wieder herunter und sie wendet sich ihm zu.

Einen Moment herrscht vollkommene Stille, Paco hasst so etwas, er weiß nicht, wie er beginnen, geschweige denn enden soll. »Wegen vorhin, ich wollte dir sagen, ich meine, so ist das nicht, wie du es sagst. Ich kämpfe nicht gegen meine Gefühle, nicht mehr zumindest und du hast recht, es geht so nicht weiter. Die Sache ist nur die Bella, du bedeutest mir zu viel, ich kann mit dir nicht eine heimliche Affäre haben. Wenn ich dich wiederhabe, werde ich dich nicht wieder gehen lassen können, nicht noch mal und du weißt, was das bedeutet.« Bella sieht ihn nicht an, sie sieht auf die Bettdecke, als lägen dort alle Lösungen für ihre Probleme. »Was ist die Alternative, Paco? Dass wir uns nie wiedersehen? Denn dann muss es so sein, anders geht es nicht, ich kann dieses ewige Auf und Ab nicht mehr ertragen.« Paco sagt nichts, eine Weile ist es still.

»Ich habe dir schon mal gesagt, du gehörst zu mir"', sagt er schließlich ernst. Bella lacht auf und beginnt gleichzeitig zu weinen. »Ja klar, weil du mich mit jemand anderem gesehen hast. Weißt du, was das Schlimmste ist, Paco? Ich wünschte es mir. Aber das geht nicht, wenn du selber dagegen kämpfst. Seit wir uns kennen, kämpfst du dagegen an, dich in mich zu verlieben, du kämpfst gegen den Drang, mich sehen zu wollen, weißt du, wie sich das anfühlt? Hast du eine Vorstellung davon, wie es ist zu wissen, jede andere wäre besser für dich als ich, weil es leichter wäre. Es wäre für alle leichter, Paco, wenn du einfach jemanden wie Mary lieben würdest. Du könntest dich überall mit ihr zeigen, ihre Familie würde dich lieben, und deine Familie würde sie akzeptieren. Paco, eins sollst du wissen, ich werde immer eine Trez Punto sein. Ich liebe meine Familie und ich liebe die Familia. Das soll nicht heißen, ich wäre nicht in der Lage zwei zu lieben oder die Les Surenas in mein Herz zu lassen, aber falls du oder irgendwer denkt, ich würde vielleicht eines Tages die Seiten wechseln, nein, das würde ich nicht. Niemals. Ich werde immer zu meiner Familie gehören, so wie du zu deiner. Deine Familie würde jemanden wie Mary lieben, mich würden sie immer als Punto sehen. Und Mary ist nicht so anstrengend wie ich, sie legt sich sicher nicht dauernd mit jedem an und...«

Paco zieht Bella in seine Arme, er konnte ihre Worte und ihr Weinen nicht mehr ertragen. Als sie jetzt an seiner Brust weiter weint, hält er sie einfach fest im Arm. »Denkst du, ich weiß nicht wer du bist, Bella? Ich könnte es einfacher haben und du genauso, aber dann hätte ich nicht dich. Mir ist klar, dass du eine Trez Punto bist und ich liebe dich. Mir ist klar, dass du das immer sein wirst. Ich habe gesehen, wie sehr du deine Familie liebst und vor allem, wie sehr sie dich lieben. Du bist anders Bella, absolut, ich habe noch nie jemanden wie dich getroffen, die sich so unerschrocken mit einem ganzen Raum voller der gefährlichsten Männer aus der Umgebung, wahrscheinlich aus dem ganzen Land, anlegt und gleichzeitig bist du so … zart und schön, dass ich dich am liebsten andauernd in meinen Armen halten würde.«

Bella sieht verwundert hoch, er streicht ihr ihre Tränen weg. »Ich liebe dich Bella, im Grunde ist es egal. Selbst, wenn wir jetzt entscheiden, uns nicht mehr zu sehen, werde ich das nicht lange aushalten, du bist mir viel zu wichtig...« Bevor er weiter redet, ist kurz Stille und er seufzt leise.

»Wir haben genug dagegen gekämpft und du hast recht, es zerstört uns.«

Paco legt seine Hand an ihre Wange, um sie endlich wieder ganz zu spüren. »Paco, tu das nicht, wenn du dir nicht absolut sicher bist, ich liebe dich, und ich will dich nicht wieder verlieren", flüstert Bella an seine Lippen, doch er küsst sie, auch wenn er weiß, dass es vielleicht ihren Untergang bedeutet. Als er sie wieder so in seinen Armen hat, ist ihm bewusst, er kann nicht anders. Sie ist zu seinem Herzen geworden, er liebt sie über alles. Und wenn das bedeutet, dass er es mit dem Rest der Welt aufnehmen muss, wird er es tun. »Ich habe dich so vermisst«, flüstert er, als sie sich kurz trennen und Bella noch näher rückt, um seine Lippen erneut zu erobern, er spürt, dass es ihr genauso ging. Als sie sich lösen und Bella leicht enttäuscht aufseufzt, weil sie seine Lippen nicht loslassen will, lächelt er.

»Das wird alles … ich weiß auch nicht, Bella, ich will ehrlich sein, ich habe nicht mal annähernd eine Idee, wie man so etwas wie eine Beziehung führt. Du hast ja schon gemerkt, dass mir das nicht leicht fällt, aber ich werde mich bemühen. Was wir wegen der Familias machen, weiß ich auch noch nicht...« Bella lächelt auch und setzt sich ganz auf seinen Schoß. »Willst du mich?«, fragt sie leise. »Natürlich.« Sie gibt ihm einen Kuss. »Und ich will dich, das ist erst mal das Wichtigste. Alles andere werden wir sehen, aber solange das klar ist, kann uns nichts mehr etwas anhaben.« Er küsst ihre Stirn und zieht sie in seine Arme. »Ich wünschte, das wäre so einfach.« Sie liegen einfach zusammen, Bella wieder in seinen Armen. Er streichelt über ihre Haut, sieht in ihre wunderschönen Augen und genießt es, sie wieder bei sich zu haben. »Ich hoffe, Mary hört jetzt langsam auf mit ihren Versuchen dich zu gewinnen, es nervt mich.« Paco beginnt zu lächeln, was alles in ihrem Kopf vor sich geht. »Du brauchst nicht eifersüchtig zu sein. Glaub mir Bella, seit du in mein Leben gepurzelt bist, habe ich das Interesse an anderen verloren, es ist nicht so, dass ich es nicht probiert hätte, um dich zu vergessen, aber keine Chance.« Er küsst ihren Nacken. »Keine ist wie du.«

Bella schlägt ihm leicht gegen die Brust. »So etwas will ich gar nicht hören.« Er hält ihre Hand fest. »Außerdem bin ich nicht … eifersüchtig, du musst deinen Mund aufmachen, darf ich dich an deine Aktion vor der Uni erinnern?« Nun ist Bella diejenige, die lächelt, und Paco wird ernst. »Nein, darfst du nicht, es gibt zu viele Sachen, die mich bei dir in den Wahnsinn treiben.« Bella küsst seine Brust. »Wirklich, was denn alles?« Bella denkt, er macht Spaß, also nimmt er ihr Gesicht in seine Hände, damit sie erkennt, wie ernst es ihm ist. »Es macht mich verrückt, wenn du nicht ans Telefon gehst, wenn ich anrufe, wenn dich ein anderer anfasst, wie nur ich dich anfassen sollte... es bringt mich um den Verstand, wenn ich weiß, in was für Gefahren du bist und wenn du einfach weg bist und ich denke, dir könnte etwas passiert sein. Wenn du weinst und ich nicht zu dir kann, Gott... das macht mich völlig fertig. Und wenn du deine süße Nase hochstreckst und mich anschreist und dann von mir weggehst... ich weiß auch nicht, am meisten macht es mich verrückt, dass ich so das erste Mal empfinde. Es hat mich noch nie sonderlich viel interessiert, was irgendeine andere macht, aber bei dir.«

Bella lacht laut. »Und du bist sicher, dass du mich trotzdem willst?« Er legt seine Hand an ihren Nacken und zieht sie zu sich. »Unbedingt.« Ihre Lippen vereinen sich, doch diesmal wird der Kuss schnell intensiver. Paco zieht ihr Shirt aus und streichelt über ihre schönen Brüste, er liebt jeden Zentimeter an ihrem Körper. »Du bist so schön, Bella«, sagt er mit belegter Stimme und streichelt über ihren Bauch, er verweilt kurz bei ihrem Leberfleck neben ihrem Bauchnabel. Er weiß, er wird sich jedes kleine Detail ihres Körpers für immer einprägen. Als er beginnt, sie überall zu küssen, stöhnt Bella auf. Paco legt sie auf das Bett so nieder, dass er über ihr zu liegen kommt. Er will sich gerade weiter vorarbeiten, als ihr Handy klingelt. Sie soll es klingeln lassen, doch sie geht schnell ran. »Das ist sicher einer meiner Cousins. Wenn ich nicht abnehme, stürmen sie bald das Haus, weil sie denken, ihr stellt wer weiß was mit mir an.« Paco hebt den Kopf und grinst. »Besser ihre Vorstellungen, als das sie wirklich wissen, was wir hier gerade treiben.«

Die Cousins informieren Bella, dass es noch dauern kann und sie schon welche zurückschicken wollen, damit Bella nach Hause kann, doch sie redet es ihnen schnell aus und lächelt Paco dabei an. Danach redet er mit Chico. Solange sie auf Juan warten, haben sie schon einen neuen Deal ausgehandelt mit einer Familie, die sie dort getroffen haben. Allerdings Miko und Chico zusammen, genaue Details erzählen sie, wenn sie wieder da sind, außerdem haben sie schon eine Warnung an die Locanas herausgeschickt. Als Paco auflegt, ist Bella eingeschlafen und Paco zieht sie enger in seine Arme. Was auch kommen wird, er wird dieses Glück nicht mehr aus seinen Armen lassen.

Kapitel 8

Paco sieht auf die kleinen Blutflecken, die ihn auf dem weißen Laken anzustrahlen scheinen. Er hält Bella fest in seinen Armen. Er hatte den ganzen Tag zu tun. Bella hat sich an einen Laptop gesetzt und gearbeitet, später waren sie bei Rodriguez und Selena essen, bevor sie sich zurückgezogen haben. Paco wird nie genug von Bella bekommen. Sie haben das erste Mal miteinander geschlafen, noch nie hat es sich so angefühlt wie mit Bella. Er hat sie geliebt mit aller Liebe, die er für sie empfindet. Es war einmalig. Er wusste aber nicht, dass es ihr erstes Mal war, die Blutflecken hat er erst später entdeckt, nachdem er jetzt am Morgen wach geworden ist. Er küsst Bellas Nacken. Wieso sagt sie ihm so etwas nicht?

»Hey Süße, wirst du heute auch noch mal wach?« Paco vergräbt seine Nase in ihren Hals. Er liebt ihren Geruch. »Morgen«, sagt sie leise und sieht, dass es schon später Morgen ist. Bella öffnet nur langsam die Augen, doch Paco ist hellwach nach seiner Entdeckung. »Warum hast du es mir nicht gesagt?« Sie dreht sich halb zu ihm um. »Was?« Er nickt zum Laken, Bella sieht kurz hin und zuckt die Schultern. »Ist es so wichtig?« Er dreht sie ganz zu sich. »Natürlich war es das, Bella, hätte ich das gewusst, hätte ich … Keine Ahnung, es hätte etwas Besonderes...« Sie legt ihren Finger an seine Lippen. »Das war es doch, es war wunderschön... oder etwa nicht?« Er lächelt und küsst ihre Stirn. »Doch es wa ... unglaublich. Es war nicht mein erstes Mal, bei weitem nicht, aber auf jeden Fall das erste Mal mit jemandem, den ich liebe.« Bella umarmt ihn lachend und zieht ihn an sich. »Ich liebe dich auch«, flüstert sie an seine Lippen und sie beginnen ihr Spiel von vorne. Er kann nicht genug von Bella bekommen und von dem Gefühl, mit ihr vereint zu sein. Die nächsten Tage vergehen viel zu schnell.

Paco hat zwar viel zu tun, aber nimmt sich trotzdem viel Zeit für Bella. Sie versteht sich auch immer besser mit seiner Familie. Für alle gehört sie nun zu Paco. Bella gesteht ihm, dass sie ein schlechtes Gewissen hat, ihre Familie ahnt nicht einmal etwas. Seine Familie, Mano, seine Brüder, alle haben es nicht so schwer aufgenommen, denn sie haben es ja alles von Anfang an miterlebt. Seit der Bücherei wussten sie davon, ihre Familie ahnt gar nichts. Paco würde es am liebsten gleich klären, die Karten auf den Tisch legen und gucken was passiert, doch Bella und auch Ramon haben mit ihm geredet und ihn gebeten, an die Sache vorsichtiger heranzugehen. Er will das mit Juan klären, er wird sich nicht mit Bella vor ihm verstecken, doch er hat ihr versprochen etwas abzuwarten. Jetzt muss er sie zurückbringen zu ihrer Familie. Sie sind heute angekommen, nachdem sie das gesamte Grundstück der Locanas auseinandergenommen haben. Sie haben keine Hinweise gefunden, nicht ein Stück. Nur deswegen haben sie zwar deutlich und auch mit etwas Gewalt gezeigt, dass die Trez Puntos und auch die Les Surenas die Schuldigen suchen, doch sie hatten die Falschen erwischt. Sie werden gleich Chico und die anderen mitnehmen, deshalb fahren sie mit zwei Wagen. Bella und Paco fahren in einem, Ramon und Rodriguez in dem anderen. Auf der Fahrt ist Paco angespannt, er merkt auch, dass Bella es spürt. Die letzten Tagen waren etwas Besonderes, er will sie nicht gehen lassen. Sie küsst seine Knöchel, auf denen noch immer die Kratzer der Nacht sind, wo er seine Wut an der Wand ausgelassen hat, weil er so sauer war, dass er nicht zu ihr konnte.

»Sei nicht sauer Paco, aber du musst doch verstehen, dass wir es ihnen nicht sofort sagen können.« Er legt seine Hand in ihren Nacken. »Ich bin einfach nicht der Typ... soll ich jetzt so tun, als kenne ich dich nicht?« Sie lacht. »Nein... aber mich nicht unbedingt vor Juan küssen.« Er hält an einer Ampel. »Ich weiß nicht, ob ich das kann«, grinst Paco und zieht sie an sich. Als sie den Kuss lösen, nickt er. »Okay, ich tue das wirklich nur für dich, von mir aus kann Juan es auch sofort erfahren, ändern wird es nichts, aber Bella, das geht nicht mehr lange. Ich werde mit Juan reden.« Sie nickt ruhig und sie fahren in das Trez Punto-Gebiet. Bella zeigt ihm alle Stellen, die sie liebt. Er muss über ihren Versuch lächeln, ihm ihr Gebiet ans Herz zu legen.

Als sie vor dem Punto-Haus halten, blickt sich Paco noch einmal um und holt seine Waffe heraus. Seit der Schießerei ist es für ihn hier nicht mehr sicher. Sie steigen aus, und sofort kommen einige Mitglieder der Familia und umarmen Bella. Sie nicken Paco zu und gehen ins Haus. Bella hat Paco erzählt, dass sie noch nie so lange von ihrem Bruder und den Cousins getrennt war. Das merkt man auch, als sie ihnen freudig in die Arme fällt. Paco begrüßt in der Zwischenzeit seine Leute, auch Miko und Raul kommen dazu und sie reden noch über die Dinge, die vorgefallen sind. Sein Blick fällt immer wieder auf Bella, es passt ihm nicht, dass sie jetzt so auf Distanz sind und dann kommt auch noch Juan direkt zu ihn.

Juan bedankt sich für den Schutz und Paco antwortet nüchtern, dass es kein Problem war. Er muss sich fast auf die Zunge beißen, um nicht mehr zu sagen. Dann verabschieden sie sich. Chico kann es nicht abwarten nach Hause zu kommen. »So ab ins Les Surenas-Gebiet, nach Hause. Verdammt, wir müssen heute Abend eine Party feiern, ich habe die ganzen guten Surena Chicas vermisst.« Alle lachen. »Kein Problem, ist schon organisiert.« Sein Cousin Ramos und Chico sind die Partyplaner unter ihnen. Als er daraufhin einen bösen Blick von Bella bekommt, muss Paco grinsen. Doch als sie dann gehen, kann er ihr nur noch einen Blick schenken, mehr nicht. Sobald sie losfahren, fängt Paco innerlich an zu kochen.

Das ist nicht richtig, Bella sollte bei ihm sein, es fühlt sich so falsch an. Als sie ankommen, ist bei Rodriguez im Haus wirklich schon eine Party im Gange. Es wird gegrillt, Chicas sind anwesend. Paco lehnt sich entspannt zurück. Er spielt Karten, und Chico erzählt ihm von dem Deal, den er und Miko überlegen zu machen. Paco weiß nicht, ob es eine gute Idee ist, auch wenn ihm Miko von allen am liebsten ist. Erst spät klingelt sein Handy und Bella ist dran.

»Hey.« »Hey... wow!« Bella ist sicherlich von der Lautstärke bei ihnen überrascht. »Bist du noch in eurem Treffpunkt oder zu Hause?«, fragt Paco gleich nach. »Der Treffpunkt heißt Punto-Haus und das ist auch mein Zuhause, aber nein, ich bin jetzt in meinem Haus. Was ist bei euch so ...los?« Ihn stört die Lautstärke auch und dass sie nicht bei ihm ist. »Nicht viel, wir feiern", antwortet er nur knapp. »Paco, was soll das? Wieso bist du so zu mir? Ich wollte dich einfach noch mal hören oder bist du gerade zu beschäftigt?« Paco seufzt leise und geht ins Haus, er weiß, sie kann nichts für die Situation, doch es nervt ihn.

»Pitty vermisst dich.« Er hört Bellas Lächeln am Telefon. »Tu das nicht wieder, Paco. Bau nicht wieder diese Distanz auf, nur weil ich weg bin.« Er räuspert sich. »Tut mir leid, es ist einfach, ich will dich hier haben.« Ihre Stimme wird leiser. »Ich will auch bei dir sein, aber ich habe auch meine Familie vermisst und sie mich ebenso.« Paco lächelt. »Das habe ich gemerkt.« Er ist hochgegangen, um sie besser zu verstehen. »Wo bist du genau?« »Ich bin kurz hoch ins Schlafzimmer, du hast alles hiergelassen, ich dachte die Sachen gefallen dir?« »Tun sie auch, aber ich komme doch wieder oder gefällt es dir nicht, wenn meine Sachen bei dir sind?« Er hört ihr Schmunzeln. »Doch, ich dachte nur.... vergiss es.« Er fährt sich mit der Hand über das Gesicht.

»Du weißt, es fällt mir nicht so leicht, ich muss mich wirklich zusammen-reißen, um nicht einfach das zu tun, was ich will, und ich bin es gewohnt, zu tun, was ich will.« Das ist er wirklich. »Und was würdest du jetzt tun?« Paco antwortet ehrlich. »Ich würde zu dir fahren, Juan sagen, du gehörst zu mir, dich einpacken, dir mein Shirt anziehen und dich wieder barfuß durch mein Haus laufen lassen. Weißt du eigentlich, dass du in den Tagen fast nie Schuhe getragen hast?« Bella lacht laut auf. »Ich liebe dich Paco, wirklich.« Er muss auch lächeln. »Ich dich auch, cariño.« Sie holt tief Luft. »Paco, da wir beide wissen... also wie du gesagt hast, du hattest ja noch nie etwas Fes-tes und ich dachte, ich sollte... vielleicht, also ich meine nicht, dass du...« Jetzt lacht Paco. »Was ist?« Bella holt tief Luft. »Also, ich weiß, jeder sieht das anders und so, aber ich habe da eine ganz klare Vorstellung von gewis-sen Sachen und...« Paco ahnt, worauf das hinausläuft. »Und die wären?« Die Antwort kommt schnell und klar. »Keine Chicas.« Jetzt muss Paco sich zurückhalten, nicht laut loszulachen. »Wie kommst du darauf?«, fragt er unschuldig. »Paco, ich kenne diese Partys, ich weiß, wie scharf sie auf euch sind, vor allem auf dich den Anführer. Denkst du, das ist bei uns so anders? Ich will einfach, dass du weißt, dass ich das nicht möchte.... ich will nicht, dass du jemand anderen anfasst als mich...« Paco unterbricht sie. »Ich möchte auch keine anfassen, wie ich dich anfasse«, grinst er immer noch.

»Okay, dann wäre das geklärt. Ich wäre jetzt gerne bei dir, es ist komisch, hier wieder allein im Bett zu sein.« Paco lehnt sich zurück. »Was würdest du denn tun, wenn du jetzt bei mir wärst?« Paco liebt es sie zu ärgern. »Weißt du, was ich jetzt so gerne machen würde? Ich würde mich genau jetzt in deine Arme kuscheln, meine Augen schließen und in deinen Armen ein-schlafen, ich wünschte wirklich, das könnte ich jetzt.« Paco ist still, dann schließt er die Augen. »Bella, wir müssen es deiner Familie bald sagen.« Auch sie spricht wieder leiser. »Ich weiß, das tun wir.« Als sie beginnt zu gähnen, beenden sie das Thema fürs erste. »Geh jetzt schlafen Süße, wir telefonieren morgen.« Sie gähnt wieder. »Okay, gute Nacht, ich liebe dich... und Paco...« »Hmmm?« Er lächelt. »Mach keinen Blödsinn.« Sie müssen beide lachen. »Ich liebe dich Bella, bis morgen.«

Sie telefonieren von da an jeden Tag mehrmals, doch sie haben die nächs-te Woche keine Möglichkeit sich zu sehen. Paco macht das rasend, doch Bella darf das Trez Puntos-Gebiet nicht verlassen, solange alles noch zu unsicher ist. Jeden Tag hadert er damit zu Juan zu gehen und ihn mit der Tatsache zu konfrontieren, dass Bella nun zu ihm gehört. Dass sie ein Teil seines Lebens ist und er nicht mehr auf sie verzichten kann. Paco weiß nicht, was dann passieren wird, er kann es sich denken, doch es führt kein Weg daran vorbei. Das versucht er auch jedes Mal Bella klar zu machen, doch sie schiebt es hinaus, wobei er nicht versteht, worauf sie warten will. Es wird dafür keinen guten Zeitpunkt geben.

Die Les Surenas und die Trez Puntos sind unruhig. Keiner weiß, was passieren wird. Ist ihre Warnung bei den richtigen Personen angekommen? Haben sie sie verstanden oder warten sie nur auf einen günstigen Zeitpunkt, um eine weitere hinterhältige Aktion zu planen? Jedes Mal, wenn Pacos Handy klingelt, bekommt er ein ungutes Gefühl. Sie fangen wieder an, den normalen Geschäften nachzugehen, doch sie haben beide Augen und Ohren offen. Paco hat angewiesen, dass sich kein Surena für die nächste Zeit alleine irgendwohin wagen soll. So versucht er wenigstens zu verhindern, dass weitere Leute getötet werden, das ist das Einzige, was er tun kann. Sie sitzen gerade im Besprechungsraum in seinem Haus und gehen einige neue Partner durch und wer für diese verantwortlich sein wird, als Chicos Handy klingelt. Paco denkt sich nichts weiter, der gesamte innere Kreis ist im Besprechungsraum, die anderen haben sich in die Häuser zurückgezogen, um der starken Mittagssonne zu entfliehen. Er zeigt Rodriguez einen Kunden, den er und Hernandez übernehmen sollen, als er merkt, dass Chico unruhig wird. »Nein, Bella ist nicht bei uns, wie kommst du darauf, Miko?« Paco bricht ab und sieht zu ihm. Chico versteht und schaltet den Lautsprecher ein.

Sofort merkt Paco, dass etwas nicht stimmt, es ist eine laute Unruhe bei Miko im Hintergrund. »Bella hat uns gesagt, dass sie und Paco...« Miko bricht ab, Paco hört Juan im Hintergrund fluchen. »Der elende feige Bastard ist nicht einmal selber gekommen!« Alle Surenas werden augenblicklich unruhig. »Bella ist weg, wir dachten, sie ist schon bei euch angekommen.« Man hört, dass Miko sich zusammennimmt, um ruhig zu sprechen. Paco flucht auf. »Wann war das?« Miko spuckt scheinbar auf den Boden, als er Pacos Stimme hört. »Vor zwei Stunden.« Paco nimmt seine Waffe vom Tisch und steckt sie in seinen Hosenbund. »Und da ruft ihr erst jetzt an?«

Paco hört nicht weiter, er geht zu seinem Auto. Er braucht sich nicht umzusehen, um zu wissen, dass ihm alle folgen. Der Zeitpunkt ist gekommen, die Trez Puntos wissen Bescheid, doch Pacos Hauptgedanke ist bei Bella. Wieso hat sie es ihrem Bruder alleine gesagt, das hätte sie nie tun dürfen, er hätte das für sie getragen. Er will sich nicht vorstellen, was passiert ist. Chico, Rodriguez und Hernandez steigen bei ihm in den Wagen ein. Er sieht, wie ihm dutzende andere Autos folgen. Jeder weiß, was jetzt passieren kann. Paco rast zum Punto-Haus, trotzdem beobachtet er die Straßen, ob er Bella irgendwo sehen kann. Der Wagen hält noch nicht mal ganz und er springt schon raus und geht in den Garten. Alle sind dort. Wirklich alle Trez Puntos stehen im Garten. Kaum erblickt Juan ihn, geht er auf ihn los. Es braucht Miko und Raul, Chico und Rodriguez, um zu verhindern, dass Paco und Juan sich umbringen, doch es ist klar, dass sie es nur kurz verhindern können. »Was hast du getan, wo ist sie?«

Paco versucht sich von Chico freizumachen, er sieht, dass alle auf beiden Seiten ihre Waffen gezückt haben. »Du hast nicht einmal das Recht von ihr zu reden, hörst du?« Juan ist außer sich, doch das interessiert Paco nicht, er sieht zu Tito, der als Einziger mit den Händen in der Hosentasche dasteht und den Kopf leicht hängen lässt. »Wo ist sie?« Tito sieht auf. »Wir wissen es nicht, wir dachten, sie ist bei euch.« Sara und die zwei Cousinen von Bella kommen von hinten in den Garten. »Sie ist nirgendwo, auch nicht im Haus oder bei einer Tante.« Juan flucht laut und versucht sich loszumachen. »Das ist deine Schuld du Bastard, wieso konntest du deine dreckigen Surena-Hände nicht von meiner Schwester lassen?« Paco flippt aus. »Das war nicht geplant, ich wollte es dir sagen, doch sie hat mich gebeten noch zu warten. Sie wollte euch nicht weh tun damit. Denkst du, wir haben das getan, um dir eins auszuwischen?« Juan spuckt auf den Boden. »Der einzige Grund, warum du noch atmest, ist, weil sie mich angefleht hat dich zu verschonen. Ich habe ihr gesagt, dass, wenn sie sich für euch entschieden hat, sie gehen soll!« Paco hält ein. »Du hast sie verstoßen? Bist du wahnsinnig, sie ist deine Schwester!« Plötzlich treten Sara und die Cousinen zwischen sie und funkeln alle Männer böse an. »Bella ist verschwunden, wir müssen sie suchen. Ihr wisst selber, dass es gerade nicht sicher ist. Die Köpfe einschlagen könnt ihr euch später noch.« Alle wissen, dass sie recht hat und ohne den Trez Puntos noch einen Blick zu schenken, wendet sich Paco an seine Leute.

Sie müssten das nicht tun, er ist ihr Anführer, aber sie müssen nicht nach einer Trez Puntos suchen. Doch Paco sieht sie alle an und bittet sie, Bella zu suchen und niemand von ihnen zögert. Sie alle setzen sich in die Autos ebenso wie die Trez Puntos und machen sich auf die Suche. Sie verteilen sich. Pacos erster Weg führt in die leere Uni. Die Räume sind zu, die Flure leer, auch das Dach ist leer. Paco sieht vom Dach auf die Stadt, wo steckt Bella? Sie suchen den ganzen Tag, überall, in jedem Geschäft im Einkaufszentrum, im Kino, überall. Es wird viel zu schnell dunkel und Paco bekommt Panik. Er fährt zurück zum Surena-Anwesen, um zu sehen, ob sie dort aufgetaucht ist. Dann nehmen sie auch ihr Anwesen auseinander, vielleicht ist sie hier, doch als er bei Morgengrauen zurück zum Punto-Haus fährt, fühlt er sich wie gelähmt.

Sie treffen immer wieder auf die anderen, die noch suchen. Egal ob Surena oder Punto, alle vergessen es und sprechen sich ab. Irgendwann erkennt Paco in den Gesichtern das, was er selbst nicht zulässt, in seine Gedanken zu kommen. Was ist, wenn diejenigen, die für die Angriffe verantwortlich sind, Bella in die Finger bekommen haben? Im Punto-Haus sitzen einige und ruhen sich aus, er selber spürt keine Müdigkeit. Sara ist da, er sieht, wie viel sie geweint hat, als sie ihm Essen bringt. Er will nichts essen, er spürt keinen Hunger und keine Müdigkeit, sein einziger Gedanke ist es, Bella zu finden. Doch Sara lässt nicht locker, schließlich isst er doch etwas. Er sieht die beste Freundin von Bella lange an. Es fällt ihm schwer, das alles in Worte zu fassen. »Sie hätte das nicht alleine tun sollen, ich hätte das für sie getragen, warum hat sie es ihm alleine gesagt? Wenn es einer wagt, seine Hand an sie zu legen … « Sara nickt und wieder beginnt sie zu weinen. »Wir werden sie finden!« Paco lässt seinen Kopf kreisen. »Wie konnte Juan sie verstoßen?« Sara wischt sich die Tränen weg. »Es tut ihm mittlerweile selber leid, er wird wahnsinnig vor Angst um Bella, aber du musst ihn auch verstehen. Stell dir vor, es wäre deine Schwester!« Paco kommt nicht dazu etwas zu antworten, da kommt auch Juan aus dem Punto-Haus, offensichtlich hat er nur sein Shirt gewechselt, Paco sieht ihm die Sorge an. Aber seine Wut ist zu groß, Bella ist den Tag und die Nacht verschwunden. Die Sonne geht gerade wieder auf. »Wenn du sie schon verstößt, hättest du wenigstens dafür sorgen können, dass sie sicher ankommt.«

Juan will auf ihn zu, doch Miko neben ihm hält ihn zurück, auch Chico legt den Arm an Paco. »Ich habe im ersten Moment nur deine dreckigen Finger auf ihr gesehen, Surena!« Miko pfeift einmal laut und alle sehen zu ihm. »Wir haben alles abgesucht, was tun wir jetzt? Ihr vergeudet hier nur Zeit!« Chico reibt sich müde die Augen. »Vielleicht ist sie auch ganz weggegangen, in die nächste Stadt.«

Eine kleine Hoffnung keimt wieder auf. Paco setzt sich sofort ans Steuer, genau wie alle anderen, die gerade anwesend sind. Er blickt zu Juan, der ebenfalls zum Auto geht. »Die hier bleiben, sollen noch einmal alles durchsuchen!« Sie durchforsten zwei kleine Städte, doch Bella ist nirgends zu finden. Pacos Hoffnung schwindet und wird zu einer Kälte, die seinen ganzen Körper einnimmt. Es ist schon wieder dunkel, als Chico den Arm auf Pacos Schulter legt. »Lass uns fahren, sie ist hier nicht!« Paco will ihn gerade anschreien, dass es nicht geht, dass sie doch irgendwo sein muss, als sein Handy klingelt. Noch nie war er so froh, die Stimme von Rodriguez zu hören und die Worte, »wir haben sie!«

Juan und er liefern sich eine wilde Autofahrt auf dem Weg zum Krankenhaus, in das Bella gebracht wurde. Rodriguez und Ramos haben sie gefunden. In der Uni. Sie haben alles durchsucht, alle Hörsäle waren verschlossen, doch Bella war in einem wegen Bauarbeiten gesperrten Bereich der Uni in einem offenen Hörsaal. Sie war nicht ansprechbar. Rodriguez meinte, sie hat eine Verletzung am Bein und starkes Fieber. Als sie in das Krankenhaus kommen, ist es voller Surenas und Trez Puntos, allen sieht man an, wie erleichtert sie sind, Bella gefunden zu haben. Paco weist alle, die nicht zu den engeren Kreisen gehören, an, nach Hause zu fahren und sich auszuruhen. Manche sind seit 48 Stunden auf den Beinen. Juan tut dasselbe, trotzdem ist der Flur noch voll, als sie bei ihrem Zimmer ankommen. »Wo ist sie?« Juan kommt ihm zuvor, als sie Sara ansteuern, die müde vor einem der Räume steht.

»Sie wird gerade untersucht, wir wissen noch nichts.« Paco geht zu Rodriguez und Ramos und umarmt beide, er wird ewig in ihrer Schuld stehen. Dann geht die Tür auf, ein Arzt tritt heraus und sieht sich etwas eingeschüchtert um. »Wie geht es ihr?«, entfährt es vielen und der Arzt schüttelt den Kopf. »Die Patientin ist in einem kritischen Zustand. Die Wunde an ihrem Bein hat sich entzündet, sie hat eine gefährliche Blutvergiftung. Wir haben das Blut gereinigt, dazu kommt das viel zu hohe Fieber und der Flüssigkeitsverlust. Wir haben alles getan, jetzt geben wir ihr Leben in Gottes Hand. Wir müssen sehen, wie sie die Nacht übersteht.«

Paco setzt sich, das Glücksgefühl weicht, er hat sie wieder und nun könnte sie sterben? Alle sehen geschockt zum Arzt. »Kann man denn gar nichts tun?« Juan ist der erste, der wieder Worte findet, »sie kriegen alles, was sie brauchen, aber tun sie etwas für meine Schwester!« Der Arzt schüttelt den Kopf. »Das Einzige, was man jetzt machen kann, ist beten!« Paco blickt wütend zu Juan. »Du musst gar nicht deinen Mund aufmachen, wer hat sie verletzt gehen lassen?«, Juan kommt auf ihn zu. »Nur, weil dir die anderen

Frauen zu langweilig wurden und du dachtest … « Sara stellt sich erneut dazwischen. »Sie kämpft da drinnen um ihr Leben, also seid still und tut, was der Arzt gesagt hat!« Mit diesen Worten dreht sie sich um und geht in Richtung Kapelle des Krankenhauses. Paco lässt sich auf einer Bank vor dem Zimmer nieder und lässt die Tür nicht aus den Augen. Er weiß nicht, was er tun soll, wenn Bella das nicht schafft. Er hat das Gefühl, man nimmt ihm gerade die Luft zum Atmen.

Es ist still, die ganze Nacht sagt keiner ein Wort. Jeder geht in die Kapelle beten, ab und zu holt jemand etwas zu Trinken oder zu Essen, ansonsten sitzen sie alle da und schweigen: Trez Puntos und Surenas, denn nun haben sie etwas gemeinsam, ihre Sorge um Bella. Es gehen immer wieder Ärzte rein und raus, doch erst am Vormittag kriegen sie die erleichternde Nachricht, dass sie es geschafft hat. Sie muss sich noch viel ausruhen, doch ihr Körper erholt sich bereits und die Blutvergiftung ist zurückgegangen. Aber noch immer lassen sie sie nicht zu ihr. Erst am Mittag guckt plötzlich eine Schwester aus dem Zimmer. Tito kommt allen zuvor. »Wie geht es ihr?« Die Krankenschwester lächelt. »Der Engel ist aufgewacht, sie braucht aber noch viel Ruhe. Ist eine Sara da?« Sara steht auf. »Ja… ich bin da… natürlich.« Sie weint. »Sie will sie sehen.« Es ist ruhig, als Sara ins Zimmer geht.

Das Warten macht Paco wahnsinnig und da ist er nicht der Einzige. Plötzlich tauchen zwei ältere Frauen am Ende des Flures auf und kommen auf sie zu. Paco sieht, wie Juan sich über die Stirn wischt. »Ihr Idioten, was ist passiert, dass ihr nicht auf meine Tochter achten könnt?« Die Frau geht sie alle an und Paco entdeckt Bellas Augen. Die eine Frau ist Bellas Mutter und sieht böse zu allen, besonders Juan wirft sie einen langen Blick zu, bevor sie einfach in das Zimmer geht, in dem Bella liegt. Wieder vergeht eine lange Zeit, bis die Tür erneut aufgemacht wird und sich Bellas Mutter in den Flur stellt.

»Wer von euch ist Paco?« Alle werden unruhig, Paco steht auf. »Ich bin Paco.« Er geht direkt zu der Mutter, dabei begegnet er Juans Blick, der wohl nur aus Respekt gegenüber seiner Mutter nichts sagt. Er blickt in die gleichen Augen, die auch Bella hat. »Weißt du Paco, ich kenne euren … unseren Krieg, den der Familias, selber schon länger als jeder von euch, schon bevor ihr alle geboren wart. Ich kenne die Feindschaft zwischen uns schon länger als ihr atmet. Meine Tochter ist mein Herz, mein Leben, sie ist ein Engel und sie liebt dich wirklich.« Paco räuspert sich leise. »Ich liebe sie auch, Señora, ich wollte nicht, dass alles so läuft, ich hätte das für sie getragen.« Ihre Mutter nickt. »Das glaube ich dir und mir ist es egal, was du bist oder aus welcher Familie du stammst, solange du meine Tochter glücklich machst, sie wäre fast gestorben.«

Die Mutter beginnt erneut zu weinen. »Meine Tochter hat sich für dich entschieden und ihr habt meinen Segen. Willkommen in der Familie, Paco.« Sie umarmt ihn und Paco gibt ihr auf jede Wange einen Kuss, ein Zeichen des Respekts, dann fällt sein Blick in das Zimmer, da die Tür noch offen steht. Er vergisst alles andere, als er Bella blass und schwach dort weinend liegen sieht. »Bella … «

Paco geht zu ihrem Bett und Bella beginnt noch mehr zu weinen. Es tut so gut sie zu sehen. Sie ist blass und wirkt noch viel zerbrechlicher, als sie es ohnehin schon ist. Er zieht sie fest in seine Arme. Bella weint, er küsst ihre Haare. Sara verlässt den Raum und schließt die Tür, so dass sie alleine sind. Er dankt Gott dafür, dass er sie ihm nicht genommen hat. Er löst sich von ihr, streicht ihre Tränen weg und sieht sie einfach an. Keine Worte könnten das Gefühl beschreiben, was in ihm entsteht, sie einfach halten zu können. Er hat seit über zwei Tagen jede Sekunde gedacht, er würde sie nie wieder sehen. »Bella … was …« Er erkennt seine eigene Stimme nicht wieder. »Ich dachte, dir wäre etwas passiert, dass du sterben würdest, ich weiß nicht … « Paco fährt sich mit der Hand über sein Gesicht. »Bella«, wieder nimmt er ihr Gesicht in seine Hände, er kann nicht in Worte fassen, was er fühlt. »Du musst mir schwören, dass du nie wieder … « Er bricht wieder ab, dann atmet er tief ein und legt seine Stirn an ihre. »Ich liebe dich Bella, ich hätte nicht gewusst, was ich getan hätte, wenn dir etwas passiert wäre.«

Er gibt ihr einen Kuss auf den Mund, es sollte nur ein kurzer Kuss sein, doch seine Gefühle überrumpeln ihn und statt in Worten zeigt er ihr so, wie verzweifelt er sich die letzten Stunden gefühlt hat. Als sie sich lösen, küsst er ihr Gesicht, dann sieht er sich die Wunde am Bein an. Durch die dicken Verbände lässt sich erahnen, wie schlimm sie sein muss. »Verdammt Bella, warum bist du nicht zu mir gekommen? Warum hast du es ihm alleine gesagt? Du hättest es mich machen lassen sollen.« Bella lehnt sich erschöpft zurück und er setzt sich zu ihr. »Ich wollte zu dir, Paco, aber ich konnte nicht. Juan hätte gedacht, dass ich die Trez Puntos ... ich wollte nicht, dass man denkt, dass ich zu den Les Surenas gehöre und ich wollte dich anrufen, aber ich konnte dann nicht mehr aufstehen. Es war alles so ... er hat mich verstoßen, Paco, ich habe keine Familie mehr.« Paco lächelt leicht und streicht ihr eine Strähne hinters Ohr.

»Doch natürlich hast du das, Juan ist ein Idiot, aber er liebt dich. Ich glaube, ihm tun seine Worte mittlerweile mehr weh als dir. Bella, du hättest kommen müssen, nicht zu den Surenas, zu mir. Ich will, dass du zu mir kommst, wenn irgendwas ist, schwöre es mir, Bella, ich will nie wieder solche Angst um dich haben, das hat mich fast umgebracht.« Er küsst ihre Hand und verschränkt ihre Finger. Als Bella zu gähnen beginnt, hört er auf, sie ist noch zu schwach. »Ruhe dich aus, cariño, du brauchst Ruhe, wir können später noch reden.« Bevor aber ihre Augen zufallen, sieht sie ihn noch einmal ängstlich an. »Paco, bleibst du bei mir?« Er gibt ihr einen Kuss. »Glaub mir, ich werde dich nicht mehr aus den Augen lassen, nicht eine Minute.«

Nachdem sie eingeschlafen ist, geht Paco in den Flur. Er spürt erst jetzt, als langsam alles von ihm abfällt, wie kaputt er ist. Nun sehen ihn alle an, als er in den Flur kommt, aber nicht nur fragend sondern auch wütend wie Juan, der gleich aufsteht und ins Zimmer geht. »Sie war nur kurz wach, sie schläft wieder. Alle sollten sich etwas ausruhen.« Die Cousins gehen ebenfalls ins Zimmer. Während sich seine Familia verabschiedet und fragt, ob er nicht lieber mitkommen will, sieht er, wie alle Cousins am Bett bei Bella sitzen, sie küssen und dann ebenfalls erst einmal gehen. Sie alle waren über zwei Tage auf der Suche nach ihr. Es sind dann nur noch Juan und er da. Juan sitzt regungslos am Bett von Bella und sieht sie an. Paco setzt sich erschöpft auf das Sofa und schließt die Augen.

»Was tust du noch hier?« Er hat nicht die Kraft, die Augen offen zu halten und blinzelt nur leicht in Juans Richtung. »Wie gesagt Juan, ich liebe Bella aus ganzem Herzen und ich werde nicht mehr von ihrer Seite weichen.« Er registriert noch Juans undefinierbaren Blick, den er ihm zuwirft, doch Paco hat keine Kraft weiter zu diskutieren und schließt die Augen.

Paco hat keine Ahnung, wie lange er geschlafen hat, aber es hat gut getan. Als er seine Augen wieder öffnet, blickt er direkt in Bellas, die ihn vom Bett aus ansieht. »Hey!« Sofort ist er auf den Beinen und bei ihr. »Alles gut? Wie geht es dir?« Bella lächelt, sie hat auch wieder etwas mehr Farbe im Gesicht. »Alles gut, was macht ihr hier? Beide?« Er schaut zu Juan und dann wieder zu Bella. »Wir haben alle nach Hause geschickt sich ausruhen. Wir alle waren fast drei Tage auf den Beinen, sie kommen sicher später wieder.« Bella sieht ihn besorgt an. »Du solltest dich auch ausruhen.« Er schüttelt den Kopf. »Glaub mir, im Moment finde ich nur Ruhe, wenn ich dich sehe und du lebst.« Er küsst sie, doch ein saures Räuspern unterbricht beide.

Paco stöhnt leise auf und setzt sich wieder auf seinen Sessel, während Bella zu Juan blickt, der auf der anderen Seite des Bettes in einem Sessel geschlafen hat. Juan steht auf und geht zu Bella. Er nimmt sie in die Arme und küsst ihre Stirn. Paco hört Bella weinen. Ihm ist klar, wie sehr sie ihren Bruder liebt. »Es tut mir leid, Princesa, ich wollte das alles nicht, ich wusste nicht, dass so was passiert, ich war nur so wütend.« Bella hört nicht auf zu weinen. »Wie konntest du so etwas zu mir sagen? Ist es das, was du willst, Juan? Dass ich unsere Familie verlasse?« Jetzt zieht er sich zurück, um sie anzusehen. »Verdammt Bella, du weißt ganz genau, dass ich gar nicht ohne dich leben kann, ich könnte es nicht mal einen Tag ertragen, nichts von dir zu hören.« Bella lächelt trotz ihrer Tränen. »Es tut mir auch leid, Juan, dass wir dir das nicht vorher gesagt haben, aber wir wussten selber nicht, ob wir … es war alles kompliziert.« Juan seufzt ergebend, er sieht von ihr zu Paco.

»Es geht mir nicht… ich meine, ich weiß, dass er dich liebt, das habe ich die letzten Tage gemerkt. Außerdem wäre er nicht so verrückt, dies alles zu machen, wenn es ihm nicht ernst ist, darum geht es nicht.« Bella sieht ihn flehend an. »Worum dann, Juan? Was ist denn wichtiger? Was willst du für deine Schwester, was wichtiger ist, als dass er mich liebt?« Juan blickt wieder zu Paco. »Habt ihr beide darüber nachgedacht, was das bedeutet? Was es für Bella bedeutet?« Paco senkt den Blick. Er weiß, was jetzt kommt. »Bella, du bist meine Schwester und warst schon immer in Gefahr. Allein dadurch, wenn sich das herumspricht und das tut es bereits jetzt schon, dann bedeutet das, wer auch immer die Trez Puntos und die Les Surenas angreifen will, braucht nur dich zu finden, du bist jetzt der wunde Punkt für beide Anführer. Wir sind die größten und gefürchtetsten Familias Bella und du bist dann die Verbindung zu beiden.«

Paco flucht leise. »Denkst du etwa, ich habe darüber nie nachgedacht, Juan?« Er ist sauer. »Ich hätte auf Bella verzichtet, weil ich weiß, wie schwer es wird, doch es ging nicht. Bella ist vielleicht mehr in Gefahr, aber sie hat auch mehr, die ein Auge auf sie haben. Sie kann sich frei bewegen, meine Männer passen genauso auf sie auf wie die Trez Puntos, das hast du selber gesehen. Es gab niemanden von den Les Surenas, der sie nicht gesucht hat. Vielleicht wird sie diejenige sein, die am gefährdetsten ist, aber gleichzeitig hat sie nun zwei starke Familias hinter sich.«

Juan mustert Paco einen Augenblick, dann grinst er leicht. »Hast du dir das gut überlegt, Bella? Das bedeutet nur noch mehr Aufpasser… ist ja nicht so, als hättest du schon zu wenig.« Bella lächelt, sichtlich froh, dass ihr Bruder ihnen entgegen kommt. »Ich denke, das werde ich schon hinkriegen, ist ja nicht so, als könnte ich mich nicht durchsetzen.« Juan küsst ihre Stirn. »Das stimmt allerdings, das kannst du.« Dann wird Bella ernst. »Außerdem Juan, weißt du selbst, dass es eigentlich egal ist, wer es ist, du hättest so oder so Theater gemacht, weil du Angst hast mich zu verlieren, aber das tust du nicht. Ich bleibe in unserer Familie, ich gehöre weiter zu den Trez Puntos, egal, mit wem ich zusammen bin.«

Juan wendet sich an Paco. »Sag mir eins Paco, wenn du von Anfang an gewusst hättest, dass sie meine Schwester ist, schon damals, als du sie an der Uni besucht hast, hättest du sie dann in Ruhe gelassen?« Paco blickt zu Bella und dann zu Juan. »Wahrscheinlich hätte ich von Anfang an mehr dagegen gekämpft und noch stärker probiert sie zu vergessen, aber letztlich denke ich nicht, dass es mir gelungen wäre, sie aus meinem Kopf zu bekommen. Bella hat sich vom ersten Moment, als ich sie sah, in meinem Herzen festgesetzt.« Juan nickt und seufzt dann »Von mir aus, eigentlich, wenn ich darüber nachdenke, ist es mir sogar lieber, dass ich weiß, du hast jemanden, dem ich vertraue auf dich aufzupassen und der dich beschützt, zumindest lieber, als irgendeinen Uni-Studenten oder so was in der Art, was soll ich noch sagen. Offensichtlich werden jetzt neue Zeiten anbrechen.« Er fängt an zu grinsen. »Außerdem muss ich zugeben, ich finde es äußerst spannend zu sehen, wie dich noch ein Mann zu zähmen versucht.« Paco grinst auch leicht. »Ich denke, du kennst deine Schwester besser, es ist ja nicht so, als hätte sie mir nicht schon ein paar Mal die Stirn geboten und ich bezweifle, dass da jemand gegen ankommt.«

Juan schmunzelt. »Natürlich nicht, was erwartest du. Sie ist mit uns groß geworden, wenn jemand keine Angst hat seine Meinung zu sagen, dann sie.«

Kapitel 9

Die nächsten Wochen werden schwer für Paco. Er weicht nicht von Bellas Seite, sie ist noch drei Tage im Krankenhaus. Zwar kommen auch seine Brüder und die anderen, aber die meiste Zeit ist er somit mit den Trez Puntos zusammen. Allerdings gewöhnt man sich an alles. Sie respektieren sich Bella zuliebe. Nur Bellas Mutter hat ihn sofort richtig in ihr Herz geschlossen, somit bleibt er auch die ersten Tage bei ihr zu Hause, als sie aus dem Krankenhaus entlassen wird. Dann hält er es allerdings nicht mehr aus und entführt sie zu sich. Selbst Juan hat sich mit dem Umstand abgefunden, also kommen sich beide Familias wohl oder übel näher.

Er kann sein Glück gar nicht fassen, Bella nicht verloren zu haben und gibt sein Bestes, sie das auch spüren zu lassen. Für ihn ist das alles nicht selbstverständlich, nichts von alledem. Er nimmt sie auch mit zu der Hochzeit seines Cousins Ramos. Für Paco ist es ein großer Schritt, Bella als seine offizielle Freundin dorthin mitzunehmen, besonders weil seine Eltern dabei sind und er nicht im Traum daran gedacht hat, ihnen jemals offiziell eine Frau vorzustellen. Er war schon etwas verunsichert, als er ihnen gesagt hat, wer sie ist. Seine Eltern leben zwar nicht mehr hier, doch sein Vater kann noch immer seinen Arm nicht richtig bewegen nach einer Auseinandersetzung in der er von einem der Trez Puntos angeschossen wurde. Zu seinem Erstaunen haben beide aber nicht weiter darauf reagiert, seine Mutter hat sich gewundert, dass er ihnen überhaupt jemals eine Frau vorstellt. Sie hat sich schon immer über Pacos und Rodriguez' Lebensstil ausgelassen und gesagt, sie sollen sich ein Beispiel an Ramon nehmen.

Als sie jetzt alle zurechtgemacht vor seinem Haus auf Bella warten und sie in Mikos Auto vorfahren sehen, ist er richtig nervös. Es ist ein großer Schritt für ihn. Er weiß nur, Bella wird ein rotes Kleid tragen, allein diese Geste sagt mehr aus, als Worte es können. Er hat sie darum gebeten. Es ist Brauch bei ihnen, dass die Braut weiß trägt, nur die Braut. Genauso darf nur eine Frau auf einer Hochzeit rot tragen, das ist der Frau des Anführers vorbehalten. Er weiß, dies wird in allen Familias so gehandhabt, also hat Bella verstanden, was es zu bedeuten hat. Sie ist jetzt die offizielle Frau an seiner Seite.

Als Miko hält, den Frauen die Tür aufhält und Bella aussteigt, schlägt sein Herz einen Augenblick schneller. Sie ist wunderschön, das rote Kleid bringt ihre helle cremige Haut zur Geltung, ihre Haare gehen ihr fast bis zum Po, die grünen Augen strahlen sie alle unsicher an. Paco stellt zuerst Miko und Sam vor, die von allen begrüßt werden, dann geht er zu Bella. »Mama, Papa, das ist Bella ... meine Bella.« Er muss lächeln und kann seinen Stolz nicht verbergen. Die Mutter zieht die Augenbrauen hoch und schaut dann von Bella zu ihm, nun kommt ihr Urteil. Seine Mutter hat noch nie ein Blatt vor den Mund genommen. »Ich wusste, dass es nur eine ganz besondere Frau schafft, Pacos Herz zu gewinnen, ehrlich gesagt dachte ich schon, das passiert gar nicht mehr.« Sie wirft Paco einen strengen Blick zu. »Aber mit so etwas ... «, sie zeigt an Bella herunter. »Madre mia ... Paco, du hast einen Engel bekommen, so wunderschön.« Sie gibt ihr zwei Küsse auf die Wange und Bella bedankt sich etwas eingeschüchtert.

Seine Mutter sieht zu Paco, während sie Bellas Hand in ihre nimmt. »Paco, ich hoffe du weißt, wie man so eine Frau schätzt und ehrt, damit du sie nicht verlierst.« Paco grinst frech. »Ich gebe mir Mühe.« Pacos Vater tritt vor und umarmt Bella ebenfalls, was ihn aufatmen lässt, das Schlimmste wäre überstanden. »Willkommen in der Familie, Bella.«

Danach erinnert sie Ramon alle, dass sie los müssen, doch Paco zieht Bella noch einmal etwas zur Seite. »Hey, Schönheit.« Er gibt ihr einen Kuss und sie schmiegt sich schon automatisch an ihn. »Meine Eltern mögen dich.« Bella legt die Arme um ihn und sieht ihn voller Liebe an. »Ich habe fast einen Herzinfarkt bekommen ... Du hast mir heute gefehlt.« Seine Hände wandern an ihrem Rücken entlang und bleiben kurz vor ihrem Po liegen. »Du mir auch, verdammt Bella, du siehst so sexy aus, ich werde mich den ganzen Abend nicht konzentrieren können.« Er küsst ihren Hals entlang und grinst über die dadurch entstandene Gänsehaut. »Lass uns noch einmal kurz reingehen«, flüstert er in Bellas Ohr, doch dann hupt es und seine Mutter lässt ihr Fenster herunter fahren. »Paco, du hast nur Blödsinn im Kopf, lass die arme Bella los, sonst kommen wir nie an.« Paco seufzt schwer und Bella lacht.

Sie beeilen sich zur Kirche zu kommen. Als sie vorfahren ist es schon voll, Paco sieht die Unsicherheit in Bellas Augen. Zum Glück steht der Padre noch da, um die Gäste zu begrüßen. »Aggh ... müssen wir da rein?« Rodriguez und Paco drehen sich beide um. Sein Bruder lacht und Paco lächelt. »Ja wir müssen da rein, es sei denn, du möchtest den armen Bräutigam ohne Trauzeugen heiraten lassen.«. Bella vergisst ihre Angst und wird wütend. »Du bist Trauzeuge? Warum sagst du mir das erst jetzt? Das heißt, du bist die ganze Zeit nicht bei mir.« Rodriguez lacht nur lauter. »Ein Engel mit ungeheurem Temperament.« Paco lacht auch und steigt aus. Er hält ihr die Tür auf und als sie ihn keines Blickes würdigt, nimmt er Bellas Hand. »Cariño, das ist nur in der Kirche und keine Angst, keiner frisst dich auf.« Er sieht schon ihre Antwort kommen, aber alle treten zu ihnen und sie gehen zum Eingang der Kirche. In diese Kirche gehen sie alle, auch die Trez Puntos. Sie begrüßen den Padre. Pacos Eltern bleiben länger stehen und unterhalten sich mit ihm, da entdeckt er Bella. »Bella!« Sie küsst seine Hand, wie man es hier so macht. Er streichelt ihren Kopf. »Bella, ich habe von deinem Krankenhausaufenthalt gehört und wie ernst es war, ich habe für dich gebetet.« Sie bedankt sich, auch Paco begrüßt ihn. Der Padre schaut etwas verwirrt zu ihren Händen, die aneinander festhalten, doch dann lächelt er. Als sie die Kirche betreten, merkt Paco, wie Bella bei dem Anblick der gesamten versammelten Surenas stockt. »Bella, schau mich an.« Sie sieht ihn an und er erkennt ihre Bedenken. »Du gehörst zu mir, das können auch alle wissen, okay?« Bella nickt nur, doch Paco kann jetzt nichts anderes tun, als sie nach vorne zu seiner Familie zu setzen. Er muss stehen bleiben als Trauzeuge.

Die Zeremonie ist wirklich schön. Er sieht immer wieder zu Bella und muss an ihr Geständnis denken, wie sie sich einen Heiratsantrag wünscht. Im Schnee, ganz romantisch. Paco musste nur lachen und hat gesagt, sie hätte einfach nicht vor zu heiraten. Es schneit nicht in Puerto Rico. Am Ende der Zeremonie, als alle gratuliert haben, legt er den Arm um Bella. »Na Schneekönigin, alles ohne mich überstanden?« Er liebt es sie zu ärgern. Als sie endlich richtig anfangen zu feiern, ist die Stimmung lockerer. Sie setzen sich und kurz darauf entführt Pacos Mutter Bella, um sie allen vorzustellen. Er würde das Bella gerne ersparen, aber da wird sie nicht drumherum kommen. Er spricht mit seinen Cousins, die aus Miami angereist sind und genau als diese gehen, kommt Rosa auf ihn zu.

Paco flucht innerlich, wer hat sie hergebracht? Chicas gehören nicht auf so eine Feier. »Hi Paco, lange nicht gesehen, ich habe schon gehört, dass du jetzt in festen Händen bist, passt gar nicht zu dir. Hast du vergessen, was für Spaß du haben kannst?« Bei Pacos Glück taucht genau in dem Moment auch Bella auf, doch anstatt etwas dazu zu sagen, stellt sie sich neben ihn. Paco legt den Arm um ihre Hüfte. »Tut mir leid Rosa, ich habe jetzt etwas

Besseres gefunden und das macht auch viel Spaß.« Er grinst sie frech an, was sie offensichtlich sauer macht. »Das sagst du jetzt Paco, aber wir wissen beide, es gibt gewisse Sachen, die man nicht mit jedem machen kann, oder kennt sie schon alle deine Vorlieben?« Er spürt, wie Bella zusammenzuckt und will etwas sagen, doch Bella kommt ihm zuvor. »Sag mal, was ist denn bei dir im Kopf verkehrt? Wie kann man nur so billig sein? Hat dir deine Familie nicht ein bisschen Anstand beigebracht? Wie kann man sich nur so anbieten?«

Bevor Paco eingreifen kann, antwortet Rosa. »Wer von uns hat denn hier keinen Anstand? Oder was tust du sonst hier, du dreckige Punto?« Dieses Mal ist Paco der Schnellere, er ist innerhalb weniger Sekunden auf 180. Er hält Rosas Arm fest. »Mit wem bist du hier?« Miko taucht hinter Bella auf, auch einige andere kommen. Keiner der Puntos traut den Surenas wirklich, auch wenn Bella es nicht sieht, Paco weiß es. Sie würden Bella auf so einem Fest nie aus den Augen lassen, deswegen hat Miko alles mitbekommen und zieht Bella von allen weg, dreht sich aber noch einmal zu Rosa um. »Überlege dir das nächste Mal, mit wem du so redest, du verdammte Puta!«

Ein junges und relativ neues Mitglied der Surenas taucht auf. »Sie ist mit mir hier.« Der Mann, den Paco selber erst ein paar Mal gesehen hat, sieht sauer zu Rosa. »Wirklich? Mit dir? Wie kommt es dann, dass sie hier andere um eine schnelle Nummer anbettelt?« Auch wenn Miko sie etwas weiter weggebracht hat, ist Bella noch immer außer sich. Mano und Rodriguez tauchen neben Paco auf, sie kennen ihn und können einschätzen, wie sauer er gerade ist. Paco lässt ihren Arm unsanft los. »Bring sie hier weg, und dann komm zu mir, hast du verstanden?« Der Mann nickt und zerrt Rosa weg. Paco greift nach Bellas Arm, doch sie entzieht sich ihm und geht weg. Paco seufzt schwer auf. Mano klopft ihm auf die Schulter. »Du wusstest, dass es nicht einfach wird.«

Als der Mann wieder kommt, kommt er gleich zu Paco. »Es tut mir leid, sie wollte mich einfach begleiten.« Paco muss sich sehr zusammenreißen, nicht seine ganze Wut an ihm auszulassen. »Das ist mir egal. Solche Schlampen haben nichts auf diesen Feiern zu suchen, was du sonst mit ihr machst, interessiert mich nicht, aber ich will solche Chicas nicht auf Feiern sehen, wo die Familien dabei sind. Bella gehört jetzt zu mir, mir ist es scheißegal, was manche darüber denken, ihr habt sie zu respektieren, weil sie zu mir gehört.« Der Mann seufzt leise. »Tut mir leid Mann, ich wusste nicht, dass sie noch hinter dir her ist, sie wollte unbedingt mitkommen.«

Paco redet etwas leiser, »denk das nächste Mal daran.« Er nickt und geht wieder zu einer Gruppe, die sich am Pool unterhält.

Bella kommt zu ihnen, Chico und Miko, die bei Paco waren, ziehen sich zurück. »Bist du sauer?« Paco ist überfordert mit Bella, er kann sie immer noch nicht richtig einschätzen. Jetzt lächelt sie und kuschelt sich in seine Arme. »Nein, nicht auf dich, ich hasse diese billigen ...« Paco unterbricht sie mit einem Kuss. »Vergiss die einfach, sie hat nichts, was mich interessiert.« Er küsst ihren Hals entlang, er wäre jetzt lieber mit ihr allein. »Das stimmt nicht«, erwidert Bella zwar sehr leise, doch Paco hört auf und sieht sie an. »Was? Von was redest du, Bella?« Sie blickt verlegen zur Seite.

»Na ja, sie alle, also die meisten Chicas, du weißt schon... die du im Bett hattest, na ja.... und ich bin halt einfach nicht so.« Bella zeigt an ihrem Körper herunter. »Nein, ich weiß nicht, was du meinst, erkläre es mir.« Auch wenn es ihr sichtlich unangenehm ist, sieht sie ihn jetzt an. »Ich frage mich, wie es kommt, dass, wenn du sonst immer auf solche Rundungen gestanden hast, auf einmal auf mich kommst. Es ist ja wohl offensichtlich, dass ich nicht ganz so gebaut bin.«

Paco weiß, dass Bella sich selbst unterschätzt. »Ich glaube Bella, diesmal unterschätzt du dich, hast du überhaupt eine Ahnung, wie du auf Männer wirkst? Glaub mir, wäre es nicht offensichtlich, dass du zu mir gehörst, hätten dich heute schon mindestens dreißig Männer hier angebaggert. Vertrau mir, ich habe deren Blicke verfolgt und Bella, wegen mir brauchst du dir keine Sorgen zu machen, ich bin dir sowieso verfallen.« Er beugt sich zu ihrem Ohr, die nächsten Worte sind nur für sie bestimmt. »Ich liebe deinen Körper, alles an ihm. Deine Brüste machen mich wahnsinnig, ich habe noch nie so perfekte Brüste gesehen, von deinem Po willst du nicht ernsthaft noch mal hören, wie sehr ich ihn vergöttere.« Er drückt sie an sich, so dass sie seine Worte auch an seinem Körper bestätigt bekommt. »Den ganzen Tag kann ich an nichts anderes denken, als dich wieder nackt zu spüren.« Er beißt sachte in ihr Ohrläppchen und muss über ihre leichte Röte im Gesicht grinsen.

»Okaaaay ...dann erkläre mir bitte, was sie vorhin mit deinen Vorlieben gemeint hat?« Paco weicht etwas zurück. »Vergiss es Bella, das werden wir so was von nicht besprechen.« Er will gehen, doch Bella lacht und hält ihn fest. »Wieso nicht? Komm schon Paco, gerade ist es dir doch auch nicht schwergefallen.« Zum Glück kommt in diesem Moment seine Mutter auf sie zu. Paco ist erleichtert, sich für den Moment gerettet zu haben und grinst Bella frech an, er geht ihr schnell entgegen. Doch es war klar, dass er ihr nicht ganz entkommen ist, sobald sie spät in der Nacht bei ihm sind und er sie an sich zieht, lächelt sie wieder frech. »Wolltest du mir nicht erst noch etwas erzählen?« Paco ignoriert das, nimmt sie hoch, packt sie sich über die Schultern und bringt sie unter lachendem Protest in ihr Schlafzimmer. Als er sie absetzt, sieht sie ihn flehend an.

»Komm schon Paco, seit wann bist du so schüchtern? Sag mir, was du mit ihnen gemacht hast, oder ist dir das unangenehm?« Paco gibt auf. »Bella, es geht nicht darum, was ich mit ihnen gemacht habe, sondern wie ich es mit ihnen gemacht habe. Sie haben mir nichts bedeutet. Keine von ihnen, ich habe sie einfach genommen wie ich wollte, das ist nicht zu vergleichen mit dem, was ich und du haben.« Bella sieht ihn nachdenklich an. »Hast du dich wenigstens...?« Das reicht langsam. »Du bist die Erste, bei der ich nicht verhüte, ich bin nicht dumm, ich weiß, mit wem ich es getan habe. Es hatte nichts von dem, was zwischen uns ist, weder habe ich sie geküsst noch mich darum gekümmert, was sie dabei fühlen, ich habe sie danach nicht in meinen Armen gehalten oder eine von ihnen je in mein Schlafzimmer gelassen. Du bist die Erste, die hier bei mir gelegen hat.« Er streicht ihr eine Strähne weg. »Sie hat recht, es wird nie so sein mit dir, aber deswegen brauchst du dir keine Gedanken zu machen.« Paco hebt ihr Kinn hoch und küsst sie. Sie ist die erste und einzige Frau, die ihm jemals etwas bedeutet hat.

Sie bleiben ein paar Tage bei ihm, bevor sie wieder zu Bella nach Hause gehen. Als sie mit Juan am Frühstückstisch sitzen, eröffnet Bella ihnen, dass sie wieder zur Uni will. Sie ist nicht davon abzubringen. Nicht von ihm, nicht von Juan oder Miko, der dazukommt. Sie geben nach, sie können sie auch nicht ihr Leben lang zu ihrem Schutz einsperren, aber es ist gefährlich. Zwar ist es gerade ruhig, doch Paco hat ein ungutes Gefühl bei der Sache, ein sehr ungutes, und er hätte seinem Bauchgefühl trauen sollen.

Die nächsten Wochen vergehen schnell, Bella geht zur Uni und beginnt nebenbei in einem Kindergarten auszuhelfen. Paco liebt es, sie mit Kindern zusammen zu sehen. Bella liebt Kinder über alles, er selber wollte nie welche haben, doch mit Bella kommt ihm das erste Mal der Gedanke, dass es vielleicht irgendwann so sein wird. Wenn er weg muss, um sich um die Geschäfte zu kümmern, versucht er es jedes Mal so kurz wie möglich zu machen und bringt Bella immer etwas mit. Sie mag keine teuren Sachen, am meisten hat sie sich über eine Schneekugel gefreut, die sie an ihren geheimen Wunsch erinnert. Nur als er neue Handys besorgt hat, hat er sich durchgesetzt. Er hat auf die neuen Handys gewartet, es nimmt ihm einige Sorgen, dass sie beide dieses Gerät haben, auch wenn Bella ihm nicht wirklich zugehört hat, als er ihr die Handys erklärt, aber das ist egal, sie hat es bei sich, das ist alles was zählt.

Bella kommt auch in diesem Wettbewerb immer weiter. Paco ist sich absolut sicher, dass sein kleiner Engel ihn gewinnt. Er ist glücklich, alles läuft gut und wenn er jetzt an ihren Streit auf dem Parkplatz vor einigen Monaten denkt, muss er fast schon lachen. Es war ein harter schwerer Weg, doch jetzt weiß er, es hat sich gelohnt. Er hätte nur bedenken sollen, dass solch ein Glück selten lange anhält.

»Scheiße Mann, diese teuren Autos und ihre Klimaanlagen!« Chico tritt genervt gegen den neuen BMW und steigt wieder ein. Heute ist wieder so ein unglaublich heißer Tag, es beginnt langsam der Hochsommer, es wird immer unerträglicher. Paco ist froh, dass sie gestern Nacht schon alles erledigt haben, das wird in nächster Zeit immer so sein, dass sie bei der Hitze nur nachts ihre Termine und Geschäfte erledigen. Er muss an Bella denken, die gerade in der Uni sitzt. Sie hat bald Schluss, er wird sie abholen und mit ihr ans Meer fahren. »Krieg dich wieder ein, wir bringen das in die Werkstatt, wir haben genug andere!" Auch Rodriguez ist genervt, als sie weiterfahren. »Ach, du bist doch ein Weichei geworden, ihr alle, seit ihr eure Frauen habt. Wir bringen das in die Werkstatt zur Reparatur! Was ist aus dem guten alten 'wir zerstören das Auto noch mehr und machen den Verkäufern so eine Angst, dass es das nächste Mal nicht mehr passiert' geworden?«

Paco muss laut loslachen, als Chico gespielt schmollt und Rodriguez ihm auf den Hinterkopf schlägt. »Halt's Maul! Keiner ist ein Weichei geworden.« Auch Rodriguez muss lachen. Chico fasst Paco ins Lenkrad. »Bist du wahnsinnig?« Chico lacht. »Los kommt ihr Memmen, wie früher, zeigt, was ihr drauf habt!« Er zeigt zum Meer, an dem sie gerade vorbeifahren und steigt aus. »Ich wusste, dass so etwas kommt, er hat vorhin zu lange in der Sonne gestanden!« Rodriguez steigt ebenfalls aus, Paco schmunzelt und steigt auch aus. Bis er ans Meer gekommen ist, hat sich Chico schon bis auf die Boxershorts ausgezogen und rennt ins Wasser. Rodriguez beeilt sich hinterherzukommen und Paco lacht.

Das haben die beiden früher ständig gemacht, um zu testen, wer von ihnen am weitesten schwimmen kann, das kann dann dauern. Paco zieht sein Shirt aus und lehnt sich zurück, als er Rodriguez' Handy klingeln hört. Paco ignoriert es erst, aber als es nicht aufhört zu klingeln, geht er ran. Es ist Ramon, er erzählt, dass ihn gerade Selenas Eltern angerufen haben. Selena ist in der Schule etwas passiert, sie wussten noch nicht was, aber Rodriguez sollte hinfahren. Paco legt auf und pfeift nach seinem Bruder. Zum Glück sind sie noch nicht zu weit draußen und bemerken ihn. Bis sie zurück sind, ruft Ramon noch einmal an. »Paco, ich sage auch allen anderen Bescheid, Selena wurde vor der Uni angeschossen! Sie ist im Krankenhaus!«

Pacos Kopf arbeitet sofort auf Hochtouren. Vor der Uni angeschossen, wo sind die Wachen, die vor der Uni sind, warum hat sich keiner gemeldet? Was ist da passiert? Er geht zum Auto, was Chico und Rodriguez signalisiert, dass etwas passiert ist und sie sich beeilen hinterher zu kommen. Sie erreichen ihn am Auto. Er sieht Rodriguez an. »Selena ist angeschossen, wir müssen sofort dahin!« Manchmal kommen einem Minuten wie Stunden vor. Im Auto versuchen sie noch etwas zu erfahren, doch noch weiß keiner, was passiert ist. Er schickt Hernandez und Mano direkt zur Uni, die Trez Puntos wissen noch gar nichts. Nach einem Anruf von Paco machen diese sich sich gleich auf den Weg. Er versucht die ganze Zeit Bella zu erreichen, doch sie geht nicht ans Handy. Paco betet, dass es deswegen so ist, weil sie bei Selena im Krankenhaus ist. Als sie ankommen, gehen gerade die Ärzte aus ihrem Zimmer und Mary kommt weinend den Flur entlang. Selena ist wach und ansprechbar, sie hat einen Schuss in die Schulter bekommen, einen Streifschuss, aber es war schnell genug Hilfe da, dass es nicht so schlimm ausgegangen ist.

»Was ist passiert?« Rodriguez gibt ihr einen Kuss und nimmt sie in den Arm. Was für sie schon Normalität ist, wird für Selena einer der schrecklichsten Augenblicke ihres Lebens sein, doch sie zittert scheinbar nicht deswegen. »Was tut ihr hier? Mir geht es gut, ihr müsst ihnen nach!« Paco sieht sich nach Bella um. »Wem nach? Selena sag uns genau, was passiert ist!« Und dann bleibt Pacos Herz stehen. »Ich weiß es nicht genau, ich habe gesehen wie Bella und Sara mit einem Mann weggegangen sind, ich habe ihn von Weitem erkannt, er gehört zu den Trez Puntos. Er hat sie zum Hinterausgang gebracht. Ich dachte, es wäre etwas passiert, bin hinterher, doch draußen habe ich gesehen, wie er sie ins Auto gesetzt hat. Es war ein Mann dabei, den ich nicht kannte. Ich habe sie gerufen, dann hat sich der eine umgedreht, gesagt, Bella und Sara werden nie wieder kommen und hat einfach geschossen. Er hat sie einfach mitgenommen. Ich habe gesehen, wie sie losgefahren sind. Wie beide geschrien haben, doch dann wurde mir schwarz vor Augen.«

Pacos Hand beginnt zu zittern, sie haben sie! Er steht wütend auf, vor lauter Wut wirft er den Autoschlüssel in seiner Hand gegen einen Spiegel, der sogleich zersplittert. Rodriguez flucht ebenfalls. Chico nimmt sein Handy und geht vor die Tür. Er muss sie sofort finden. »Bleib du bei Selena.« Er sieht kurz zu seinen Bruder und ist schon halb aus der Tür. »Nein Rodriguez, mir geht es gut, bitte findet sie.« Paco hört Selenas Tränen, doch blickt sich nicht mehr um. Chico geht neben ihm die Treppen zum Parkplatz hinunter, Rodriguez folgt ihnen. »Alle kommen zur Uni!«

Keine zehn Minuten später stehen sie alle vor der Uni, mittlerweile haben sie in einem Gebüsch die Leiche einer Wache gefunden, die die Männer bemerkt haben muss. Die anderen haben sich nichts weiter dabei gedacht. Nach einigen Beschreibungen und hin und her steht fest, einer von den Trez Puntos hat sie mitgenommen, wer der andere Mann ist, weiß keiner. Alle sind außer sich. Als sich Paco umsieht, stehen fünfzehn Autos herum, doch Paco achtet auf niemanden. Juan ... alle sind verzweifelt, doch sein Gedanke und seine Hoffnung klammern sich an sein Handy. Als Juan anweist, wer mitkommt und wer dort bleibt, geht er Paco an. »Was tust du da die ganze Zeit?« Paco flucht und hält sein Handy höher, noch klappt es nicht.

»Ich habe Bella ein neues Handy besorgt. Unsere beiden Geräte sind mit GPS verbunden, wenn ihr Handy an ist, kann ich sie orten.« Alle werden ruhig und sehen Paco dabei zu, wie er versucht ihr Signal zu bekommen. Er hat es schon ein paar Mal probiert, es klappt, doch heute kriegt er ihr Signal nicht. Paco flucht lauf auf, am liebsten würde er das Gerät zertrümmern, doch er klammert sich wie ein Wahnsinniger an diese kleine Hoffnung und dann leuchtet es. Paco kommen die Tränen in die Augen, als er dieses kleine Leuchten auf der Karte sieht und Juan, der ebenfalls auf sein Handy starrt, legt seine Hand auf seine Schulter. »Dafür stehe ich für immer in deiner Schuld. Sie sind schon weit weg, also los. Vámonos! Alle in die Autos.« Sie rennen zu den Wagen, alle verteilen sich, wenige bleiben zurück. Es sind viele Wagen, die Sierra verlassen, alle hinter Paco her, der aber so viel Gas gibt, dass es für die anderen schwer ist zu folgen.

Er drückt Rodriguez das Handy in die Hand, der ihnen den Weg sagt. Pacos Gedanken überschlagen sich, er hat vorhin bemerkt, wie einige immer wieder probiert haben Bella anzurufen oder Sara. »Sag jedem Bescheid, dass keiner mehr Bella anrufen soll. Sie dürfen das Handy nicht finden, solange sie sich bewegen, ist das ein gutes Zeichen.« Chico nickt auf der Rückbank und Mano wirft ihm einen besorgten Blick zu. Paco weiß, dass es auch anders sein kann. Dass jemand ganz anderes das Handy im Kofferraum hat, dass Bella gar nicht mehr da ist, aber es ist alles, was sie haben und er klammert sich daran fest. Er zwingt sich selber, nicht daran zu denken, was Bella und Sara alles passiert sein kann, ob es noch eine Chance gibt.

Sein Herz treibt ihn schneller voran, schneller als er es jemals in seinem Leben war. Der letzte Tag kommt ihm in Erinnerung, wie sie im Pool ihre Arme um ihn geschlungen und er sie geküsst hat. Er wusste in dem Moment genau, wie sehr er sie liebt. Keine vierundzwanzig Stunden später hat er solche Angst um sie, dass er weiß, sie ist sein Leben, sie ist alles für ihn geworden, und es darf ihr nichts passieren. Sie fahren eine Strecke und Paco ist so in Gedanken, dass er gar nicht mitbekommen hat, wie Chico sich am Telefon mit Miko unterhält. Die La Hondez. Sobald er den Namen hört und sieht, wo sie lang fahren, wird es ihm auch klar.

Die La Hondez sind eine kleine Familia, die zwar außerhalb, weit außerhalb der Stadt, aber noch in La Sierra, ganz am äußeren Ende, ein kleines Gebiet haben. Es ist eine kleine, ungefährliche Familia. Edgar, der Anführer, lässt ihnen regelmäßig etwas zukommen, um ihr Wohlwollen zu genießen. Nie hat einer an die La Hondez gedacht, sie bestehen aus höchstens vierzig Mann. Es sind tausend Namen gefallen, doch nie ihrer. Keiner hat an sie gedacht, das war sicherlich ihr größter Vorteil. Natürlich sind sie daran interessiert, die Trez Puntos und die Les Surenas gegeneinander aufzubringen, sie würden als erstes davon profitieren, wenn eine der Familias geschwächt ist. Offenbar verfolgen sie dieses Ziel noch immer. Pacos Wut steigt, egal was ist, er wird sie alle zur Verantwortung ziehen, jeden Einzelnen und wenn es das letzte ist, was er tut.

Plötzlich wird Rodriguez unruhig. »Gib Gas, Paco!« Paco drückt noch mehr aufs Gas als ohnehin schon, der Motor heult gequält auf. »Was ist?« Rodriguez räuspert sich. »Sie stehen, das Handy bewegt sich nicht mehr!« Paco versucht ruhig zu bleiben, das kann mehrere Ursachen haben. Es muss nichts schlimmeres bedeuten. Er fährt so schnell es geht, doch es ist ihm zu langsam, er sieht immer wieder zum Handy und wie sie sich langsam dem stehenden Punkt nähern. Doch sie sind noch nicht bei den Hondez, sie müssen wegen etwas anderem halten. Als Chico den anderen sagt, dass sie halten, holt auch Juan auf und sie fahren gleich auf.

Es sind die längsten Minuten, die er je erlebt hat, bis sie endlich das Auto entdecken. Es steht mitten im Nichts, dann erkennen sie zwei Männer, die sich an den Reifen zu schaffen machen. Sie sind so schnell, dass die Männer sie gar nicht registrieren. Als sie sie dann bemerken, halten sie schon und springen aus den Wagen. Paco sieht an den Blicken der beiden, was für ein Bild sie alle zusammen abgeben. Paco schnappt sich einen und Juan den anderen. »Auf den Boden ihr Hunde!« Miko geht schnell zum Auto und öffnet die Tür. Die Worte, die er dann allen zuschreit, lassen Pacos Herz endlich wieder schlagen. »ICH HABE SIE, hey, alles ist gut, wir ....« Doch dann bricht Miko ab. Paco hält die Waffe an den Kopf des einen Mannes und sieht Miko an, der immer blasser wird. Er kann keine der beiden sehen. »Bella..« Es ist mehr ein erstickter Laut als ihr Name. Miko wirbelt herum. »Wer von euch Hundesöhnen hat sie angefasst?« Raul und Chico gehen zum Auto, Paco ist wie angewurzelt, auch Juan bleibt starr vor Schock vor den Männern stehen. Eine Vermutung macht sich in Paco breit, die er nicht einmal aussprechen will.

Chico flucht bei Bellas Anblick laut auf und Pacos Herz zieht sich zusammen. Einer der Männer beginnt zu flehen. »Er war es, ich schwöre, ich habe sie nicht angerührt.« Miko holt Bella aus dem Auto und Paco wird das Herz direkt aus der Brust gerissen. Sie ist total fertig. Ihre Kleidung ist aufgerissen, sie blutet, sie kann sich kaum auf den Beinen halten, er entdeckt überall Wunden. Sie sieht ihm direkt in die Augen, stumme Tränen laufen ihre Wangen herunter. Ohne eine weitere Sekunde zu warten, drückt Paco ab und der Mann vor ihm sackt zusammen. Es war der Mann der Hondez, dass erkennt Paco an der Plaka. Jaiko, der vor Juan kniet, beginnt zu bibbern, als sein Freund neben ihm zusammensackt. »Ich wollte... ich habe sie nicht angefasst, Paco... ich schwöre es....« Doch Pacos Waffe wandert zu seinem Kopf, sie haben keinen weiteren Atemzug verdient. »Sie ist mein Leben, du Hundesohn, du hättest sie nicht mal ansehen dürfen.« Doch bevor Paco was machen kann, stellt sich Juan vor Jaiko. Paco erkennt die Tränen in seinen Augen und den Schmerz, seine Schwester so zu sehen. »Du hättest nie meine Familie da reinziehen sollen.« Paco hat Juan noch nie so sauer gesehen. Juan drückt ab und einen Moment ist Stille, während sich Paco und Juan auf die Frauen zubewegen.

Miko hält Bella immer noch fest, Juan ist zuerst da, sie fällt in seine Arme. Paco sieht, wie ihr Bruder sie an sich drückt, er sieht ihre zarten Arme aufgekratzt und will sich nicht vorstellen, was sie alles mitgemacht hat. »Bella, es tut mir so leid.« Juan findet keine Worte, auch Pacos Kopf ist leer, er will sie nur noch bei sich haben. »Ihr seid gekommen, ich dachte wirklich...« Bellas Stimme ist zu schwach und nachdem Juan sie etwas loslässt, liegt sie endlich in Pacos Armen. Jetzt geben ihre Beine ganz nach und Bella umschlingt Paco so, als würde ihr Leben davon abhängen. Paco küsst ihre Haare, seine Gefühle spielen verrückt. Unendliches Glück sie zu haben, doch unendliche Wut darüber, was ihr passiert ist. Sie schluchzt so sehr, dass Paco ihr leise etwas zuflüstert, damit sie sich beruhigt. Dann hebt er sie hoch und trägt sie etwas weiter weg, um mit ihr allein zu sein. Er kniet sich hin, hält sie weiter im Arm. Er fährt ihr Gesicht ab, die Kratzer, zerrt das kaputte Top zur Seite und entdeckt auch da weitere Wunden. Genau zwischen ihren Brüsten ist ein Schnitt von einem Messer. Ihre Beine sind übersät mit Flecken und Kratzern. Paco bebt vor Wut, seine Hand zittert.

Bella findet ihre Stimme wieder. »Er wollte ... aber ich habe mich gewehrt, und er hat es nicht geschafft ... aber dafür hat er zugeschlagen.« Paco sieht ihr in die Augen, er kann nicht verbergen, wie weh es ihm tut, sie so zu sehen. Ihre Tränen laufen ihr die Wange herunter, auch er hat welche in seinen Augen. »Ich dachte, ihr findet uns nicht, ich wollte schon ... wir wollten fliehen, wir wussten, dass sie uns finden, aber ich wollte nicht zu diesem Edgar und...« Bella redet zu schnell, sie kriegt kaum Luft, sie ist noch immer in Panik.

»Bella, sieh mich an!«, sagt Paco und hebt ihr Kinn so, dass sie ihn ansehen muss. »Guck zu mir, sieh mich an.« Als ihre Augen sich treffen, hält er ihre mit seinen fest. »Ich bin jetzt da, wir alle sind da, es passiert dir nichts mehr, du bist in Sicherheit.« Langsam ist zu erkennen, wie sie sich etwas beruhigt. »Auch wenn er es nicht geschafft hat, für jeden Kratzer würde ich ihn am liebsten noch einmal töten.« Paco küsst ihre Wunde im Gesicht und zieht sie enger an sich, trotzdem hat ihre Aussage seine schlimmsten Befürchtungen genommen. »Ich hatte solche Angst um dich, als ich dich gerade so gesehen habe ...« Paco flucht leise und nimmt ihr Gesicht in seine Hände. »Komm her«, seine Lippen berühren ihre, aber sie zittert noch zu sehr. Paco hält Bella einfach fest, sie sitzen da mitten im Nichts und er hält sie fest an sich gedrückt. Nach einer Weile haben sich ihre beiden Herzschläge beruhigt. Paco zieht sein Shirt aus und dreht Bella so, dass niemand außer ihm sie sieht. Dann entkleidet er sie und zieht ihr sein Shirt drüber, dabei flucht er immer wieder, wenn er neue Flecken entdeckt. Bella zieht den Duft seines Shirts ein und kommt noch einmal in seine Arme. »Du bist alles für mich!« Sie sagt das ganz leise und Paco gibt ihr einen Kuss auf die Stirn.

Als sie zurück zu den anderen gehen, nimmt er ihre Hand ganz fest in seine. Er lässt sie nur los, als ihre anderen Cousins sie in den Arm nehmen. Juan kümmert sich um Sara, doch alle haben den ersten Schock überwunden. Nachdem auch Chico und Rodriguez Bella umarmt haben, fragt sie nach Selena. Sie sagen ihr, dass die Kugel ihre Schulter nur gestreift hat. Rodriguez hat sie gerade angerufen, damit sie sich keine Sorgen mehr machen muss. Ein Auto kommt wieder, ein paar der Trez Puntos steigen aus mit Getränken und etwas zum Essen für Sara und Bella. Anscheinend sind sie zu einer Tankstelle gefahren. Die beiden greifen zu, sie haben lange nichts getrunken bei der Hitze.

Tito setzt sich zu Bella und zieht sie in seine Arme. Juan und Paco beraten sich so lange. »Wie habt ihr uns eigentlich gefunden?«, mischt sich Bella plötzlich ein. Paco runzelt die Stirn »Bella, durch dein Handy, da ist doch ein Sender eingebaut, womit ich jederzeit sehen kann, wo du bist, wenn es eingeschaltet ist und du, wo ich bin, hast du dir die Beschreibung nicht durchgelesen?« Bellas Gesichtsausdruck nach zu urteilen eher nicht. Also muss sie die ganze Zeit gedacht haben, dass sie sie niemals finden werden.

Juan erzählt, dass sie Bescheid bekommen haben, kurz nachdem Selena angeschossen wurde. Bella sieht auf den Schnitt auf Pacos Brust, der durch eine Glasscheibe von dem Spiegel kommt, den er kaputtgemacht hat, als er es erfahren hat. Er selber hat den Schnitt bei allem gar nicht bemerkt, und Bella fragt auch nicht weiter nach. Nun ist klar, wer hinter all dem steckt, und die Wut aller wird von Minute zu Minute größer, vor allem, wenn sie Bella und ihre Wunden ansehen. »Packt die beiden in den Kofferraum, wir bringen sie Edgar zurück, dann beenden wir die Sache ein für alle Mal«, gibt Paco die Anweisung. Sie wollen sofort aufbrechen, sie sind genug Leute und schon fast da. Paco hat ein schlechtes Gewissen, noch immer zittert Bella. Er geht zu ihr. »Bella, ich will dich jetzt nicht alleine lassen, ich will bei dir bleiben, aber ich muss diese...« Auch wenn sie das sonst wahrscheinlich nie gesagt hätte, muss ihr das alles so zugesetzt haben.

»Geh Paco und beende das Ganze, damit wir wieder in Ruhe leben können.« Paco legt seine Stirn an ihre. »Ich komme, sobald wir das erledigt
haben cariño, ich liebe dich. Wenn ich wieder da bin, lasse ich dich nicht
mehr los, okay?«, flüstert er leise. Paco wendet sich wieder den anderen zu,
bleibt aber bei ihr stehen. Sie beschließen, dass Tito, Rodriguez und ein
weiteres Mitglied der Trez Puntos mit den Frauen zurückfahren. Sie überprüfen alle Waffen und verteilen sich auf die Autos. Paco bringt Bella zu
dem Auto, mit dem sie zurückfahren. Paco nimmt Bella noch einmal in seine Arme. »Ich bin bald wieder bei dir'', flüstert er ihr zu. »Paco, pass auf
dich auf, bitte'', fleht Bella ihn an und Paco sieht sie ernst an. »Mach dir um
mich keine Sorgen Bella, pass auf dich auf, bis ich wieder bei dir bin, okay?«
Er gibt ihr einen Kuss und geht. Es fällt ihm schwer, Bella so gehen zu lassen. Sie ist total durcheinander, er will sich gar nicht vorstellen, wie die letzten Stunden für sie waren, aber das muss jetzt sofort ein Ende finden.

Kapitel 10

Dieses Mal fahren sie etwas langsamer weiter. Es sind nur noch zwanzig Minuten bis zu den Hondez. Paco wird bewusst, wie knapp das alles war. Was hätte Edgar mit Bella und Sara gemacht? Seine Wut steigt, je näher sie kommen. Als sie ankommen, sind schon Männer vor dem Haus. Sie werden auf die beiden anderen gewartet und gemerkt haben, dass etwas nicht stimmt. Sie schießen sofort los. Die Wagen halten schlitternd, alle steigen aus und nehmen die Autos als Schutz um zurückzuschießen. Sie haben die Hondez unterschätzt. Es kommen immer mehr Männer dazu, doch trotz allem sind sie nicht so viele wie die Trez Puntos und Les Surenas zusammen, das merken sie auch schnell, nachdem sich alle positioniert haben und das Feuer erwidern. Es gehen die Ersten zu Boden, andere beginnen zu flüchten. Paco pfeift und zeigt an, dass er losgeht. Oh nein, kein Einziger von ihnen wird entkommen. Er rennt los.

»Warte, verdammt Paco, da ist noch..« Paco wird an der Schulter getroffen. Es brennt, doch er sieht, wie Edgar aus dem Haus zu einem Auto gebracht wird und rennt dorthin. Die wenigen Verrückten, die noch auf sie schießen, werden von den anderen in Schach gehalten, zwei erledigt Paco auf den Weg. Als das Auto losfahren will, schießt er auf die Reifen und hinten in die Heckscheibe. Trotzdem bewegt sich das Auto noch weiter, wenn auch langsamer. Paco rennt und schießt. Er ist immer ein guter Schütze gewesen, doch er braucht drei Versuche, um den Fahrer zu treffen. Dann fährt das Auto gegen den Bordstein und kommt ganz zum Stehen. Edgar schießt auf Paco, der sich zum Schutz hinter dem Kofferraum versteckt. Seine Wut lässt ihn nicht klar denken, doch er schafft es trotzdem Edgar zu treffen. Als der zu Boden sackt und sich Paco über ihn beugt, ärgert er sich, dass es so schnell ging.

Er konnte ihm nicht einmal verraten, wofür genau er jetzt auf dem direkten Weg in die Hölle ist. Er sieht sich um, es sind noch ein paar mehr von ihnen, die verletzt sind, einige Hondez rennen noch vor ihnen davon. Juan kommt aus dem Haus und sieht ihn an. »Muss ich mich jetzt ranhalten, um meine Schwester zu rächen?« Er grinst ihn frech an, auch Paco muss lächeln. Miko, der ebenfalls aus dem Haus kommt, zieht sein Shirt aus und geht zu Paco, um ihm die Wunde am Arm abzubinden. »Vamos Amigos, lasst uns das ein für alle Mal zu Ende bringen.«

Erst einige Stunden später steht er vor seinem Haus und verabschiedet die Letzten »Guckt euch sicherheitshalber noch einmal alle Laptops und andere Sachen an. Und du lass deinen Kopf durchchecken!« Sie sind seit einer halben Stunde zurück. Er wäre am liebsten gleich zu Bella, aber er hat erst die Verletzten hergebracht. Jetzt sind alle langsam weg. Er will sich gerade von den übrigen verabschieden, als er Bella aus ihrem Auto aussteigen sieht. Sie waren so beschäftigt, dass er ihr Kommen nicht bemerkt hat. Juan und die anderen werden ihr gesagt haben, wo er ist. Er sieht ihre Erleichterung, auch ihm fällt ein Stein vom Herzen, sie bei sich zu haben. Er küsst ihre Stirn und nimmt sie auf seine Arme. »Paco lass das, du bist verletzt.« Er ignoriert ihren schwachen Protest, sie ist noch immer geschwächt. Er schaut zu den anderen. »Bis morgen ... oder so.« Er vergräbt seine Nase in Bellas Haaren und setzt sie erst im Badezimmer wieder ab, wo sie sich gleich seine Wunde ansieht. Paco kann selber nicht mehr, er ist müde.

Er braucht dringend eine heiße Dusche. Als er unter den warmen Wasser steht, zögert er kurz, doch dann deutet er Bella, auch zu kommen. Er ist sich unsicher, wie er jetzt mit ihr umgehen soll, doch sie zieht sich aus und kommt dazu. Er wurde angeschossen, egal was war, nichts tut ihm so weh, wie ihren Körper so zu sehen. Als sie bei ihm ist, hält er sie lange einfach im Arm, das Wasser prasselt auf beide herab. Paco atmet tief ein. »Wie weit ist er ... gekommen?« Er spürt wie Bella zusammenzuckt, doch dann erzählt sie ihm alles. Von der Fahrt, wie die beiden sie immer wieder bedroht haben. Was für Durst sie hatten, wie der Mann zwar ihre Anziehsachen aufgeschlitzt hat und alles angesehen hat, doch sie sich zu sehr gewehrt hat und er sie nicht anfassen konnte. Aus Wut hat er dann auf sie eingeschlagen. Sie sagt, dass sie dachte, sie müsste sterben.

Ihre Gedanken waren, dass alle wissen, wie sehr sie sie liebt, nur Paco nicht. Sie hat das Gefühl, er weiß nicht, wie sehr sie ihn wirklich liebt. Paco schüttelt den Kopf. »Ich weiß es cariño, mach dir keine Sorgen.« Es quält ihn das alles mit anzuhören. Bella sieht zu seinem Schnitt auf der Brust. »Was ist da passiert?« Sie streicht mit ihrem Finger über die Wunde. »Als ich den Anruf bekam, dass sie dich haben, war ich gerade vor einem großen Spiegel. Na ja, ich war so wütend und hatte meinen Autoschlüssel in der Hand ... Auf jeden Fall ist der Spiegel kaputt und eine Scherbe hat mich getroffen.« Er muss grinsen, als er sieht, wo genau der Schnitt lang verläuft. »Am Herzen, meine ewige Erinnerung an dich.« Bella kneift die Augenbrauen zusammen. »Das ist nicht lustig, das ist eine Narbe.« Paco lacht leise. »Für dich würde ich alles tun.« Bella wird ernst, Paco ahnt, was für Bilder in ihrem Kopf sind, er hat heute für sie getötet.

»Das weißt du, oder?« Er nimmt ihr Gesicht in seine Hände. »Ich werde dich immer beschützen und alles für dich tun, Bella, ich liebe dich.« Bella nickt und küsst ihn. »Ich weiß Paco, ich liebe dich auch.« Sie ist schwach auf den Beinen, Paco beendet die Dusche. Bella verbindet seine Wunde und sie kuschelt sich im Bett ganz eng an ihn. Paco ist einfach nur froh, sie bei sich zu haben. Beide schlafen schnell ein, doch Bella schreckt die ganze Nacht immer wieder auf. Sie schreit, sie schläft unruhig, sie beginnt im Traum zu weinen. Paco macht sie dann wach und sagt ihr, sie soll ihn ansehen, dass er da ist, dass sie bei ihm ist. Sie beruhigt sich immer wieder schnell, doch irgendwann kann Paco nicht mehr einschlafen. Er spürt, dass dies noch lange nicht vorbei ist.

Am nächsten Tag kommen Juan und Sara vorbei. Juan bringt Bella die Bestätigung, dass sie bei dem Wettbewerb, an dem sie teilgenommen hat, unter den besten 10 ist. Doch wirklich freuen tut Bella sich nicht. Juan will Bella nach Hause mitnehmen, doch sie möchte bei Paco bleiben. Das geht die nächsten Tage so, sie beide bleiben einfach bei ihm zu Hause. Sie brauchen diese Ruhe, trotzdem kommt jeden Tag jemand Bella besuchen. Alle denken, dass sie es gut verkraftet, doch Paco weiß es besser. Er sieht, wie sie jede Nacht von den Erinnerungen gequält wird. Auch als er das Haus wieder verlässt, bleibt sie noch eingeigelt bei ihm im Haus. Paco stört das nicht, aber er weiß, wie freiheitsliebend Bella sonst ist und dass sie noch lange nicht okay ist. Erst als er sie dann langsam dazu bekommt, wieder raus zu gehen, fängt sie sich etwas.

Sie geht wieder zur Uni, arbeitet wieder im Kindergarten. Sie nimmt sogar seinen Neffen Sami mit, der ganz vernarrt in seine Tia Bella ist. Bella kann sich wieder frei bewegen, ohne Angst zu haben. Ihre Leben haben sich aufeinander abgestimmt. Sie verbringen viel Zeit zusammen, doch ab und zu vermisst Paco die Zeit vor Bella. Es ändert nichts daran, dass er sie über alles liebt, aber er vermisst das Unbeschwerte. Egal was er tut, sie ist in seinen Gedanken, er hat immer eine gewisse Sorge um sie, fragt sich, was sie macht, ob alles in Ordnung ist. Er will sie nicht missen, er vermisst nur ab und zu die Unbeschwertheit dieser Zeit bevor Bella in sein Leben kam. Wenn Paco daran denkt, was alles in den letzten Monaten passiert ist, wird ihm schlecht. Es war einfach zu viel.

Als die Geburtstagsparty von Samy ansteht, sagt er Bella, dass es einfach nur mal wieder eine Feier unter Männern wird. Er braucht das mal wieder und Bella versteht es. Sie verabredet sich mit Sam und Sara fürs Kino. Er hat zu tun, deswegen kommt er erst später zur Feier, doch schon den ganzen Weg dahin freut er sich auf den Abend. Als Paco ankommt, ist die Party schon voll im Gange. Es wundert ihn, dass doch Chicas da sind, doch als er Chicos Grinsen sieht und dass sie seine Überraschung für Samy sind, weiß er Bescheid. Er lässt sich neben den Jungs an einem Tisch nieder, spielt Karten und hat einfach Spaß, ohne sich dabei nach jemandem umsehen zu müssen.

Plötzlich setzt sich Mary neben ihn. Verwundert sieht er sie an, bisher hatte er sie gar nicht gesehen. »Was tust du hier?« Mary rutscht eng an ihn. »Ich habe guten Kontakt zu Juel gehalten. Er hat mir gesagt, ich könnte heute vorbeikommen. Wir haben ja lange nicht mehr miteinander gesprochen.« Paco zieht die Augenbrauen hoch und legt seinen Arm hinter ihren Rücken auf die Lehne. »Ja, weil ich mit Bella zusammen bin und deine Absichten doch etwas anders sind.« Paco muss grinsen auf Marys unschuldiges Gesicht. »Woher willst du wissen, wie meine Absichten sind? Du hast es ja nie ausprobiert?« Paco will gerade etwas erwidern, da sieht er, wie Selena in den Garten gestürmt kommt und direkt auf Rodriguez zu, der gerade eng bei einer Chica steht.

Selena ist so aufgebracht, dass alle Frauen auseinander springen. Rodriguez verdreht die Augen, als sie ihn beginnt anzuschreien. Paco betrachtet das Ganze leicht amüsiert, bis er sich umsieht und direkt in Bellas Augen blickt. Automatisch entfernt er sich etwas von Mary, was nur ein Reflex ist, er braucht kein schlechtes Gewissen zu haben, er hat nichts getan. Doch Bellas Blick auf ihn sagt anderes. »Oh mein Gott, werdet ihr schon so sehr bewacht?« Mary bringt seine gerade aufkommenden Gedanken auf den Punkt. Auch einer seiner Cousins murmelt, dass er so etwas nicht mitmachen würde. Ob er ihn oder Rodriguez meint ist egal, Bella und Selena machen sie hier gerade lächerlich. Deswegen kann er sich auch nicht beherrschen, als er bei Bella ist und redet wütender, als er es eigentlich will.

»Was tust du hier? Müsst ihr uns jetzt schon hinterherspionieren?« Bella verschränkt die Arme, langsam hasst er es. »Darf ich nicht hier sein? Und das hat nichts mit hinterherspionieren zu tun, wenn wir erfahren, dass euer toller Männerabend doch nicht so männlich ist.« Sie nickt abwertend zu ein paar Frauen. »Ich habe nie gesagt, dass nur Männer kommen und ich werde auch niemandem verbieten Frauen mitzubringen, nur weil ich mit jemandem zusammen bin.« Bella wird lauter. »Mach dich nicht lächerlich und versuche mich als dumm hinzustellen Paco, ich hätte nicht gedacht, dass es dich so sauer macht, bei deiner kleinen Kuschel-Plauderstunde mit Mary gestört zu werden.« Paco fährt sich einmal mit der Hand über das Gesicht. »War ja klar, meine Güte, jemand hat sie mitgebracht, soll ich so tun, als kenne ich sie nicht?« Nun rastet Bella völlig aus. »Du sollst nicht so tun Paco, aber es besteht ein Unterschied, ob ihr kurz miteinander redet oder sie dir fast auf dem Schoß sitzt und ihr nicht die Hände voneinander lassen könnt. Paco, du machst mich echt fertig, ist das so toll?« Wieder zeigt sie auf die Frauen.

»Du übertreibst, Bella.« Doch sie hat nicht vor aufzuhören. »Ist es das, was du vermisst? Solche Partys? Solche Frauen wie Mary? Oder dass dein gesamtes Haus von allen möglichen Leuten für eine schnelle Nummer gebraucht wird? Du wusstest genau, dass ich das mit Mary nicht will, wie sehr ich sie und ihre Versuche, bei dir zu landen, hasse, und es hat dich nicht gestört. Es geht nicht darum, dass ich dich dabei gesehen habe, du hättest es einfach lassen sollen, weil du weißt, dass es mich stört, von dir aus, weil dir meine Gefühle etwas bedeuten, aber das ist dir scheinbar egal.« In dem Moment kommt Mary an ihnen vorbei.

»Weißt du was Mary, du bist doch schon die ganze Zeit so scharf darauf ihn zu haben, offensichtlich habe ich mich geirrt.« Mary bleibt stehen und Paco seufzt laut auf, er kann das gerade nicht glauben. Was hat er alles getan und noch immer glaubt Bella nicht an ihn. »Er sucht offenbar auch deine Nähe, bleib du hier, ich habe hier nichts mehr verloren, heute Abend hat er mehr Lust auf dich, du kannst ihn haben, ich will ihn nicht mehr, scheinbar passt er wirklich besser zu jemandem wie dir.« Mary zieht überrascht die Augenbrauen hoch. Paco treffen Bellas Worte und als sie gehen will, hält er sie am Arm fest. »Weißt du was dein Problem ist, Bella? Du siehst solche Sachen nur so schlimm, weil du noch zu unerfahren bist, weil du ...«

Bella schreit ihn an, er weiß, dass schon lange alle versammelten Surenas zusehen. »Zu unerfahren? Tut mir wirklich leid Paco, dass ich solche Sachen nicht normal finde, dass ich mich nicht auf einem Niveau mit solchen Frauen befinde, die wer weiß wie viel verschiedene Männer heute Abend schon in sich hatten. Und ja, die denken sicher anders darüber. Aber ich denke, das ist keine schlechte Idee, Paco, ab heute werde ich anfangen,

Erfahrungen zu sammeln, mal sehen, vielleicht reden wir dann irgendwann noch einmal, wenn ich dein gewünschtes Niveau erreicht habe und dann weiß ich, was du meinst.«

Paco kann darüber nur müde lachen, auch wenn sie genau weiß, dass allein der Gedanke, ein anderer könnte sie anfassen, ihn ausflippen lässt. »Weißt du, wenn du nicht willst, dass man dich wie eine Chica behandelt, solltest du nicht wie eine reden.« Es ist eine Millisekunde, doch in der zerstört Bella alles. Sie knallt ihm eine, vor all seinen Männer. Paco bleibt ganz ruhig stehen, er zuckt nicht einmal mit der Wimper, doch innerlich kocht er. Das hätte sie nie tun dürfen. Bella dreht sich um und geht. Keiner sagt etwas dazu, nicht mehr an diesem Abend, auch nicht in den nächsten Tagen, doch er sieht es allen an.

Alle fragen sich, warum Paco sich so etwas bieten lässt. Seine Wut verfliegt etwas, doch er ist enttäuscht. Er meldet sich nicht bei Bella und sie sich nicht bei ihm. Was hat er alles getan? Er hätte selbst nie geglaubt, dass er einmal so für eine Frau empfinden würde. Und diese Frau bringt ihm dann kein Vertrauen entgegen, sondern spioniert ihm noch hinterher. Er fragt sich wirklich, ob er das kann. Hätte man ihn vor einem Jahr gefragt, hätte er sofort nein gesagt, er ist kein Typ für etwas Festes, genau das wollte er nie haben. Nun mit Bella hat sich alles geändert, aber schon jetzt gibt es nur Probleme. Er weiß wirklich nicht, ob das gut gehen kann.

Trotzdem fährt Paco zur Preisverleihung nach Ganzola, wo der Gewinner von dem Wettbewerb, bekannt gegeben wird, an dem Bella teilgenommen hat. Bella hat dieser Wettbewerb so viel bedeutet und er ist sich sicher, dass sie gewinnen wird. Das ist es, was Bella nicht versteht, nicht verstehen wird, egal was ist, es ändert nichts an seiner Liebe zu ihr. Als Paco ankommt, hat die Veranstaltung schon angefangen. Er kommt genau dann herein, als der Zweitplatzierte seine Preise entgegennimmt. Er entdeckt Bella mit ihrer ganzen Familie. Juan, Raul, Miko, Pepo, Tito, Sara, Sam, die Mutter, die Tante, alle sind da. Paco lehnt sich gegen die Eingangstür und bleibt da stehen. Es wird begonnen, den ersten Preis zu loben.

Juan sieht zu ihm nach hinten und nickt ihm zu. Er wird wissen, was passiert ist. Paco ist sich sicher, dass er ihn versteht. Er kann sich nicht vorstellen, dass Sara so etwas jemals getan hätte. Plötzlich fällt Bellas Name, Paco muss lächeln. Er wusste von Anfang an, dass sie gewinnen wird. Alle umarmen sie und Bella geht auf die Bühne. Der Mann auf der Bühne beglückwünscht sie und ihr Blick fällt zu Paco. Sobald sie ihn sieht, lächelt sie auch. Er hat sie nur fünf Tage nicht gesehen, er ist nach wie vor wütend, doch er hat sie auch sehr vermisst. »Wir freuen uns, eine so talentierte und gute Studentin nach New York zum Studieren zu lassen. Ich gratuliere ihnen zu ihrem Studienplatz an der New Yorker Universität, auf der sie schon erwartet werden.« Pacos Magen dreht sich um, hat er das richtig verstanden? Sie hat einen Studienplatz in New York gewonnen? Davon war niemals die Rede. Er sieht zu Juan und den anderen, die genauso geschockt auf die Bühne starren. Paco geht und knallt die Tür zu. Sie wussten es auch nicht, wie er Bella kennt, wusste es niemand.

Den ganzen Weg zurück flucht Paco vor sich hin. Was tut er? Was ist bloß los mit ihm, er erkennt sich selbst nicht wieder. Das alles geht ihn an die Nerven, lieber hat er zehn Familias, die hinter ihm her sind, als dieses Kopfzerbrechen. Er fährt direkt nach Hause, er ist durcheinander. Wieso hat Bella mit keinem Wort das Stipendium in New York erwähnt? Sie hatte vor, Puerto Rico zu verlassen und sagt keinen Ton? Wozu das ganze Theater, den ganzen Stress … alles, wenn sie geht? Paco geht direkt an einen der Laptops, er ist nicht viel und gern im Internet, deswegen dauert es, bis er diesen Wettbewerb gefunden hat. Er geht den Link weiter zur Uni von New York, liest etwas über das Studium, sieht sich die Bilder an und kann es nicht verhindern, dass er merkt, wie gut das für Bella wäre. Genau in diesem Moment klopft es. Paco geht zur Tür und Juan kommt rein, allein. Er ist allein im Haus und Juan ist alleine gekommen. Eigentlich eine früher undenkbare Situation, doch jetzt geht Paco einfach in die Küche holt zwei kalte Dosen aus dem Kühlschrank und setzt sich zu Juan in den Garten, der den Weg alleine dorthin gefunden hat.

»Wusstest du davon?« Paco nimmt einen Schluck und schüttelt den Kopf. »Wenn wir sie bitten, bleibt sie! Wenn du und ihre Familie sie bitten.« Paco lehnt sich zurück. »Ist es das Richtige?« Juan sieht zu Boden, Paco kennt ihn bereits so gut zu wissen, dass Juan sich selbst nicht sicher ist. »Sie gehört hierher, wir alle sind hier.« Paco sieht ihn an. »Sie hat immer noch Albträume, wusstest du das? Wie lange hat sie dieses Jahr in der Uni gefehlt, wie oft war sie in Gefahr? Es geht nicht darum, was wir wollen, sie könnte dort frei sein, ohne Gefahr. War das die letzte Familia, die euch oder uns angegriffen hat?« Juan seufzt laut auf. »Ich weiß das alles. Es ist nicht so, dass ich nicht schön öfter darüber nachgedacht habe sie wegzuschicken. Ich wollte selbst Sara schon gehen lassen, dieses Leben ist nichts für sie. Aber wirst du sie gehen lassen?«

Juan ist kein Freund von ihm, wird er niemals werden, es ist Respekt da und es gibt etwas, was sie verbindet. Ihre Liebe zu Bella. »Ich liebe deine Schwester mehr als alles andere, mehr als mich selber. Wenn es der Weg ist, damit sie ein ruhiges, glückliches Leben ohne Gefahr führen kann, dann ja. Du siehst doch, dass ich das alles nicht gut hinbekomme, egal wie sehr ich mich bemühe.« Juan lächelt müde. »Das ist doch alles für den Arsch.« Paco nickt und sieht auf den Pool. Ja, das ist es.

Nachdem Juan gegangen ist, kommt Rodriguez, offensichtlich soll Paco heute nicht alleine mit seinen Gedanken sein. Es ist das erste Mal, dass Paco mit seinem jüngeren Bruder richtig über seine Gedanken wegen Bella redet. Auch er stimmt ihm und Juan zu. »Du weißt, wenn wir eine Schwester hätten, würde sie nicht hier leben. Bella hat jetzt die Möglichkeit, wer weiß, was in zwei Jahren ist, wenn sie diese nicht nutzt? Sie würde es immer bereuen.« Paco hasst es, er hasst das alles. Er weiß nicht, was richtig und was falsch ist, er weiß nur, dass er sich noch nie so beschissen gefühlt hat und das Gefühl bringt ihn fast um, als plötzlich Bella ins Haus gestürmt kommt. Rodriguez verabschiedet sich und gibt Bella einen Kuss auf die Wange.

Paco bleibt auf seinem Stuhl sitzen, er kann sie nicht einmal ansehen. »Also haben du und mein Bruder beschlossen, dass ich gehen soll?« Paco sieht noch immer nicht hoch, er räuspert sich, sie soll nicht wissen, wie unsicher er sich selber ist. »Es ist das Beste für dich, und offenbar ist es das, was du willst.« Bella ist kurz still, er spürt ihren Blick auf sich. »Erstens treffe ich diese Entscheidung allein und ich gehe, dazu brauche ich von niemandem die Erlaubnis, und zweitens ist es wohl ziemlich passend für dich, mich so leicht los zu werden.« Jetzt hebt Paco seinen Kopf. Ihre Augen treffen sich, ihm wird ganz flau im Magen. Wie kann man jemanden nur so sehr lieben? »Denkst du so darüber? Dass ich dich einfach loswerden will, Bella? Das tue ich nur für dich.«

Bella verschränkt die Arme vor der Brust. »Was heißt das, Paco? Was bedeutet das? Erkläre es mir!« Er sieht ihre Angst, wie verletzt sie ist und steht auf, um zu ihr zu gehen, doch sie weicht zurück. »Bella, das ist es doch, was du wolltest, oder? Ein freies Leben. Ich wünschte, ich könnte dir was dagegenhalten, dir sagen, dass du nicht gehen sollst, aber mir ist klar, was das für dich bedeutet. Du könntest leben, als gäbe es das alles hier nicht. Überlege doch mal, was dir alles in den letzten Wochen passiert ist, Sanchez Tod, der Angriff auf das Punto-Haus, wie du fast gestorben wärst, deine Entführung. Das Leben hier ist nichts für dich, Bella, es ist für niemanden von uns leicht, aber du hast die Chance hier weg zu gehen und zu tun, was du liebst. Machst du mir einen Vorwurf, weil ich dir ein glückliches Leben wünsche? Ein Leben ohne all das hier? Ich bin nicht der Richtige für dich, Bella, ich wünschte es mir, ich liebe dich mehr als alles andere, aber diese feste Sache, dieses gebundene, das ist nichts für mich, und das wissen wir beide. Ich kann dir nicht garantieren, dass ich das immer mitmachen kann, ich liebe dich wirklich, aber das zwischen uns, so schön es ist, sollte dich nicht hier halten, weil ich nicht möchte, dass du dich ewig fragst, was passiert wäre, wenn du gegangen wärst. Ich will, dass du glücklich lebst, in einem Haus mit vielen Kindern und einem Mann, der pünktlich um vier von der Arbeit kommt, wo du keine Angst haben musst, dass er nicht mehr kommt, weil ihm etwas passiert ist, dass du nicht ewig mit einer gewissen Angst im Nacken leben musst. Dass deine Kinder zur Schule gehen können und normal aufwachsen, dass … Keine Ahnung Bella, ich will dich einfach nur glücklich sehen. Es frisst mich innerlich auf, aber ich muss dich gehen lassen, egal wie sehr ich dich liebe.«

Bella wischt sich immer wieder stur die Tränen aus den Augen, doch es folgen neue. Paco will noch einen Schritt auf sie zugehen, doch sie lässt es nicht zu. »Ich hätte nie gedacht, damals auf dem Dach, als du gesagt hast, du bist niemand, der was Festes haben kann, ich hätte nie gedacht, dass du es wirklich so ernst meinst. Ich dachte, dass, was wir hatten, für dich genauso war, wie für mich.« Paco hebt seine Hand und will ihre ergreifen, doch sie entzieht sich wieder. »Das ist es auch Bella, ich liebe dich so sehr, ich denke einfach nur, dass …« Sie nickt. »Ich verstehe schon, ich gehe Paco, ich gehe nach New York, du hast dein so geliebtes altes Leben wieder.« Er will noch etwas sagen, doch sie lässt nicht einmal mehr das zu. Paco spürt schon jetzt, dass er sie verloren hat. »Aber ich will nie, nie wieder hören, dass du mich liebst, nie wieder, Paco.« Bella geht, alles in Paco drängt ihn dazu ihr zu folgen, sie zurückzuholen, doch er weiß, dass es besser so ist, auch wenn es ihn umbringt. Er greift nach seinem Handy und wählt Chicos Nummer. »Pack deine Sachen, ich muss weg hier!« Ohne nachzufragen, ohne zu zögern antwortet sein Freund. »Ich bin gleich da!«

10 Tage später

»So lässt es sich leben!« Chico streckt seine Beine aus und legt sich entspannt zurück. Sie sind in Mexico, Paco hätte es keine Sekunde länger in Puerto Rico ausgehalten. Bella beherrscht noch immer seine Gedanken, aber hier hat er das Gefühl, durchatmen zu können. Gestern haben sich alle von ihr verabschiedet, morgen verlässt sie Puerto Rico. Rodriguez und einige andere waren auch da, doch Paco wollte keine Einzelheiten wissen. Paco fährt mit seinem Finger über das neueste Tattoo, welches er sich gestern erst hat stechen lassen. Die Narbe an seinem Herzen, die er hat, als er wegen Bellas Verschwinden so ausgerastet ist, ist nun umringt von einem B. Denn sein Herz wird niemand anderes besitzen als Bella, egal was kommt. Es wird nie wieder weggehen, dieses Gefühl, dass er das Wichtigste verloren hat. Genau wie sie in sein Leben getreten ist und alles umgeworfen hat woran er geglaubt hat, wird er es aber schaffen, sie wieder gehen zu lassen. Es wird alles wie früher werden, es braucht nur etwas Zeit, da ist er sich ganz sicher.

Er hat gerade mit Ramon telefoniert und will sein Handy weglegen, als das Signal angeht. Seit dem Streit hatte sie ihr Handy nicht mehr an, jetzt hat sie es eingeschaltet. Paco steht auf und geht ein paar Schritte von den anderen weg. Er zögert, doch dann ruft er sie an, nur noch einmal ihre Stimme hören, es geht ihm eh schon beschissen, auch wenn er sicher ist, dass es nichts bringt, es besser so ist, fehlt sie ihm jede Sekunde. Bella geht gleich an ihr Handy. Sein Herz klopft schneller als er ihre Stimme hört. »Hey.« Paco räuspert sich. »Hey.« Er stellt die dümmste Frage, die man ihr jetzt stellen kann. »Wie geht es dir?« Er hört, dass es ihr nicht gut geht, wie sollte es auch? Sie verlässt ihre Heimat, ihre Familie und wahrscheinlich denkt sie, er ist der größte Arsch auf der Welt und sie hat ihre Zeit verschwendet.

Er ist der größte Arsch, sonst könnte er ihr das bieten, was nun ein anderer Mann ihr eines Tages geben wird. Eine Sicherheit, die er ihr nie geben kann. Ein Haus mit Garten in einer Kleinstadt, er arbeitet bis mittags, kommt dann aus der Firma, sie bekommen fünf Kinder, die alle sicher in normale Schulen gehen werden. Paco würde diesen Mann am liebsten jetzt schon umbringen, auch wenn er noch gar nichts von seinem Glück weiß. Doch dieser Mann wird kommen, das weiß er genau. »Ich fliege heute

Nacht.« Er räuspert sich. »Ich weiß, deswegen bin ich auch nicht da.« Bella ist ruhig.

»Wo bist du?« Er kann es sich schon denken. »Auf dem Dach der Uni, warum bist du nicht hier? Warum bist du extra weggegangen?« Er muss lächeln, er wusste es. Einen Moment stellt er sich vor, wie sie da oben jetzt steht, doch als in ihm die Bilder wieder hochkommen, wie sie beide das erste Mal nach dem Konzert dort waren, verdrängt er es. »Ich weiß nicht, ob ich dich gehen lassen könnte, aber ich will dich gehen lassen.« Er sagt einfach wie es ist und Bella ist wieder ruhig. »Ich weiß, Bella, dass du darüber anders denkst, aber bitte versprich mir, wenn was ist, wenn du irgendwas brauchst..« Er bricht ab und seufzt. »Versprich mir, dass du nicht vergisst, dass ich dich liebe Bella, dir wird immer mein Herz gehören.«

Sie fängt an zu weinen. Paco fährt sich mit der Hand durch das Gesicht, wieso kann er jetzt nicht bei ihr sein? »Ich will das nicht mehr hören.« Sie weiß genau, dass es so ist. »Es ist egal, was du willst, weil es so ist und das weißt du auch. Ich wünsche dir wirklich, dass du dein Glück findest, Bella, niemand hat es so verdient wie du.« Bella holt tief Luft, er merkt, dass es ihr schwerfällt weiter zu sprechen. »Ich dachte wirklich Paco, ich habe es schon gefunden, du warst mein Glück, aber jetzt muss ich mich wohl erneut auf die Suche machen.« Pacos Herz zieht sich zusammen bei den Worten. »Ich muss los Paco, ich wünsche dir auch, dass du mit deiner Entscheidung und dem Leben, das du gewählt hast, glücklich wirst.« Sie versteht nicht, dass er das alles nur für sie tut. »Sag es mir noch einmal Bella, bitte, ich will es noch einmal hören.« Es vergeht eine Sekunde. »Ich liebe dich, Paco.« Sie legt auf.

Paco sieht aufs Meer. Egal was wird, er wird sie immer lieben, er muss nur lernen, ohne sie zu leben.

Kapitel 11

Als Paco wieder nach Puerto Rico zurückkehrt, ist für ihn nichts mehr wie vorher. Er stürzt sich in die Arbeit, geht neue Deals ein, ist im ganzen Land unterwegs und feiert viel, alles nur, um die Leere die ihn ihm herrscht, seit er Bella hat gehen lassen, auszufüllen. Die Les Surenas machen auch weiter Geschäfte mit den Trez Puntos. Trotz allem ist der Kontakt noch stärker geworden, vor allem Miko und Chico machen fast alles nur noch zusammen. Zum Glück respektiert jeder die Situation und vor Paco wird nicht über Bella geredet. Paco erfährt, dass es Juan ähnlich wie ihm geht. Alle telefonieren jeden Tag mit ihr, nur er und Juan nicht.

Ihrem Bruder fällt die Trennung zu schwer, er kann nicht gut damit umgehen. Paco spürt, dass er es nicht schafft, er vermisst sie zu sehr. Würde er einmal mit ihr telefonieren, würde er sie bitten zurückzukommen. Doch er sieht immer wieder auf sein Handy nach ihrem Signal, ab und zu leuchtet es. Das ist jedes Mal für ihn wie ein Zeichen. Ein schmerzhaftes Zeichen, aber wenigstens etwas. Er fragt Selena jeden Tag nach ihr. Jeden einzelnen Tag fragt er, ob Bella glücklich ist. Ein Wort, ein Zeichen, dass es nicht so ist und Paco würde sie sofort zurückholen, doch es geht ihr gut. Sie ist zufrieden und glücklich und sie liebt New York. Er denkt jeden Tag, es wird besser werden, leichter, das ist seine einzige Hoffnung.

Paco feiert viel, würde man die Geschichte mit Bella nicht kennen, wäre dieses Loch in seinem Herzen nicht, könnte man denken, es ist wie früher. Doch für ihn ist es das nicht mehr. Es fühlt sich alles anders an, er merkt was vermissen wirklich ist. Er war schon immer bekannt dafür, ein Mann ohne Herz zu sein, Bella hat sein Herz zum schlagen gebracht. Nun ist dort nur noch Kälte, genau so fühlt es sich an, so fühlt er sich, leer und kalt. Dann trifft er auf einer Feier Gracia. Sie ist nicht wie die anderen Chicas, das merkt man sofort. Sie passt nicht in das Bild und sie scheint sich auch nicht wohlzufühlen.

Gracia erinnert ihn sofort an Bella. Sie hat fast die gleiche Haarfarbe. Als er sich mit ihr unterhält, merkt er schnell, dass sie ein ähnliches Temperament hat. Paco braucht sie nicht zu erobern. Von dem Moment an bleibt sie bei ihm. Es fühlt sich besser an, besonders als er nebenbei erfährt, dass auch Bella in New York jemanden hat. Einen Anwalt, wie er es gesagt hat, dass er ihr genau so jemanden wünscht. Einen Mann, der ihr ein sorgenfreies, gefahrloses Leben bieten kann. Er hat ihr genau das gewünscht, doch wenn er jetzt daran denkt, dass ein anderer Mann sie anfasst, kann dieser Mann von Glück reden, dass so viele Tausende von Kilometern zwischen ihnen liegen. Auch wenn die Sache mit Gracia ihn etwas ablenkt, es ist nicht mit dem zu vergleichen, was er mit Bella hatte, doch er fühlt sich nicht mehr so leer und kalt. Paco sieht es wie eine Art Deal an, Gracia mag es, an seiner Seite zu sein. Sie bekommt Respekt und führt ein gutes Leben. Er ist nicht so naiv zu glauben, dass sie etwas für ihn empfinden könnte. Er sieht nicht die Liebe, die er jeden Tag in Bellas Augen gelesen hat, doch für ihn ist das in Ordnung. Sie wird auch niemals diese Liebe von ihm bekommen, niemand wird das außer Bella.

Aber es gibt Momente, wo sie ihm zwar gut tut, doch gleichzeitig, wenn sie miteinander reden, miteinander schlafen oder sie auf ihn zukommt, wo es ihn schmerzt, dass sie nicht Bella ist und er sie sogar in dem Moment dafür hasst. Es ist ein Teufelskreis, aber alle Leute sagen immer wieder, dass die Zeit einen vergessen lässt, also macht er einfach weiter.

Vier Monate nachdem Bella nach New York gezogen ist, steht wieder eine größere Feier an. Sein bester Freund Mano hat Geburtstag. Mano war schon immer anders als sie alle. Er ist ruhig, doch trotzdem tödlich. Es ist nicht so wie die Unberechenbarkeit von Chico, oder die Aggressionen, die er immer wieder bei Rodriguez und Hernandez entdeckt, Mano ist so gefährlich, weil er ohne eine Sekunde zu zögern sein Leben für Paco geben würde, genau wie er für ihn. Keiner hat ihn auf Bella angesprochen, doch trotzdem war Mano immer da. Er hat ihm sein Mitgefühl in den Augen angesehen. Und wenn es Paco ganz beschissen ging und er jeden angeschnauzt hat, ist Mano da gewesen, hat ihn ins Auto gesetzt und ist mit ihm weggefahren.

In einen Club, eine Bar, an den Strand, egal, Hauptsache weg. Paco weiß, dass er ihm viel zu verdanken hat und ist froh, jemanden wie ihn an seiner Seite zu wissen, deswegen hat er sich etwas ganz Besonderes für ihn ausgedacht. Mitten in der Nacht ist Paco mit Mano zu einem Ort gefahren, der nur für sie beide eine Bedeutung hatte. Er erinnert sich noch zu gut an diesen einen Tag. Sie beide waren ungefähr zwölf Jahre alt. Mano hatte an dem Tag für sein schlechtes Zeugnis von seinem Vater eine Tracht Prügel bekommen, Paco hatte sie von seinem Vater einen Tag vorher erhalten. Sie sind zu dem Strandabschnitt gelaufen, an dem viele Fähren vorbeifahren, die beladen mit Sachen und unterwegs in andere Länder sind. Man erkennt die Länder an den Namen der Fähren und sie haben an dem Nachmittag Stunden damit verbracht, sich einige Länder auszusuchen und zu planen abzuhauen.

Als Paco und Mano in dieser Nacht wieder zu den Felsen im Sand kommen, muss auch Mano über diese Erinnerung lachen. Der Felsen steht noch an der Stelle, sie sehen nach, ob ihre Gravur, die sie mühevoll auf den Stein gemacht haben, noch da ist, und selbst diese ist noch zu erkennen. Sie wollten damals eine eigene Familia gründen, die Initialen sollten PM sein und ein Blitz gehörte für sie dazu, den sie mit zwölf Jahren für sehr cool hielten. Sie lassen sich lachend auf den Felsen nieder. Paco hat ihnen die Burger besorgt, die sie damals fast jeden Tag verschlungen haben und dazu Bier und um Mitternacht stoßen sie gemeinsam dort an. Sie reden nicht viel, das mussten sie noch nie, das hat ihre Freundschaft immer so besonders gemacht. Später bringt Paco ihn zu ihrem Tätowierer. Sie haben sich beide die Plaka PM stechen lassen, beide auf den Rücken, denn jeder weiß vom anderen, dass er ihm immer den Rücken freihalten wird. So sind sie erst am Vormittag ins Bett gekommen.

Paco hat fast die Party verpasst, die dieses Mal bei Ramon zu Hause stattfindet. Gracia schmeißt ihn letztlich aus dem Bett und sie gehen rüber. Es ist alles wie immer, nur, da es bei Ramon ist, etwas familiärer, als würde die Feier bei Paco oder Rodriguez stattfinden. Er sieht aus dem Augenwinkel Juan und die anderen ebenfalls kommen, wendet sich aber wieder zu Samy, der ihm gerade ein Video auf seinem neuen Handy zeigt, doch dann fängt sein Herz an zu rasen. »Bella!« Paco dreht sich um, als er Selena kreischen hört. Er erkennt kaum etwas, da Selena ihm die Sicht nimmt, doch dann, als sie etwas zurücktritt, sieht er sie. Bella ist wieder da.

Die ganzen Bemühungen, alle Worte, die er sich selber immer wieder gesagt hat, alles ist in diesem Moment vergessen. Sie lächelt. Paco ist von ihrer Schönheit fasziniert, sie trägt ein silbernes enges Kleid, ihre Haare sind noch länger geworden, ihre grünen Augen strahlen, ihr Lächeln, bei Gott, wie sehr er sie vermisst hat. Jennifer ist auch gleich da und umarmt sie, dann wirbelt Chico sie durch die Luft und seine Brüder umarmen sie ebenfalls lange. Paco weiß, dass sie jedem hier ans Herz gewachsen ist und alle sich nur seinetwegen immer mit Kommentaren zurückhalten.

Sie gratulieren Mano und erst dann sieht sie zu ihm. Ihre Augen treffen sich, es ist wie immer. Es hat sich nichts geändert für Paco, sie ist und wird immer sein Herz bleiben. Er geht zu ihr und alle anderen treten etwas zurück. Bella sieht unsicher zu ihm, doch er kann gar nicht anders, als sie in seine Arme zu ziehen. In dem Moment, als sie ihren Kopf an ihn lehnt und ganz leise zufrieden aufseufzt, weiß er, dass dieses Band, was zwischen ihnen von Anfang an da war, nie zerrissen ist. Doch dann löst sie sich viel zu schnell und sieht ihn an. »Hey!« Er kann seinen Blick gar nicht von ihr nehmen. »Hey, was tust du hier?« Pacos Stimme verrät, dass ihm das alles viel zu nahe geht. »Ich bin vorgestern gekommen, ich hoffe, es ist okay, dass ich mitgekommen bin.« Paco grinst leicht. »Du kannst immer hierher kommen, Bella.« Bevor er weiterreden kann, tritt Gracia neben ihn und hakt sich bei ihm ein. Er hat sie total vergessen. »Was ist denn hier los?« Paco sieht, wie Bella zusammenzuckt und Selena, die nie ein Geheimnis daraus gemacht hat, dass sie Gracia nicht leiden kann, legt den Arm um Bella. »Bella ist wieder da.« Rodriguez mischt sich ein und stellt beide vor, allen ist diese Situation unangenehm, außer Gracia. »Du bist also wieder da, ich habe schon viel von dir gehört.« Bella ist ruhig, Paco kennt sie genau, Bella ist zu ruhig, doch die Situation wird von Sami, der seine Tia entdeckt hat, aufgelöst. Paco ist Chico dankbar, als er ihn da wegnimmt. Seine Gedanken überschlagen sich, innerhalb weniger Sekunden befindet er sich wieder in dem Gefühlszustand, der ihn schon vor Bellas Abreise in den Wahnsinn getrieben hat.

Paco bleibt den Rest des Abends auf Abstand zu Bella, er weiß nicht, wie er damit umgehen soll. Plötzlich ist sie wieder da. Sie sitzt in seinem Garten mit den anderen Frauen, Sami schläft auf ihrem Schoss ein, als wäre nie etwas passiert. Allein Gracia, die nicht von seiner Seite weicht, erinnert ihn, dass nichts mehr ist wie früher. Als sich Juan und alle anderen aufmachen um zu gehen, steht Paco auch auf und begleitet sie zusammen mit Chico zu den Autos. Er weiß nicht, was er Bella sagen soll, doch er muss mit ihr reden, also hält sie am Arm zurück. Als Bella sich zu ihm umdreht, taucht aber Gracia genau neben den beiden auf. Bella dreht sich weg und geht, Paco sieht den wegfahrenden Autos hinterher. Er beachtet Gracia gar nicht weiter, die wütend zu ihm ins Haus geht, sondern geht in den Garten, um sich neben Mano zu setzen, der ihm ein Bier hinhält. »Schöne Scheiße!« Paco nickt und kippt es mit einem Zug weg »du sagst es!«

Am nächsten Tag wacht Paco bei Ramon auf dem Sofa auf. Selena grinst ihn frech an, sie scheint ihn schon eine Weile zu beobachten. Rodriguez' Freundin ist die Einzige, die offen zeigt, dass sie das alles nicht einsieht. Mehr als einmal hat sie Paco an den Kopf geworfen sich etwas vorzumachen, wenn er denkt, Bella so einfach vergessen zu können. Sein Kater und ihr wissende Grinsen geben ihr Recht. »Dein Bruder ist gerade duschen, ihr müsst doch ins Einkaufszentrum diese Lieferung abholen!« Paco hält sich den Kopf. Das hat er ganz vergessen. Selena wirft ihm eine Packung Kopfschmerztabletten hin und steht auf. »Ich muss meine Nägel machen. Und Gracia will dich keine Sekunde aus den Augen lassen, also besteht sie darauf auch mitzukommen.« Mehr als ein Grummeln bekommt Paco nicht heraus. Der Tag fängt schon mal gut an.

Eine Stunde später betreten sie das Einkaufszentrum, Gracia redet kein Wort mit ihm, doch Paco stört das wenig. Sie entdecken sofort Bella, Sam und Sara vor dem Juwelier etwas betrachten. Selena eilt zu ihnen. »Du hast aber auch echt Glück gerade!« Rodriguez klopft ihm auf die Schulter und sie folgen den Frauen. »Hey, was macht ihr denn hier?" Die drei Frauen sind so fasziniert, dass sie nur kurz nach hinten gucken, trotzdem trifft Bellas Blick auf Paco und Gracia. »Wir wollten zum Nagelstudio.« Sie begrüßen Selena. »Wir auch, das trifft sich ja", lächelt Gracia. Paco wird sauer, was zieht sie hier für eine Show ab?

»Sieh dir die mal an«, schwärmt Sara und nun betrachten auch Selena und Gracia eine Kette mit einem kleinen Kreuz. Paco muss zugeben, dass sie schön ist, es müssen echte Diamanten sein. Als Sam nach dem Preis fragt und die Verkäuferin ihn nennt, bestätigt sich seine Vermutung. Wie auf Kommando ziehen alle Frauen ihre Finger zurück. Rodriguez und Paco müssen lachen. Die Frauen gehen ins Nagelstudio, Paco und Rodriguez holen das Paket ab. Der Inhalt dieses Paketes ist viermal soviel Wert wie die Kette und Paco ist froh, dass sich Rodriguez um alles kümmert, sein Kopf dröhnt noch immer. Sie gehen zum Nagelstudio, doch Selena sagt, sie brauchen noch etwas. Also nimmt Paco seinen jüngeren Bruder mit zum Juwelier, wo er ohne darüber nachzudenken die Kette kauft. »Ich nehme an, die ist nicht für Gracia«, ist das Einzige, was Rodriguez dazu zu sagen hat, während sie zurück zum Nagelstudio gehen. Dieses Mal sind die Frauen fertig.

Paco beobachtet, wie Gracia noch etwas zu Bella sagt, bevor sie den Laden verlässt. Die ganze Zeit weicht Bella schon seinem Blick aus, Paco kocht innerlich, als sie sich auf den Heimweg machen. Sie sind nicht mehr zusammen, beide haben neue Partner, doch egal was passiert, sie bleibt seine Bella. Sobald sie halten, geht er zu sich, Gracia folgt ihm. Zuhause legt er das kleine Kästchen mit der Kette auf die Ablage und geht erst einmal unter die Dusche. Als er herauskommt, sitzt Gracia im Schlafzimmer und streicht mit ihren Fingern über das Paket. »Ich wusste nicht, dass du dich so entschuldigen willst, ich finde das wirklich süß!« Paco hat genug und nimmt ihr das Päckchen aus der Hand. »Das ist nicht für dich, was hast du vorhin zu Bella gesagt?«

Gracia blinzelt ihn wütend an. »Schämst du dich nicht, mir das einfach so ins Gesicht zu sagen?« Paco wirft die Schachtel auf den Sessel und sieht sie an. »Habe ich dir einmal gesagt, dass ich dich liebe? Du wusstest, dass ich das nicht tue, willst du mir sagen, du tust es? Ich habe dir nie etwas versprochen!« Gracia verdreht die Augen. »Wir haben aber gut zusammen funktioniert.« Paco hat keinen Nerv mit ihr zu diskutieren, er muss gleich mit Rodriguez weiter fahren, um das Paket was sie abgeholt haben, direkt weiterzugeben, das wird ein paar Tage dauern.

»Also, was hast du zu Bella gesagt?« Er wirft die nötigsten Klamotten in eine Tasche, Rodriguez hupt schon draußen. »Ich habe ihr gesagt, dass wir zusammengehören und ich hoffe, dass sie das akzeptiert.« Paco wird wütend, genau das hat er sich gedacht. »Wenn ich wiederkomme, bist du verschwunden, unsere Zusammenarbeit ist hiermit beendet!« Paco wartet nicht auf ihre Antwort. Er nimmt seine Tasche, die Schachtel und geht raus, wo Selena sich gerade von Rodriguez verabschiedet. »Kannst du das Bella von mir geben?« Bevor er einsteigt, drückt Paco Selena die Schachtel in die Hand. »Mit dem größten Vergnügen.«

Paco nutzt die Tage, die er mit Rodriguez weg ist, um einen ganz freien Kopf zu bekommen. Bella ist wieder da, er weiß nicht, wie lange sie bleibt, was mit dem Typen in New York ist. Er hätte sie niemals zurückgerufen, doch nun, da sie da ist, schreit alles in ihm auf, sie nicht mehr gehen zu lassen, auch wenn es das egoistischste ist, was er tun kann.

Sie kommen erst ein paar Tage später mitten in der Nacht wieder, doch Selena wartet auf sie und drückt ihm das Päckchen von Bella in die Hand. »Sie kann es nicht annehmen!« Paco nickt und geht ins Haus. Er weiß ja noch nicht einmal, was sie denkt, wahrscheinlich hasst sie ihn mittlerweile nur noch. Er sieht, dass Gracia weg ist und atmet erleichtert durch. Sie hat zwar sämtliche Kleider und Schmuck und auch etwas Bargeld mitgenommen, doch Paco ist einfach nur froh sie los zu sein. Er setzt sich auf sein Bett und sieht aus dem Fenster, spürt das Gefühl der Leere in sich, was Bella hinterlassen hat und fragt sich ob er so egoistisch sein und ihr sagen soll, wie er sich fühlt, dass er sie in seinem Leben braucht, um wieder richtig atmen zu können.

Als er am nächsten Mittag aufsteht, sieht er Bellas Wagen auf dem Parkplatz. Sie muss wohl Jennifer besuchen. Das ist seine Chance, er muss jetzt mit ihr reden. Doch vor der Haustür hält er ein. Geschlagene zehn Minuten steht er davor und versucht, sich seine Worte im Kopf zurechtzulegen, doch es kommt nichts Sinnvolles dabei heraus. Als sie dann aus der Tür kommt und ihn leise begrüßt, merkt er schon, dass sie einfach weitergehen will und sein Herz warnt ihn. Er darf sie jetzt nicht gehen lassen. »Ich habe auf dich gewartet.« Bella sieht ihn verwundert an. »Wieso bist du nicht einfach reingekommen?« Er räuspert sich leicht. »Weil ich noch nicht so genau weiß … können wir kurz reden?« Paco nickt zu seinem Haus und Bella folgt ihm.

»Wollen wir … ?« Paco zeigt zum Garten, doch Bella schüttelt den Kopf. »Was willst du, Paco?« Sie sieht zur Schachtel, die auf der Kommode liegt. Paco fasst sich ein Herz und ohne darüber nachzudenken, sagt er einfach das, was er fühlt. »Bella, ich weiß, dass… ich war so ein Idiot zu denken, dass ich ohne dich leben könnte, ich habe wirklich gedacht, dass …«, er stockt und hebt die Arme, »es ist das egoistischste, was ich je tun werde, aber ich kann einfach nicht ohne dich leben, Bella. Du fehlst mir so sehr, dass ich dich bitten will nicht zurückzugehen und hier bei mir zu bleiben.« Paco senkt die Arme wieder, Bella sieht ihn lange an, Tränen steigen in ihre Augen, doch auch Wut.

»Was soll das jetzt, Paco? Ich verstehe wirklich nicht, was du damit bezwecken willst, was ist aus deinem ich-bin-nicht-der-richtige-für-dich geworden? Was ist mit Gracia? Wieso jetzt, Paco?« Er will näher treten, doch sie tritt sofort zurück. »Bella, als wir zusammen waren, war ich glücklich, sehr glücklich. Ich dachte nur, ich vermisse mein altes Leben, dass ich es sowieso nicht lange in einer Beziehung aushalte und dir dafür die Chance entgehen zu lassen, deinen Traum zu verwirklichen … das konnte ich nicht. Ich liebe dich über alles Bella, das habe ich immer, jede Sekunde.

Nachdem ich dich ganz verloren habe, wollte ich dich trotzdem vergessen, unbedingt. Ich habe versucht, mein altes Leben wieder zu genießen, doch es ging nicht, plötzlich habe ich gemerkt, dass mir das alles fehlt, jede Kleinigkeit. Alles, wobei ich dachte, dass es mich irgendwann langweilt, hat mir unglaublich gefehlt, neben jemandem aufzuwachen, jemanden immer um sich herum zu haben ... alles. Dann traf ich Gracia und hatte wahrscheinlich die Hoffnung, es klappt vielleicht, dass ich einfach nur jemanden hier haben muss, aber es hat nicht lange gedauert, da habe ich gemerkt, es geht nicht darum, neben irgendjemandem aufzuwachen, sondern neben dir, Bella. Du fehlst mir, nichts anderes, du fehlst mir in meinem Leben, bei allem.« Er greift nach ihrer Hand und dieses Mal lässt sie ihn.

»Ich vermisse es, wie du mich anlächelst, wenn ich am Morgen deine Haare zur Seite schiebe, um dein Gesicht sehen zu können, deine Augen, deine Art, wie du dich immer an mich kuschelst, deine Anwesenheit in meinem Leben, hier bei uns zu Hause, dass du immer barfuß herumläufst und mich anmeckerst, wenn ich etwas falsch mache, wie du mir die Stirn bietest, wie nur du es kannst. Als du mir damals die Ohrfeige gegeben hast, dachte ich, das werde ich dir nie verzeihen. Es ist mir jetzt so was von egal, ich vermisse alles an dir, Bella. Ich dachte, ich könnte dich ersetzen durch jemanden, der mich an dich erinnert, doch das hat alles nur schlimmer gemacht, ich habe dich nur noch mehr vermisst und angefangen sie zu hassen, weil sie eben nicht du ist.

Ich bin halb wahnsinnig geworden, als ich erfahren habe, dass du jemand neues kennengelernt hast. Der Gedanke, jemand anderes hat mit dir, was wir beide hatten, dass dich jemand so anfasst wie ich, das hat mich innerlich zerfressen. Jeden Tag habe ich gefragt, ob du glücklich bist, und nur, weil du es warst, habe ich auf dich verzichtet, Bella, nur dein Glück ist mir wichtiger, als dass du wieder bei mir bist. Ein Wort, dass es dir nicht gut geht, ich wäre sofort bei dir gewesen und hätte dich gebeten zurückzukommen. Und als ich dich jetzt wieder gesehen habe, wusste ich, ich schaffe es nicht noch einmal, dich gehen zu lassen, Bella. Ich war so dumm zu denken, ich könnte ohne dich leben, aber es geht nicht, du bist mein Leben.«

Bella sieht ihn nicht mehr an, sie weint. Paco hebt ihr Kinn, sodass sie ihn ansehen muss. »Liebst du mich überhaupt noch oder habe ich schon alles kaputt gemacht, bedeutet der ... « Sie unterbricht ihn schnell. »Dafür, Paco, hast du dir wirklich wieder eine Ohrfeige verdient. Nicht ich war diejenige, die uns aufgegeben hat, ich habe dich immer geliebt, wenn, dann liebe ich dich nur noch mehr.« In Paco macht sich eine Hoffnung breit, wie schon lange nicht mehr. »Dann komm zu mir zurück Bella, ich weiß, dass du in New York glücklich bist und es ... ich will dich eigentlich nicht darum bitten, es ist nicht richtig, aber ich kann nicht mehr ohne dich sein. Von mir aus bleibe da, ich kaufe uns dort eine Wohnung und komme so oft zu dir ... « Bella sieht ihn ernst an.

»Paco nein, ich gehe nicht zurück nach New York, das habe ich schon längst entschieden, ich kann dort nicht glücklich werden und war es auch nie, weil mein Herz hier ist, ich kann einfach nicht ohne meine Familie leben, ohne alles, was hier ist, was scheinbar viel zu sehr in mir verankert ist und ohne das ich nicht leben kann, aber das hat nichts mit uns zu tun.« Als sie ihre Hand aus seiner nimmt, fällt ihr Blick auf sein Tattoo an der Brust.

»Was ist...?« Sie hebt sein Unterhemd hoch und streicht drüber. »Wann hast du das gemacht?« Paco genießt es, dass sie nicht mehr vor ihm zurückweicht. »Das war in Mexico, bevor du nach New York gegangen bist.« Sie sieht ihn fragend an. »Da wolltest du mich doch nicht mehr, zumindest nicht genug, um auf dein altes Leben zu verzichten.« Er seufzt leise. »Bella, ich habe dich aber immer geliebt, ich wusste, dass du für immer in meinem Herzen bist, das hat nichts damit zu tun, ob wir zusammen sind oder nicht.« Dann tritt sie wieder ein paar Schritte zurück. »Hast du ihr gesagt, dass du sie liebst?« Paco zieht sein Unterhemd wieder runter.

»Nein, das habe ich auch nicht, du weißt genau, dass ich niemandem irgendetwas vorspiele. Sie wusste, dass ich dich liebe, ich würde das nie leugnen.« Bella fasst sich an die Stirn. »Paco wirklich, du bist der komplizierteste Mensch, den ich kenne.« Paco grinst leicht. »Na ja, du bist nun auch nicht gerade unkompliziert.« Jetzt endlich lächelt sie ihn nach langer Zeit wieder an. »Bella, ich weiß, dass ich ein Idiot war, es tut mir so leid.« Sie sieht ihn ernst an. »Ich weiß, Paco, und ich glaube dir sogar, dass du es jetzt gerade ernst meinst und dass du in diesem Augenblick auch bereit bist, wieder eine Beziehung mit mir zu führen.«

Paco legt seine Hand an ihre Wange. »Ich würde alles dafür tun, Bella, du bist alles für mich.« Sie weicht nicht zurück. »Du musst doch aber auch verstehen, dass ich einfach nicht glaube, dass du ... ich kann nicht zu dir zurückkommen, egal wie sehr ich es mir wünsche, denn wenn du in drei, vier Monaten wieder zu einem anderen Entschluss kommst, wenn du wieder der Meinung bist, dass du doch dein altes Leben...« Paco unterbricht sie, noch nie war er sich einer Sache so sicher wie der, dass er Bella nicht mehr gehen lassen wird.

Kapitel 12

»Das wird nicht so sein, ich weiß, wie es ohne dich ist und ich will das nie wieder, du bist mein Leben.« Bella sieht ihn traurig an. »Aber ich glaube dir das nicht, Paco, und ich würde das nicht noch einmal überstehen, ich will mich einfach selber schützen, davor, dass du mich noch einmal so verletzt.« Er seufzt leise. »Ich werde es dir beweisen, ich weiß noch nicht wie, aber ich werde alles dafür tun, dass du wieder zu mir kommst.« Bella gibt ihm traurig einen Kuss auf die Wange. »Ich denke nicht, dass...«, doch er unterbricht sie, wieso kann sie nicht einfach in seinem Herzen sehen, wie ernst er es meint?

»Doch Bella, das werde ich, ich werde dir beweisen, dass du mir wieder trauen kannst und dass du weißt, dass ich dich nicht mehr gehen lasse.« Bella zuckt bei seinen Worten zusammen. »Das meine ich, Paco, das hast du mir doch auch schon alles gesagt, du hast mir gesagt, dass du mich nicht mehr gehen lassen wirst, aber du hast es getan.« Paco lächelt matt. »Das war mein größter Fehler und ich bin nicht so dumm, diesen noch einmal zu begehen.« Bella glaubt ihm nicht, er sieht es in ihren Augen. »Ich muss langsam los.« Paco nickt. »Ich bringe dich.« Doch bevor sie rausgehen, schnappt er sich das Kästchen mit der Kette. »Bitte Bella, nimm sie, ich will, dass du sie hast, sie gehört dir.« Bella schüttelt den Kopf. »Nein, das kann ich nicht annehmen, Paco, nicht so, wie die Dinge zwischen uns liegen.« Er legt ihr die Schachtel in die Hand. »Dann behalte sie wenigstens bei dir, bis die Dinge wieder anders stehen und selbst wenn nicht, sie gehört dir.«

Paco fährt Bella nach Hause. Am nächsten Tag holt er sie von der Uni ab und sie gehen essen, die nächsten Tage und Wochen ist er einfach mit ihr. Sie sehen sich fast jeden Tag. Durch Selena hat er erfahren, dass sie sich schon vor ihrer Rückkehr von dem Anwalt getrennt hat, weil sie ebenso wenig von Paco losgekommen ist. Er spricht sie nicht mehr deswegen an, er drängt sie nicht. Aber er nimmt wieder an ihrem Leben teil und zeigt ihr, wie ernst er es meint.

Sie lässt ihn wieder an sich heran und sie genießen die Zeit zusammen, auch wenn es ihm fehlt, sie im Arm zu haben. Er muss sich zwingen, sie nicht einfach zu küssen, doch er weiß, dass er einen Fehler gemacht hat und will sie nicht drängen. Am Erntedankfest ist es das erste Mal, dass beide Familias zur gleichen Zeit die Kirche besuchen. Nach dem Gottesdienst feiern die Familien zusammen. Als Bella mit ihrer Familie die Kirche verlässt, hält er sie auf. »Kommst du später zu uns?« Bella wirkt etwas überrumpelt. »Ich muss mit meiner Familie feiern.« Paco will unbedingt, dass sie auch mit seiner Familie feiert, sie gehört dazu. »Ich weiß, aber meine Eltern kommen jetzt erst gleich am Flughafen an und wir werden erst später essen. Du könntest erst mit deiner Familie feiern und dann mit mir und meiner, ich hätte dich einfach gerne dabei, dass du bei mir bist.«

Juan unterbricht sie, als er an ihnen vorbeiläuft. »Kommst du endlich? Ich habe Hunger. Wie sieht es aus Surena, kommst du vorbei?« Paco lächelt und schüttelt den Kopf. »Ich hole meine Eltern vom Flughafen ab«, dann wendet er sich wieder an Bella. »Kommst du?« Bella wirkt unsicher. »Ich weiß noch nicht, Paco.« Er nickt und gibt ihr einen Kuss auf die Wange. »Feiere schön.« Er hätte sie einfach gerne dabei gehabt. Sie holen ihre Eltern vom Flughafen ab und Paco sieht den vorwurfsvollen Blick seiner Mutter. Sie konnte nicht verstehen, dass er Bella hat gehen lassen, doch sie braucht ihm das nicht vorzuwerfen, er wird sich selber diesen Fehler nicht verzeihen.

Als sie alle am Tisch sitzen, müsste Paco glücklich sein, seine ganze Familie, die engste Familia ist zusammen und genießt ein gigantisches Essen, doch seine Laune ist im Keller. Bella fehlt. Und als Chico von seinem Haus wiederkommt, wo er noch mehr Gläser holen wollte und Bella mitbringt, ist er nicht der Einzige, der sich wirklich freut. »Seht mal, wen ich mitgebracht habe.« Pacos Mutter umarmt sie als erstes. Dann wird sie von jedem begrüßt, bis sie bei Paco landet, der auf die Kette sieht, die sie sich heute zum ersten Mal umgemacht hat. Bis die Dinge anders stehen. An dem Lächeln, das sie ihm zuwirft, erkennt er, dass sie langsam wieder anders stehen. Paco nimmt sie in den Arm. »Schön, dass du gekommen bist und die Kette trägst.«

Bella setzt sich zu ihm und sie feiern weiter, doch jetzt kann er es genießen, jetzt ist es perfekt. Auch Bella amüsiert sich und fühlt sich wohl. Bella und Selena haben den ganzen Abend gelacht und mit Chico, der schon sehr angetrunken war, Spaß gemacht. Irgendwann ist Sami bei Bella auf dem Schoß eingeschlafen. Paco betrachtet den Schmetterling, den Bella sich in New York hat stechen lassen. Er ist wunderschön, er streicht über die Stelle und gibt einen Kuss auf ihre Schulter. »Gib ihn mir, ich bringe ihn ins

Bett.« Er hebt vorsichtig seinen Neffen aus ihrem Schoß und trägt ihn nach oben. Als er wieder herunterkommt, verabschiedet sich Bella. Sie ist nur noch am Gähnen, auch Paco verabschiedet sich. Sie gehen zum Parkplatz, aber Paco will Bella nicht gehen lassen.

»Ich bin so satt, ich kann kaum noch laufen, meine Füße bringen mich um.« Paco hält sie fest. »Bella, ich weiß, du willst abwarten und ich respektiere das, ich wünschte nur ... bleib heute Nacht bei mir, ich verspreche dir, dass ich mich zurückhalte, ich will einfach nur, dass du wieder einmal bei mir bist, dass ich neben dir aufwache.« Er hat nicht viel Hoffnung und umso erstaunter ist er, als sie ihre Schuhe auszieht. »Okay, aber nur, wenn du mich trägst, ich kann keinen Schritt mehr laufen.« Paco lächelt und hebt sie auf seine Arme. Als sie in das Schlafzimmer gehen wollten, stockt Bella allerdings. »Ich kann hier nicht schlafen.« Paco dreht sich verwundert zu ihr um. »Warum?« Bella zögert. »Weil du mit ihr hier warst, tut mir leid, Paco, das ist bestimmt albern, aber ich kann nicht mehr in dem Bett schlafen.« Paco schließt die Tür wieder. »Nein, ist es nicht, du hast recht, daran habe ich gar nicht gedacht.«

Sie gehen in ein anderes Schlafzimmer. Zum Glück hat Paco genug davon. Während Bella duscht, grübelt Paco. Bella hat recht, wenn er will, dass sich alles ändert, muss er noch mehr dafür tun. Er weiß, dass sie diesen Anwalt in New York nicht geliebt hat. Sie haben das Thema kurz besprochen, aber nur kurz, weil selbst das schon für Paco zuviel war. Er würde das Zimmer, in dem ein anderer Mann seine Hand an Bella gelegt hat, zerstören. Paco ist so in Gedanken, dass er gar nicht bemerkt, als Bella aus der Dusche kommt. Erst als sie sich zu ihm legt und ganz selbstverständlich ihren Kopf an seine Brust legt, wendet er sich zu ihr. Er drückt seine Nase an ihre Stirn und hält sie fest, sie müssen das alles vergessen. Seine Welt, sein Leben hält er jetzt in seinen Armen, er wird es nicht wieder hergeben. Bella gibt einen Kuss auf sein Herz, auf dem und in dem sie für immer verewigt ist. »Gute Nacht.«

Als Paco am nächsten Tag erwacht und Bella bei ihm ist, vergräbt er seine Nase an ihren Hals und zieht ihren Duft ein. Wie sehr sie ihm fehlt, doch er hat nicht lange etwas von ihr, weil sie zur Kita muss. Auch die nächsten Tage muss sie sich da um ein Problem kümmern. Paco nutzt die Zeit, um aus zwei Schlafzimmern ein riesiges zu machen. Es wird ihr Raum. Ein Neuanfang. Paco liegt das so sehr am Herzen, dass er mit anpackt und sogar Rodriguez und Mano einspannt. Er kann nicht erwarten, dass es fertig ist und sie einen Neustart beginnen können. Ein paar Tage später blickt er zufrieden auf das Werk, es ist riesig geworden. Paco hat Tag und Nacht daran gearbeitet. Es steht ein großes Bett in der Mitte, ein antiker Schreibtisch wie Bella es liebt mit ihrem Laptop steht am Fenster, große Kleiderschränke sind da und ein riesiges Bad. Selena hat Dekorationszeug wie Kerzen besorgt. Es ist perfekt! Paco holt Bella ab und sieht zufrieden, wie sie sich erstaunt in dem neuen Raum umzieht.

»Ich wünsche mir, dass du das hier alles auch wieder als dein Zuhause ansiehst, denn das ist es, Bella. Das hier ist unser Zuhause und ich möchte, dass du dich hier wohlfühlst. Und wenn du willst, können wir die anderen Räume...« Weiter kommt er nicht. Bella dreht sich um und küsst ihn. Pacos Herz schlägt alleine, als er ihre Lippen wieder auf seinen spürt, so schnell, dass er weiß, es hat sich alles gelohnt, was er jemals für sie getan hat und in Zukunft tun wird.

Der Kuss war nur kurz, doch Paco ringt mit seinen Gefühlen, niemals hätte er gedacht, dass er so viel für jemanden empfinden könnte. »Bella, ich liebe dich so sehr.« Er zieht sie so eng es geht an sich und küsst sie wieder. All seine Liebe legt er in den Kuss und Bella beginnt zu weinen. »Ich habe dich so vermisst«, flüstert Bella, als sie sich lösen und er ihr Gesicht mit Küssen bedeckt. Es ist anklagend und sie hat allen Grund dazu. »Ich werde dich nie wieder loslassen, das schwöre ich dir«, verspricht er mit der Überzeugung, dass er es auch tun wird.

Er kann es nicht, sie ist sein Leben.

3 Wochen später

»Bist du dir wirklich sicher?« Mano schaltet die laute Maschine aus, die Paco mühevoll besorgt hat. »Ich war mir noch nie sicherer!« Paco lacht und sieht zu seinem besten Freund. Heute ist Silvester, die letzten Wochen hat er einfach nur mit Bella genossen und den Plan für heute geschmiedet. Es war wirklich nicht leicht alles so hinzubekommen, wie er es sich vorgestellt hat. Bella hat ihm zu Weihnachten schon das schönste Geschenk gemacht und sich neben ihrer Trez Punto Plaka auch die Les Surena Plaka stechen lassen und die beiden miteinander verbunden. Sie steht jetzt öffentlich zu ihm und seiner Familie. Paco könnte nicht glücklicher und stolzer sein. »Juan hat angerufen, Bella wird nervös, sie fragt, wo du bleibst.« Paco sieht zufrieden auf seinen Garten, der nun schneebedeckt ist. »Na dann, los geht's!«

Mano lacht und klopft ihm auf die Schulter. »Viel Glück, du kannst es gebrauchen!« Als er Bella aus dem Punto-Haus entführt, wünschen ihm alle mit einem Nicken viel Glück. Jeder weiß es, nur Bella nicht, die sich gar nicht entführen lassen will. Sie möchte zusammen mit ihrer Familie ins neue Jahr feiern, doch Paco hat andere Pläne. Als sie im Surena-Anwesen halten, ist alles stockdunkel, Paco sieht zur Uhr, es ist kurz vor Mitternacht, langsam muss er sich beeilen. Er hilft Bella vorsichtig aus dem Auto, sie sieht umwerfend aus in ihrem Kleid. Auch Paco hat sich heute extra einen seiner besten Anzüge angezogen.

Er küsst ihre neue Plaka und bringt sie in ihr Haus. Bella ist inzwischen bei ihm eingezogen, Sara musste sie heute schon sehr früh abholen, damit sein Plan klappt. Die Tücher, die Mano und er vor die Glastür zum Garten hingehängt haben, verstecken seine Überraschung noch, doch Bella merkt, dass etwas nicht stimmt. Sie lacht. »Was hast du vor?« Normalerweise würde Paco grinsen, doch sein Magen spielt verrückt. Was ist, wenn sie es nicht will? Wenn sie doch noch Zweifel hat? Er greift nach dem Mantel, den er besorgt hat. »Was soll ich damit?« Es sind fast 30 Grad, Paco sagt nichts, sondern kniet sich nieder, um ihre Pumps auszuziehen und sie gegen dicke Winterstiefel auszutauschen, die er auch besorgt hat. Bella fängt an zu lachen.

»Paco, hast du schon getrunken?« Jetzt muss er auch lachen. »Nein, glaub mir, ich war noch nie so klar im Kopf wie jetzt.« Er geht zu den Scheiben und entfernt die Tücher, so dass sie in den Garten sehen kann. Bellas Gesicht erstarrt. »Oh mein Gott«, stammelt sie. Sie schiebt die Gartentür auf und läuft auf den knirschenden Schnee. Sie fasst in den Schnee und Paco tritt hinter sie. Es war immer ihr Traum, und wenn er es dafür in Puerto Rico schneien lassen muss, wird er es tun. Er beobachtet, wie sie sich fasziniert umsieht. Als sie dann zu ihm blickt, sieht er den Moment, wo sie versteht, was hier passiert. Paco lächelt und nimmt ihre Hand in seine. Dann geht er vor ihr auf die Knie und das in jedem Sinn. Nichts auf der Welt hat es geschafft, Paco Surena in die Knie zu zwingen, doch sie, die Frau, für die er sterben würde, die ihn aus ihren großen grünen Augen voller Liebe ansieht, hat es geschafft.

»Bella, seit ich dich das erste Mal gesehen habe, damals in der Bibliothek, hast du zu mir gehört, zu meinem Leben. Ich war sofort in deinen Bann gezogen.« Er lächelt, als ihre Tränen anfangen, über ihre Wangen zu kullern. »Wir haben wirklich viel durchgemacht, doch unsere Liebe ist stärker, es gibt nichts auf der Welt, was ich nicht für dich tun würde, nichts, was für mich wichtiger ist als du, als dich glücklich zu machen. Ich musste schon ohne dich leben und will es nie wieder, ich will, dass du für immer zu mir gehörst und bei mir bleibst, ich liebe dich über alles. Niemals hätte ich gedacht, dass ich diesen Schritt jemals gehen werde, doch jetzt mit dir will ich gar keinen anderen Weg mehr gehen. Du bist mein Herz, mein Glück, mein Leben. Bella, willst du meine Frau werden?«

Bella sieht ihm in die Augen und wischt sich eine Träne weg. Er sieht keinen Zweifel in ihrem Gesicht, nur Liebe. »Ja, ich will ... natürlich will ich.« Als Paco aufsteht und ihr Versprechen mit einem Kuss unterzeichnet, knallen die ersten Raketen in der Luft. Der Himmel über ihnen färbt sich bunt. In diesem Moment weiß Paco, dass er in seinen Armen seine ganze Welt hält, seine Frau, seinen Stolz, sein Herz!

Sonderteil

zu der

Llora por el amor-Reihe

Erster Streit zwischen Paco und Bella

Diese Szene wurde aus dem Buch Weine aus Liebe herausgenommen. Sie findet nach Bellas Krankenhausaufenthalt statt, wo die Familias bereits von der Liebe zwischen Paco und ihr erfahren haben und alle langsam wieder zur Ruhe kommen.

»Oh komm schon Süße, Kopf hoch, das ist euer erster Streit.« Bella lacht bitter und nimmt einen Schluck Cola. »Das ist garantiert nicht unser erster Streit!«

Sara lacht ebenfalls und zieht ihre beste Freundin in ein anderes Geschäft. »Okay, aber euer erster großer Streit als Paar, das ist schon fast etwas Besonderes.« Bella verdreht nur genervt die Augen, es ist jetzt vier Tage her, dass Paco und sie an der Uni so heftig aneinander geraten sind. Keiner hat sich beim anderen gemeldet, keiner entschuldigt sich, niemand macht den ersten Schritt, nichts.

»Ihr seid aber auch beide extrem stur. Ich denke, in einer Beziehung muss es immer jemanden geben, der nachgibt, wer das bei euch sein soll, ist unmöglich zu sagen.« Bella geht einen anderen Weg entlang zu den Hosen, während Sara zu den Shirts geht, um dieses Thema zu beenden. Was sie wirklich ärgert, ist, dass ihre anfangs so starke Wut immer mehr schwindet, weil er ihr fehlt. Er fehlt Bella wirklich. Dadurch, dass er vorher wegen der Geschäfte weg war, haben sie schon fast eine Woche nichts mehr voneinander gehabt, abgesehen von ihrem Streit vor der Uni, wo sie ihm ihre Meinung gesagt hat, weil Paco der Meinung ist, wenn er unterwegs ist, braucht er sich nicht zu melden. Er hat ihr an den Kopf geworfen, dass sie ihm zu zickig ist und sie sich melden soll, sobald sie nicht mehr herumzickt.

Seit sie im Krankenhaus aufgewacht ist, haben sie sich höchstens mal zwei Tage nicht gesehen. Es ist merkwürdig, nachdem man so intensiv Zeit miteinander verbracht hat, auf einmal nichts mehr von der anderen Person zu hören, er fehlt ihr. Selbst ihrem Bruder Juan und ihren Cousins sind sofort aufgefallen, dass etwas nicht stimmt, als Paco nicht mehr bei ihnen war oder Bella bei ihm.

Nachdem sie allen erklärt hat, dass es gerade Probleme zwischen ihnen gibt, ist Bella davon ausgegangen, dass Juan etwas sagen würde, sich aufregen oder sonst etwas, aber nichts. Er hat das alles schweigend hingenommen.

Bella fragte ihn verwundert, ob er dazu nichts zu sagen hat, woraufhin Juan nur lachend erklärt, er hätte sich damals zwar aufgeregt, dass sie zusammen sind, aber da er das jetzt akzeptiert hat, ist die Sache für ihn erledigt. Er grinste seine Schwester frech an. »Bella, nie, wirklich nie, würde ich mir um dich in einer Beziehung Sorgen machen. Wenn einer weiß sich durchzusetzen und sich nichts gefallen zu lassen, dann du. Ich vertraue dir da absolut, dass du das im Griff hast und weißt, was du tust.«

Bella ist zwar durch seinen Zuspruch geschmeichelt, doch weitergeholfen hat es ihr auch nicht. Am nächsten Morgen haben sie einen Leistungskurs, und ihre Unterlagen dafür liegen bei Paco. Die ganze Zeit hat sie es vor sich hergeschoben, in der Hoffnung, dass sich das Ganze bis dahin irgendwie geklärt hat, aber da es nicht so aussieht, ruft sie jetzt Selena an und fragt, ob sie bei Rodriguez ist, was natürlich der Fall ist. Bella bitte sie, ihr die Sachen morgen mit zur Uni zu bringen und sie tut ihr den Gefallen.

Beim Shoppen wird Bella nicht fündig, wenn man schlecht drauf ist, macht selbst das keinen Spaß. Sara und sie fahren gerade nach Hause zurück, als Bellas Handy klingelt. Selena ist dran. Sie klingt leicht amüsiert und erklärt, sie wollte gerade zu Paco und hat ihn draußen getroffen. Als sie ihm gesagt hat, dass sie etwas für Bella holen möchte, weil sie es dringend brauche, hat er gegrinst und gesagt, dass sie sich das schon selbst abholen muss. Bellas Wut kocht sofort wieder hoch. Bei dem piept es wohl. Findet er das lustig? Was will er denn mit der Aktion bezwecken? Sie noch wütender machen?

Bella bedankt sich trotzdem für Selenas Mühe. Paco übertreibt es wirklich, er scheint zu denken, dass es eine gute Idee von ihm war. Sie sagt Selena absichtlich nicht, ob sie kommt oder nicht, obwohl sie es sich ja denken kann, da Bella diese Unterlagen braucht. Sobald sie zu Hause ist, geht sie direkt in ihr Zimmer und überlegt, wie sie es Paco heimzahlen kann. Er denkt, er kann sie sauer machen? Sie kann es so viel besser als er.

Bella zieht sich um und dieses Mal verdammt sexy. Sie zieht ein Sommerkleid an, welches überall gut geschnitten ist, kurz an den Beinen, einen schönen Ausschnitt. Normalerweise hat Bella immer Komplexe, weil sie nicht die typischen Latina-Rundungen hat, doch in diesem Kleid, wirkt auch sie kurvig und sie fühlt sich extrem sexy. Sie schminkt sich noch einmal nach und zieht feine Pumps dazu an, die ihre Beine länger wirken lassen.

Zufrieden fährt Bella mit ihrem Auto zu Sam, die noch in ihrem Laden ist, auch Miko ist bei ihr. Bella nimmt sich Sams Auto und lässt ihres dort, denn das ist es, was Paco am meisten aufregen wird. Er denkt dann, sie wäre mit Sam unterwegs gewesen und nicht zu Hause, was bedeutet, dass Bella in dieser Aufmachung unterwegs war. Paco sagt zwar nie etwas, sie weiß aber, dass er es nicht gerne hat, wenn Bella so sexy angezogen auf die Straße geht.

»Was hast du denn vor?«, fragt Miko, als sie sich Sams Autoschlüssel nimmt. Er sieht an seiner Cousine hoch und runter, Bella grinst nur siegessicher. »Surenas ärgern!« Miko lacht und Bella gibt ihm einen Kuss, er hat offensichtlich kein Problem damit.

Als Bella in die Einfahrt des Surena-Anwesens fährt, sieht sie sofort, dass viele von ihnen um ein Auto herumstehen. Sie blickt genauer hin und merkt, dass es ein neues Auto ist, irgendeiner der Brüder hat sich offenbar ein neues gekauft. Sie tippt auf Paco oder Rodriguez, als sie den silbernen Chrysler genauer betrachtet. Es sind viele da, die das Auto bestaunen, Chico, Mano, Ramos, noch ein paar Cousins und auch noch andere Männer.

Paco steht auch neben ihnen und sie sehen alle zu ihr, als Bella genau neben dem Chrysler hält. Sie steigt aus und knallt die Tür zu. Paco sieht sie mal wieder mit einem dieser Blicke an, die sie immer noch nicht deuten kann und in ihrem Herzen sticht es, sie vermisst ihn. Doch Bellas Kopf setzt sich durch, sie geht zu Ramos und Mano und gibt beiden einen Kuss auf die Wange. Beide umarmen sie kurz, dann gibt sie auch Chico einen Begrüßungskuss. Jeder von ihnen ist ihr mittlerweile sehr ans Herz gewachsen.

Chico umarmt Bella etwas länger. »Na endlich, die schlechte Laune von ihm war ja kaum auszuhalten!«, flüstert er Bella ins Ohr. Sie sieht ihn etwas verwundert an, doch er grinst nur. Ohne weiter darauf einzugehen, geht sie anschließend einfach an Paco vorbei. Sie merkt selbst, dass sie ihre Nase etwas höher hält als sonst.

»Sehr witzig, wirklich sehr witzig«, stichelt sie leise beim Vorbeigehen über seine Aktion, Selena nicht die Sachen auszuhändigen. Pitty springt

Bella freudig entgegen, als sie das Haus betritt. Das Haus ist leer, scheinbar sind alle beim Auto, also geht sie direkt in Pacos Schlafzimmer. Alles sieht aus wie immer, was hatte sie erwartet? Sie war nur ein paar Tage nicht hier, und doch kommt es ihr wie eine quälende Ewigkeit vor.

Sie geht zum Schreibtisch, der inzwischen nur noch mit ihren Sachen vollgestellt ist und sucht besagte Unterlagen, als die Tür hinter ihr zugemacht wird. Bella braucht sich nicht einmal umzudrehen, um zu wissen, dass Paco da steht, also macht sie einfach weiter. »Wieso sollte ich herkommen, ich denke nicht, dass ich nicht mehr zickig bin, Paco ...«, murmelt sie leise und erinnert ihn an seine Worte, sie solle sich melden, sobald sie aufhört zickig zu sein.

Bella legt die Unterlagen in ihre Tasche, dann erst dreht sie sich zu ihm um. Paco lehnt an der Tür und mustert sie. »Warst du so unterwegs?« Bella zieht sie Augenbrauen hoch. »Und wenn?« Paco sieht sie direkt an, ihre Augen treffen sich und Bella spürt, wie sie schwächer wird, sie vermisst ihn so sehr.

»Was ist eigentlich dein Problem, Bella? Willst du, dass ich dich anrufe? Okay von mir aus, ich werde dich ab jetzt alle fünf Minuten anrufen, wenn dich das glücklich macht.« Sie verschränkt die Arme. »Darum geht es nicht, du verstehst das offensichtlich nicht, Paco.«

Jetzt wird er wütend und kommt ein paar Schritte näher. »Nein Bella, ich verstehe es nicht, ich bemühe mich, doch ich weiß nicht, was du willst. Ist es so wichtig, ob ich dich regelmäßig anrufe? Machst du daran meine Liebe fest?« Bella seufzt leise. »Nein, mach ich nicht, aber ich verstehe einfach nicht, warum du so wechselhaft bist.« Sie redet leiser und streckt ihre Arme aus. »Wenn du bei mir bist, dann bist du so anders und ich weiß, dass du mich ... dass du ... aber wenn du mit den Jungs bist ... ach vergiss es einfach, Paco.«

Bella will an ihm vorbei. Paco war so und wird auch so bleiben.

Doch er hält sie am Arm fest und zieht sie zu sich. »Vermisst du mich nicht, Bella?« Auch wenn er grinst und sie merkt, dass er sie ärgern will, er ist zu nah, sein Duft, seine Augen, die sie gefangen zu halten scheinen, sie vermisst ihn zu sehr, um noch länger durchzuhalten.

Bella legt ihre Hände in seinen Nacken und zieht ihn zu sich, er erwidert ihren Kuss so schnell, dass ihr kurz der Atem stockt, doch dann zeigt sie ihm, wie sehr er ihr gefehlt hat. Paco hebt Bella hoch, bevor er sie aber auf den Schreibtisch setzt, fegt er mit einer Armbewegung alles herunter, was darauf gestapelt war.

Ihre Lippen trennen sich kaum, alleine das reicht schon, um sie verrückt zu machen. Paco zieht sein Shirt aus und Bella öffnet seine Hose, er entledigt sie ihres Kleides und wirft es direkt in den Mülleimer. Es ist das erste Mal, dass sie so schnell zur Sache kommen, ohne Vorspiel, ohne langes Kuscheln.

Paco dringt in sie ein und drückt Bella mit ihrem Po enger an sich, es ist ein ganz anderer Sex, härter und schneller und beide kommen schnell und heftig. Schwer atmend legt sie danach ihren Kopf an seine Schulter. Paco küsst ihren Scheitel und hebt sie wieder hoch, sie beide sind total verschwitzt. Er stellt das Wasser in der Dusche an und stellt sich mit ihr darunter.

Als die warmen Perlen auf sie niederprasseln, hebt Paco ihr Kinn an, so dass sie ihn ansieht. »Also hast du mich vermisst.« Er grinst leicht, Bella senkt den Blick wieder, doch Paco lässt nicht locker, er nimmt ihr Gesicht zärtlich in seine Hände. »Bella bitte, ich will nicht, dass irgendwas zwischen uns steht.« Bella gibt auf. »Ich auch nicht, aber wenn du nicht bei mir bist, habe ich einfach Angst dich zu verlieren oder dass du wieder zu sehr Gefallen daran findest, ohne mich zu sein.«

Er lächelt und streicht ihre Haare nach hinten. »So ist das doch viel einfacher, wenn du offen mit mir redest, dann verstehe ich dich auch«. Bella muss lachen und er fährt fort. »Weißt du, wenn ich jetzt mal ganz ehrlich bin, ich meine, wenn wir schon so offen reden ...« Er grinst immer noch, doch Bella wird wieder ernst, die Wassertropfen bleiben an ihren Wimpern hängen, aber sie sieht ihm auffordernd in die Augen.

»Ja Paco, ich will das wirklich wissen, ich möchte, dass du einmal ganz offen mit mir redest.« Nun wird auch er ernst, er merkt, dass sie wirklich die Wahrheit wissen will. Er seufzt, lässt seine Hände von ihrem Gesicht fallen, aber nimmt gleich ihre Hände in seine. Bella liebt diese Geste, ihre zarten Hände wirken zwar so verloren in seinen großen, doch trotzdem liebt sie es, ihre Finger ineinander verschlungen zu betrachten.

»Es ist so, ich liebe dich wirklich Bella, aber es ist für mich nicht so einfach. Mein Leben hat sich komplett geändert, ich bereue es nicht, nicht weil du es bist, die es geändert hat ... und ja, wenn ich mit den Jungs unterwegs bin, kehre ich wieder etwas in mein altes Leben zurück, aber nicht so, dass ich das hier, was wir haben, nicht mehr will. Jetzt die Tage ohne dich habe ich gemerkt, dass es so auch nicht möglich ist, ich könnte mein altes Leben gar nicht mehr genießen, wenn ich nicht weiß, dass du bei mir bist. Ich hätte selber gar nicht gedacht, dass es so ist, aber ich habe alle möglichen Kleinigkeiten vermisst, alles Mögliche. Bella, ich liebe dich, und du bist das Beste, was mir je passiert ist, ich will dich nicht verlieren. War das ehrlich genug?«

Bella nickt und braucht kurz, um sich zu fassen. »Ich liebe dich so sehr Paco und für mich ist das alles auch nicht leicht, ich weiß, dass ich manchmal etwas ... eigen bin.« Paco lächelt mild, nimmt ihr Duschgel und seift sie ein. »Du bist manchmal schon etwas ...“, Bella unterbricht ihn schnell, »... auch eigen, aber nicht zickig!« Paco lacht, und seine Hände wandern ihren Körper entlang.

Die Geschichte von Bellas Eltern

Diese Szene wurde aus dem Buch Weine aus Liebe herausgenommen. Sie findet nach dem ersten Streit der beiden statt und war für mich die Grundinspiration zu El Destino. Zumindest die Geschichte von dem Anführer und dem Mädchen vom Land.

Nachdem sie es nach langer Zeit geschafft haben aus der Dusche zu kommen, will Paco mit Bella etwas essen gehen, aber sie ist zu faul und träge. Sie zieht sich eines seiner Shirts über und nimmt ihn mit in seine riesige Küche, die er sicherlich selbst noch nie genutzt hat.

Es ist selten, dass sie mal ganz alleine in dem großen Haus sind, und Bella genießt es. Sie durchstöbert die Schränke und den Kühlschrank, während Paco sie dabei beobachtet und nicht versteht, warum sie nicht einfach essen gehen. Bella sucht sich alles heraus was sie braucht und fängt an zu kochen. Sie entschließt sich, eine Gazpacho und Albondigas mit Nudeln zuzubereiten. Dazu macht sie einen Teig fertig, den sie im Schlaf beherrscht, für das Brot was bei ihnen täglich auf den Tisch kommt und wofür ihre Mutter schon fast berühmt ist.

Während sie arbeitet, stellt sich Paco zu ihr, er umfasst sie liebevoll von hinten und küsst ihren Hals entlang. »Das ist irgendwie sexy!« Bella muss lachen und gibt ihm ein wenig Gemüse zum Schneiden, damit er etwas zu tun hat und sie nicht die ganze Zeit ablenkt.

Sein Blick fällt immer wieder zu ihr. Er beobachtet, wie sie gekonnt alle Zutaten zusammenmischt und fragt, wie es kommt, dass sie das alles kann. In seiner Familie erledigen diese Sachen immer die Haushälterinnen, er fragt sich wo sie kochen gelernt hat. Bella erzählt ihm belustigt, dass, auch wenn sie das Geld dafür haben, sie nie Hausangestellte hatten.

»Damals, als mein Vater noch der Anführer der Trez Puntos gewesen ist, war das Gebiet zwar auch schon so groß wie heute, aber noch nicht so ausgebaut und es war viel weitläufiger. Es gab viele Farmen und Bauernhöfe, und eines Tages fuhr mein Vater mit ein paar seiner Männer durch das Gebiet, um Geld von ihren Geschäftspartnern einzusammeln. Es war eher selten, dass mein Vater mitging, aber das Schicksal wollte es an diesem Tag scheinbar so. Meine Mutter war eine ganz einfache Bauerntochter, die hart am Hof mitarbeiten musste. Dort entdeckte er sie damals. Er sprach sie an und hat später immer erzählt, dass es vom ersten Moment, als er in ihre Augen gesehen hat, um ihn geschehen war.«

Paco muss bei dieser Aussage lächeln.

»Mein Vater versuchte ihre Aufmerksamkeit zu erlangen, doch meine Mutter dachte gar nicht daran, diesen eingebildeten Anführer auch nur eines weiteren Blickes zu würdigen, was meinen Vater nur noch mehr verrückt werden ließ. Sie ignorierte ihn, stolzierte an ihm und seinen Männern vorbei und zeigte ihm die kalte Schulter.

Von da an tat er alles, um ihr Herz zu gewinnen, er fuhr fast jeden Tag zu dem Feld, in der Hoffnung sie zu sehen. Er brachte Blumen und Geschenke mit, doch meine Mutter nahm nie etwas davon an und bat ihn jedes Mal wieder zu gehen und sie in Ruhe arbeiten zu lassen. Er versuchte sie einzuladen, sie auszuführen, doch meine Mutter lehnte jedes Mal ab und schickte ihn weg.

Es dauerte nicht lange und die anderen Arbeiter und Leute bemerkten die Versuche meines Vaters sie zu erobern und redeten darüber, was meiner Mutter sehr unangenehm war. Als ihr Vater, mein Opa, davon erfuhr, war er mehr als begeistert, denn damit hätte die Familie für immer ausgesorgt, er konnte sich keine bessere Zukunft für seine Tochter wünschen.

Mein Opa versuchte meine Mutter dazu zu drängen, netter zu meinem Vater zu sein. Als mein Vater wieder einmal vorbeikam, schickte mein Opa meine Mutter zu ihm, doch mein Vater merkte, dass meine Mutter das nicht wollte und sagte ihr, dass er nicht aufhören wird, um sie zu kämpfen, aber er will, dass sie ihn auch von Herzen will, nicht aus Zwang.

Meine Mutter hat mir erzählt, dass dies der Moment war, als sie ihn das erste Mal wirklich gesehen hat, bemerkt hat, dass er vielleicht doch ein guter Mann ist. Sie ist zwar immer noch nicht auf seine Einladungen eingegangen, doch hat sich immer öfter mit ihm unterhalten. Irgendwann konnte er sie dann überreden mit ihm Essen zu gehen, na ja, und dann nahm alles seinen Lauf. Mein Vater sagt, der Kampf um sie war der schwerste Kampf seines Lebens, doch es hat sich gelohnt.

Doch egal wie viel Luxus wir haben oder hatten, meine Mutter wollte immer, dass wir wissen, wie es ist zu arbeiten, also hat sie darauf bestanden, dass wir alles lernen. Ich kann kochen, nähen, Wäsche mit der Hand waschen, so dass sie wie neu aussieht, meine Mutter hat da schon echt einen Tick. Wenn wir eine neue Waschmaschine bekommen, wäscht sie erst mal alles eine Woche mit Hand, einfach nur um nicht zu vergessen, dass es auch anders geht.«

Paco lacht leise. Bella wirft die Nudeln ins Wasser, dann legt sie das Brot in den Ofen. »Du siehst, ich bin eine gute Partie.« Zufrieden sieht sie zu Paco, der sie eng an sich zieht. »Das wusste ich schon von Anfang an!« Er gibt ihr einen Kuss, doch als er den Kuss vertiefen will, schiebt Bella ihn aber wieder zum Gemüseschneiden. »Ein bisschen mehr Arbeit im Haushalt würde euch allen auch nicht schaden!«

Wie Bella und Paco von der Schwangerschaft erfahren.

Diese Szene wurde aus dem Buch Weine aus Liebe herausgenommen. Ich fand sie schön, weil es einfach ein großer Wendepunkt in dem Leben der beiden ist und zeigt, dass es für beide ziemlich unerwartet kam.

Bella geht wieder zurück ins Badezimmer und sieht auf den Test, der auf dem Waschbeckenrand abgelegt ist. Sie schüttelt den Test nochmal in der Hoffnung, dass er dann ein anderes Ergebnis anzeigt. Als sie zurück ins Zimmer kommt, sitzen Sara und Sam auf ihrem Ehebett und verdrehen die Augen.

»Wie oft willst du das jetzt noch tun Bella? Es ändert nichts, du bist schwanger!« Bella sieht sauer zu ihren Freundinnen. »Ich kann nicht schwanger sein.« Sara lacht und kommt zu ihr. »Was ist so schlimm daran, du stellst dich unmöglich an, das war doch schon länger klar. Allein, dass wir dich zwei Wochen zu dem Test überreden mussten ... willst du jetzt noch weitere zwei Wochen das Ergebnis anzweifeln? Was ist so schlimm, Paco und du seid verheiratet, ihr liebt euch, es ist doch alles in Ordnung.«

Bella kommen die Tränen, sie weiß nicht wieso, aber wieder kommt diese Panik in ihr hoch, die sie die ganze letzte Zeit durchfährt, sobald sie daran gedacht hat, dass sie schwanger sein könnte. Nun, wo sie Gewissheit hat, schnürt es ihr die Kehle zu. »Wir wollten nicht so schnell ein Kind, ich habe doch gerade erst die Stelle als Kitaleitung bekommen. Paco sagt immer wieder, dass wir noch so jung sind und er noch warten will, deswegen haben wir uns ja auch geschützt.«

Sara lächelt mild. »Jetzt ist es aber so, ist doch normal, dass man, wenn man verheiratet ist, nicht mehr ganz so streng auf die Verhütung achtet. Paco wird sich freuen ...«, sie blickt mahnend zu Bella, »und du dich hoffentlich auch bald.« In dem Moment hören sie, wie Paco und einige andere das Haus betreten. Bella schnappt sich blitzschnell ihre Tasche. »Kommt mit!«

Sie eilen die Treppe herunter. Paco, Rodriguez und Chico stehen da mit einem Mann, den Bella noch nie zuvor gesehen hat, sicher jemand, der gerne bei den Surenas aufgenommen werden soll. Als die drei Frauen die

Treppe herunterkommen, lächelt Paco seine Frau glücklich an, doch sie kann das gerade nicht erwidern. Die letzten Tage ist sie ihm immer mehr aus dem Weg gegangen. Auch jetzt gibt sie ihm schnell einen Kuss und dann den anderen und erklärt, dass sie ganz dringend zu ihrem Bruder muss. Sara und Sam, die alle nach ihr begrüßen, werfen ihr einen vielsagenden Blick zu, doch Bella ignoriert ihn und ist schon fast aus dem Haus, als Paco nach ihr greift und sie an sich zieht.

Dabei trifft ihr Bauch auf seinen und sie zuckt automatisch zurück. »Schatz, was hast du in letzter Zeit? Dein Mann fühlt sich vernachlässigt.« Er grinst sie frech an und drückt sie enger an sich, doch Bella macht sich los und versucht zu lächeln, dabei könnte sie ihn umbringen. Genau dieser Blödsinn hat sie erst in solch eine Situation gebracht. »Ich bin bald zurück.« Sie gibt ihm schnell einen Kuss und eilt mit Sara und Sam aus dem Haus.

Auf dem ganzen Weg ins Punto-Haus versucht sie die Ratschläge von Sam und Sara zu überhören, sie weiß nicht warum, aber all das nervt sie gerade nur. Sobald sie da sind, steigt sie aus und läuft an ihren Cousins und ihrem Bruder vorbei, die sie misstrauisch ansehen. »Alles ...«, Bella beachtet sie nicht, sie muss jetzt alleine sein, »... okay?« Juan wirft ein zusammengeknülltes Blatt Papier nach ihr und trifft seine Schwester am Kopf. »Was ist los mit dir, gibt es Stress im jungen Eheglück?«

Bella wirbelt zu ihrem Bruder herum und sieht, wie Sara ihm einen Blick zuwirft, der ihm sagen soll, dass er das lieber nicht hätte tun sollen. Neben ihr steht eine der großen Keramikfiguren, die sich die Männer ab und zu liefern lassen. Sie denken, die hässlichen Figuren bringen Glück und Macht für das Punto-Gebiet und verteilen sie über den Rasen des Punto-Hauses. Bella und Sara haben schon immer gesagt, dass es einfach nur ein paar hässliche, missglückte Figuren sind.

Ohne mit der Wimper zu zucken tritt Bella mit den Hacken der Schuhe, die sie gerade trägt, nach der Figur, die sofort kaputt geht. Da sehen sie mal, wie wertvoll ihre Figuren sind. »Es ist alles in Ordnung, Bruderherz!« Bella hört noch Mikos lautes Lachen, doch dreht sich nicht mehr zu ihrer Familia um, sondern geht direkt zu ihrer Mutter nach Hause.

Ihre Mutter steht gerade mit einer Tante in der Küche und sieht ihre Tochter besorgt an. »Du bist so blass Schatz, geht es dir gut? Komm setz dich, ich mache dir was Gesundes zu essen!« Bella gibt allen einen Kuss, greift an der Mutter vorbei in ein Regal, wo immer die Süßigkeiten gelagert werden und nimmt sich eine große Tüte Chips daraus. »Ich brauche nichts Gesundes, mir geht es gut.« Bella merkt selbst, dass sie sich trotzig verhält, doch sie will momentan einfach ihre Ruhe.

Schnell huscht sie auf das Dach des Hauses, wohin sie sich schon immer gerne zurückgezogen hat. Sie lehnt sich zurück und sieht zu, wie die Sonne langsam untergeht, während sie genüsslich die Chips isst. Natürlich haben Sara und Sam recht, sie könnte in einer schlimmeren Situation sein, in der sie feststellt, dass sie schwanger ist, doch sie traut es sich trotzdem nicht, es Paco zu sagen. Sie hat selbst schon nicht begeistert reagiert, Bella will gar nicht wissen, wie er reagieren könnte. Sie wollten noch einige Jahre warten. Bella hebt ihr Shirt an und sieht auf ihren Bauch. Man sieht nichts, gar nichts, unvorstellbar, dass darunter ein Baby heranwachsen soll.

Als die Sonne gerade untergegangen ist, kommt ihr Bruder zu ihr auf das Dach. Juan sieht entsetzt auf die leere Chipstüte. »Hast du das alles gegessen?« Bella stellt selbst erschrocken fest, dass sie die gesamte Tüte geleert hat. »Ja, irgendwie schon!« Juan setzt sich zu seiner Schwester. »Du bist zickig!« Bella lacht und legt den Kopf an die Schulter ihres Bruders. »Ich weiß.« Sie sieht auf die Straßen hinunter. »Ich vermisse manchmal unsere Kindheit, wo wir den ganzen Tag nur gespielt haben, keine wichtigen Entscheidungen zu treffen hatten und keine anderen Sorgen hatten, als das, was wir als nächstes spielen könnten.«

Juan lächelt. »Damals konntest du es nicht erwarten, unbedingt erwachsen zu werden und die Welt zu erobern und jetzt willst du dahin zurück? Ich weiß noch, wie oft du dich vor uns aufgebaut und gedroht hast, wenn du groß bist, heiratest du einen Polizisten und lässt jeden verhaften, der deine Puppen zerstört hat.« Bella lacht laut auf, als sie sich an diese Zeit erinnert. »Ich könnte euch jetzt meinen Mann auf den Hals hetzen.« Sie muss zwar lächeln, doch ihr Leben ist so anders, als sie es damals geplant hat.

Sie ist glücklich, sie will nichts anderes, das weiß sie. Es war wichtig, dass sie damals in New York ein neues Leben beginnen wollte und gemerkt hat, dass sie ihr altes viel zu sehr liebt. Doch trotzdem hat sie ein ungutes Gefühl. Sie gibt ihrem Bruder einen Kuss, um zu ihrem Mann nach Hause zu fahren. Auf dem Weg dahin merkt sie, dass sie sich doch irgendwie schon leicht an den Gedanken gewöhnt hat schwanger zu sein. Sie achtet automatisch darauf, dass sie ihren Bauch schützt, indem sie den Sicherheitsgurt nicht zu eng zieht.

Sie hört, dass Paco oben im Schlafzimmer unter der Dusche steht, als sie ins Haus kommt und greift zum Telefon. Sie muss sich damit auseinandersetzen. Sie hat Glück und erreicht noch jemanden in der Frauenarztpraxis. Bella muss warten, da die Arzthelferin erst den Terminplaner hervorholen muss. Als sie ihr dann sagt, dass sie schwanger ist und gerne einen Termin hätte, fühlt es sich merkwürdig aber nicht mehr so schlecht wie heute Mittag an, zu sagen sie sei schwanger.

Die Arzthelferin gibt ihr einen Termin für den nächsten Morgen und Bella legt auf. Als sie sich umdreht, sieht sie, dass Paco oben auf der Treppe steht und auf sie herunter starrt. Sie hat nicht gemerkt, dass er mit dem Duschen fertig geworden ist. »Du bist schwanger?«

Bella nickt unbeholfen und legt das Telefon weg. »Wie lange weißt du es schon, wieso sagst du mir das nicht?« Bella spürt, dass er sauer ist. Wie oft hat sie in Filmen gesehen, dass die Männer die Frauen umarmen, feiern, sogar weinen, Pacos Reaktion enttäuscht sie etwas, auch wenn sie selbst nicht besser reagiert hat.

»Ich vermute es schon länger, aber ich habe heute erst den Test gemacht.« Paco kommt die Treppen herunter. »Ok.« Bella zieht die Augenbrauen hoch. Ok? »Morgen musst du also zum Arzt?« Bella nickt, sie merkt, dass Paco blass um die Nase wird. »Geht es dir gut?« Sie scheinen die Rollen zu tauschen, Paco nickt nur und wirkt wie unter Schock, also redet Bella einfach weiter.

»Ich weiß, dass es nicht geplant war, ich habe doch auch gerade erst im Kindergarten angefangen. Ich habe die Pille nicht einmal vergessen, wahrscheinlich, weil ich es bei dem Zeitpunkt der Einnahme nie so genau genommen habe, ich weiß auch nicht wie ...« Paco unterbricht sie. »Es ist egal, wie es passiert ist, du bist jetzt schwanger!« Er sagt das nicht lachend, nicht sauer, einfach eine Tatsache. Bella mustert ihren Mann etwas besorgt, nicht dass er so unter Schock steht und plötzlich umkippt. »Wir sollten schlafen gehen, ich bin müde.«

Paco bringt seine Frau ins Bett, fast schon überfürsorglich deckt er sie zu. Sie würde ihm am liebsten an den Kopf knallen, dass sie keine zwölf mehr ist, doch sein Zustand ist ihr nicht geheuer und sie ist zu müde, um noch weiter darauf einzugehen. Wie die letzten Tage überkommt sie die Müdigkeit, sie steht erst am nächsten Tag auf und sieht direkt in Pacos Gesicht.

Ihr Mann hat keine Minute geschlafen, dass sieht sie ihm sofort an. Er scheint darauf gewartet zu haben, dass sie aufwacht.

Sobald sie ihn anblickt, grinst er zufrieden und reicht ihr die Hand, um sie aus dem Bett zu holen. »Was hast du vor?« Paco nimmt seine Frau mit zum anderen Ende des Raumes wo etwas von einer Decke verhüllt steht.

»Ich habe gestern viel darüber nachgedacht, was uns jetzt erwartet, was zu tun ist und dabei ist mir etwas eingefallen, was meine Mutter aufgehoben hat.« Er zieht die Decke ab und entblößt dabei ein weißes, schönes altes Kinderbett. »Hier haben wir alle drin geschlafen, Ramon, Rodriguez und ich.«

Bella lächelt und streicht über das Bett. »Das ist wunderschön. Ich dachte gestern, du wärst gar nicht begeistert, so wie ich.« Paco dreht seine Frau zu sich um. »Wie kommst du darauf, natürlich war es nicht geplant, aber in dir wächst mein Baby. Wieso freust du dich nicht?« Bella wendet den Blick ab. »Ich freue mich schon … irgendwie. Es ist komisch … ich kann es nicht erklären.«

Sie kommen zum Glück nicht dazu weiter darauf einzugehen, da Pacos Handy klingelt. Wie soll Bella auch ihr Gefühlschaos in Worte fassen? Sie kann es sich selbst nicht erklären.

Eine Stunde später liegt sie bei der Frauenärztin auf der Liege, nachdem zahlreiche Tests an ihr vorgenommen wurden. Paco wird aus dem Warte-zimmer dazu gerufen und setzt sich zu ihr, als die Frauenärztin eine klebri-ge Masse auf ihrem Bauch verteilt und sie alle auf den Monitor starren.

Es ist ein winziger Moment, der alles ändert, der Bellas ganzes Denken ändert und ihr die Tränen in die Augen fließen lässt. Die Ärztin zeigt ihnen ihr kleines Baby, man erkennt sogar schon richtig viel. Sie sehen einen klei-nen Arm und wie es sich bewegt. Sie hören das Herz kräftig schlagen, die-ses kleine Wesen, was aus der Liebe zwischen Paco und ihr entstanden ist, erobert sofort ihr Herz.

Die Ärztin stellt fest, dass Bella bereits im dritten Monat ist. Sie hat wirk-lich die ganze Zeit nichts gemerkt. Als sie ihr Baby sieht, vergisst sie alle Bedenken und Ängste, die sie hatte, ihr Herz öffnet sich und sie schließt dieses kleine Wesen augenblicklich fest in ihr Herz. Als sie zu Paco sieht, der genauso gebannt auf den Bildschirm schaut, erkennt sie, dass er es genauso tut.

Er sieht seiner Frau in die Augen und sie erkennt darin Freude, Stolz und Liebe. Die Frauenärztin wischt ihren Bauch sauber und holt noch einige Unterlagen. Bella bleibt einfach nur überglücklich liegen. »Wir bekommen ein Baby!« Bella strahlt Paco an, der sich zu ihr beugt und erst ihren Bauch und dann sie küsst.

»Ich liebe dich, Cariño!«

Die Hochzeit von Bella und Paco

Dieses Ereignis wollten die Leser gerne noch einmal genauer beschrieben haben.

Bella sieht in den Spiegel und schnell wieder weg, sie kann es nicht glauben, ihre ständig anhaltende Übelkeit verstärkt sich wieder. Seit Tagen kann sie nicht schlafen, sie hat das Gefühl einen Schritt zu gehen, der so groß ist, dass es alles bisherige verändern wird. Bella hält sich den Bauch und stützt sich auf den Tisch.

»Bella, sieh mich an!« Sam baut sich vor ihr auf und sieht ihr ernst in die Augen. »Es ist normal, dass du so aufgeregt bist, du heiratest gleich, du darfst nervös sein. Jetzt atme einmal tief durch!« Im gleichen Moment kommen Sara, Jennifer, Bellas Mutter und ihre Tanten zurück in den Raum. Bella hat gerade erst das Kleid angezogen und nun halten alle ein und sehen sie mit offenem Mund an.

»Du bist die schönste Braut, die ich jemals gesehen habe.« Sara kommt freudig zu ihr und gibt ihr einen Kuss auf die Wange, vorsichtig darauf bedacht, ihr Make-Up nicht zu ruinieren. Bellas Mutter lächelt und gibt ihrer Tochter einen Kuss auf die Stirn. »Es fehlt nur noch das Lächeln auf deinen Lippen.« Ihre Tante schlägt die Hände zusammen und richtet Bellas lange Locken. Sie hat darauf bestanden ihre Haare offen zu tragen, auch wenn alle wollten, dass sie die Haare hochsteckt, doch Bella weiß, dass Paco ihre langen Wellen so am liebsten hat. »Ich habe dir gesagt, du musst sie zwingen zu essen, die Arme hat die letzten Tage kaum einen Bissen herunterbekommen!« Die Tante sieht zu Bellas Mutter, doch Bella versucht krampfhaft alles andere auszublenden.

Die Friseurin hat ihr liebevoll cremefarbene Blumen in den Haaren befestigt, die genau zu ihrem extra in New York gekauften Kleid passen. Sie hat sich sofort in das Kleid verliebt, es hat allerdings auch über einen Monat gedauert, bis sie das passende Kleid gefunden hat. Es ist schulterfrei und eng anliegend, erst unter dem Po geht es weit auseinander und erstreckt sich dann über einen langen Schleier. Es ist mit Perlen bestickt, einfach nur ein Traum. Die gesamten Hochzeitsvorbereitungen haben sie fast zwei Monate gekostet, doch Bella hat es Spaß gemacht.

Es war schön, mit den Frauen in viele verschiedene Bäckereien zu fahren und den perfekten Hochzeitskuchen zu finden. Jetzt in dem Moment ist ihr egal, ob sie einen Schokoladen- oder Zitronenkuchen haben, ob sie überhaupt einen Kuchen haben, sie weiß nicht, wie sie sich überhaupt vorwärts bewegen soll, so ein großer Stein liegt ihr im Magen.

»Konzentriere dich auf mich!« Bella sieht wieder zu Sam. »Bella, du willst das doch, du hast dich so sehr darauf gefreut, wenn du jetzt sagst, dass du das nicht willst, steigen wir ins Auto und fahren weg. Ein Wort und ich bringe dich weg, doch ich denke nicht, dass du darauf verzichten willst, Paco zu heiraten.« Bellas Mutter bekreuzigt sich und sieht mahnend zu Sam. »Keiner haut hier ab!« Sam und Sara lachen laut los und auch Bella muss lächeln. »Liebst du Paco?«

Bella nickt. Natürlich tut sie das, es ist das Einzige, woran Bella keine Sekunde gezweifelt hat, nie zweifeln würde. »Über alles!« Jetzt lächelt jeder im Raum außer ihr, Bella kommen die Tränen. »Ich hätte einfach einmal mit Paco reden müssen, das alles ist nur so schlimm, weil ich nicht mit ihm reden durfte und ich ihn nicht gesehen habe, sonst würde es mir jetzt gut gehen, hätte ich nur einmal mit ihn reden können, hätte mir das alle Zweifel genommen!« Anklagend sieht sie zu ihrer Mutter und den Tanten, die alle auf die alte Tradition bestanden haben, dass das Brautpaar sich zwei Wochen vor der Hochzeit nicht sieht oder miteinander spricht.

Da mittlerweile alle Bella und Paco gut genug kennen, haben sie sehr genau darauf geachtet, dass sich die beiden daran gehalten haben. Er fehlt Bella, es war für sie die Hölle, ihn die letzten zwei Wochen nicht zu sehen. Sara lächelt und führt Bella an der Hand zum Spiegel, stellt sie davor und Bella sieht sich noch einmal genau an.

Sie ist eine Braut von Kopf bis Fuß, das Kleid schmiegt sich an ihren Körper und der Schleier gibt dem ganzen den Prinzessinnen-Hauch, von dem sie, wie alle Frauen, schon als kleines Kind geträumt hat. Das Make-Up sitzt perfekt, auch wenn sie schon die ein oder andere Träne verloren hat. Irgendwie hat sie nie daran geglaubt, dass sie sich einmal so als Braut sehen wird. Und sie ist heute nicht nur eine Braut. Zu aller Aufregung, die sie eh schon verspürt, hat sie die letzten Tage die Gespräche zwischen Juan und ihren Cousins verfolgt. Diese Hochzeit ist die offizielle Verbündung der zwei gefährlichsten und einflussreichsten Familias Puerto Ricos, und von zwei Familias, die bisher die größten Feinde waren.

Miko hat erzählt, dass es früher sogar oft so war, dass wenn zwei Familias die Feindschaft zwischen sich begraben wollten, sie zwei aus den jeweiligen Familias miteinander verheiratet haben, als Zeichen, dass die Familias nun zusammengehören und als Absicherung, denn niemals würde jemand seiner eigenen Familie etwas Schlechtes wollen. Dass es bei ihr und Paco genau anders herum war und erst ihre Liebe die Familias vereinigt hat, gab es noch nie, umso bedeutsamer ist der Tag heute.

Als würden Bellas Nerven nicht auch so schon zum Zerreißen gespannt sein, muss sie nun auch noch diese Last mit sich tragen. Dieser Tag wird für alle Zeiten etwas Besonderes sein, der Tag der Vereinigung der Trez Puntos und Les Surenas.

Bella wird wieder übel, doch Sara lenkt ein. »Weißt du, ich halte auch nicht besonders viel von diesen alten Traditionen, aber ich muss sagen, dass diese Tradition ihren guten Grund hat. Die letzten zwei Wochen hast du jeden Tag mehr gelitten, weil du Paco so sehr vermisst hast. Das sollte dir zeigen, dieser Schritt, auch wenn er aufregend ist, ist nicht falsch und dazu ist es wichtig, die Person erst einmal nicht zu sehen, damit du merkst, wie sehr du sie in deinem Leben brauchst. Da unten wartet er jetzt auf dich, Bella!«

Ein Lächeln zeigt sich endlich wieder auf Bellas Lippen, als sie daran denkt, dass Paco bereits unten in der Kirche auf sie wartet. Sie sieht noch einmal in den Spiegel, noch immer ist sie aufgeregt, doch sobald sie daran denkt gleich wieder bei Paco zu sein, überwiegt die Sehnsucht und die Liebe zu ihm. »Seid ihr endlich mal so weit?« Juan klopft an die Tür, sie sind in einem der oberen Räume der Kirche, in denen die Bräute die Möglichkeit haben sich noch einmal zurecht zu machen.

Bei ihnen bringt es viel Unglück, wenn die Braut zu früh von den falschen Personen gesehen wird, deswegen machen sich die meisten direkt in der Kirche zurecht, damit dies erst gar nicht passieren kann. Juan wartet schon ungeduldig, also atmet Bella noch einmal tief durch und nickt. Sie ist bereit!

Sie treten vor die Tür, wo Juan und Miko warten. In dem Moment, wo Juan seine Schwester erblickt, legt sich ein Lächeln auf sein Gesicht, er hält ihr den Arm hin. »Du bist wunderschön.« Auch Miko zwinkert ihr zu und ihre Mutter nimmt seinen Arm. Sie gehen vor, Miko wird die Mutter an ihren Platz ganz vorn in der Kirche begleiten. Juan wird Bella an Paco übergeben, da sie ja keinen Vater mehr hat. Als Juan und Bella allein vor der Tür stehen, die sie noch vor den Gästen in der Kirche abschottet, schlägt ihr Herz bis zum Hals und ihr Bruder scheint das zu hören.

»Du weißt, wenn du das nicht willst ...«, Er kann sich ein freches Grinsen nicht verkneifen und Bella haut ihm leicht auf den Arm. »Du weißt, dass ich ihn liebe.« Juan zieht die Augenbrauen hoch. »Ja, das haben wir nun alle verstanden.« Er rückt seine Krawatte zurecht, als sich etwas hinter der Tür tut und es ganz still wird, da alle auf die Braut warten. Selbstbewusst hält er seinen Kopf höher. »Meine Schwester ist die schönste Braut, die Puerto Rico jemals gesehen hat!«

Die Türen werden geöffnet und Bella blickt in die Kirche, die nicht nur bis zum letzten Platz gefüllt ist, sondern wo auch an den Seiten viele Männer stehen. Alle Blicke sind auf sie gerichtet. Normalerweise ist zu solchen Anlässen immer nur eine Familia anwesend, nun sind beide versammelt. Juan führt sie an den Bänken vorbei nach vorne. Bella weiß nicht, wo sie zuerst hinsehen soll, ihre Familie ist da und alle sehen sie stolz an. Immer wieder hört sie ein leichtes Tuscheln und ehrfürchtiges Flüstern, wie schön sie sei. Sie sieht zur anderen Seite und auf Pacos Familie. Seine Mutter und sein Vater sitzen ganz vorne und Pacos Mutter weint genauso, wie ihre eigene auf der anderen Seite.

Chico, Hernandez, alle sehen sie lächelnd an, nun ist sie auch ein Teil ihrer Familie. Bella versucht sich zu konzentrieren, damit sie nicht stolpert, auch wenn Juan sie so fest hält, dass sie sich keine Sorgen zu machen braucht. Es scheint, als wolle er sie gar nicht loslassen. Bella weiß nicht, wo sie hinsehen soll, bis sie einen Blick brennend auf sich spürt und nach vorne sieht, direkt in Pacos Augen.

In diesem Moment sind alle Zweifel vergessen, alle Gedanken, die sie sich in den letzten Tagen gemacht hat, lösen sich in Luft auf. Er ist der Mann den sie über alles liebt und den sie niemals wieder missen möchte. Als sie seinen stolzen Blick auf sich spürt und ihn dort stehen sieht, in seinem Anzug, seine Brüder hinter ihm, kommt ihr ihre erste Begegnung in der Bibliothek wieder in die Gedanken. Schon damals fand sie ihn anziehend, und das hat sich bis jetzt nur verstärkt. Sie muss daran denken, wie viel sie durchstehen mussten, um jetzt hier zu stehen. Vielleicht musste das alles auch sein, damit sie schätzen, was sie jetzt haben.

Als sie an die Brüder herantreten, die vor dem Padre stehen, der andächtig in die Kirche schaut, dreht sich Bella zu ihrem Bruder. Juan gibt seiner Schwester einen Kuss auf die Stirn, dann sieht er Paco in die Augen und legt Bellas Hand in Pacos.

Es ist ganz still in der Kirche, dies ist der Moment in dem sich die Familias offiziell verbünden. Bella tut es einfach nur gut Paco zu spüren, der sie anlächelt. Er scheint zu spüren, dass sie ganz aufgebracht ist, doch noch darf er sie nicht zu viel berühren. Neben ihr finden sich Jennifer, Sam und Sara ein. Ihre Trauzeugen, Pacos Brüder und Mano sind seine. Der Padre sieht zufrieden in die volle Kirche und begrüßt alle. Es gibt eine Predigt, wie sie bei allen Hochzeiten gehalten wird, doch als der Padre beginnt, merkt man schnell, dass er dieses Mal etwas vom üblichen Ton abschweifen wird, auch er weiß um die Besonderheit dieses Augenblickes.

Er erzählt davon, wie er sie beide schon als kleine Kinder in der Kirche hatte, niemals hätte er gedacht, dass genau sie sich jetzt hier das Jawort geben. Es nimmt allen die angespannte Stimmung und Bella ist ihm sehr dankbar dafür. Als er dann aber zum wesentlichen Teil kommt und ihnen die Ehegelübde abnimmt, hört Bella es hinter sich oft schluchzen, auch Sara neben ihr weint leise, doch Bella nicht mehr. Sie sieht Paco glücklich in die Augen und vergisst alles um sich herum, als er ihr ihren Ehering ansteckt und sie dabei mit seinem geliebten schiefen Grinsen anstrahlt. Das ist es, das ist das, für was sich all die Mühe gelohnt hat, ihre Liebe füreinander.

Der Padre nimmt ihre beiden Hände in seine und segnet die nun durch Gott geschützte Ehe. Er hat gerade seinen letzten Segen gegeben und sieht zufrieden auf sie herunter, als Paco es nicht mehr aushält. »Darf ich die Braut jetzt endlich küssen?« Ein lautes Lachen erfüllt die gesamte Kirche, auch der Padre lächelt. »Du darfst mein Sohn, mit Gottes Segen.« Paco dreht sich zufrieden zu Bella um und legt seine Hand an ihre Wange. »Ich liebe dich, mein Engel!« Der erste Kuss als Eheleute wird von lautem Applaus aus der gesamten Kirche begleitet. Bella schmiegt sich zufrieden an ihren Mann.

Es wird ein schönes Fest, alles ist, wie Bella es sich immer gewünscht und erträumt hat. Sie haben extra für diesen Anlass die drei Gärten der Brüder zusammengelegt, und die riesige Fläche ist wunderschön geschmückt. Paco und Bella haben kaum Zeit durchzuatmen, sie werden von allen Seiten beglückwünscht, es werden Tausende von Bildern geschossen, sie erhalten unzählige Geschenke. Beim Kuchen anschneiden hat Bella schon fast die Befürchtung, die riesige Torte wird nicht reichen für die unglaubliche Anzahl an Gästen, die gekommen sind. Zum Glück treten ihre Befürchtungen nicht ein, alle sind zufrieden. Bella merkt schnell, was es heißt, dass nun diese beiden Familias zusammengehören. Sie kann sich nicht vorstellen, dass es jemals wieder einen Angriff auf diese Menge an Männern geben wird.

Als es dunkel wird, sagt Paco, dass sie eine Rede halten müssen. Er nimmt Bella mit in ihr Haus und führt sie auf das Dach. Bella ist so aufgeregt und ergriffen von dem Tag, dass sie gar nicht fragt, was er jetzt auf dem Dach will. Bevor sie die Tür dazu öffnen, zieht Paco Bella noch einmal in seine Arme. »Habe ich dir schon gesagt, wie wunderschön du bist?« Bella lacht und kuschelt sich an ihren Mann. In dem Moment merkt sie, wie müde sie ist, nachdem all diese Anspannung von ihr abgefallen ist. »Hast du, mehrmals. Ich liebe dich!« Paco gibt ihr einen Kuss und führt sie dann auf das Dach, wo schon ein kleiner Tisch mit zwei Sektgläsern bereitsteht, also war das offensichtlich geplant.

Paco gibt ihr ein Glas und führt sie zum Rand des Daches, von dem aus sie auf alle versammelten Gäste herunterblicken können. Er legt den Arm um Bella und sieht zur Uhr. Dann pfeift er laut und trotz der Musik hören ihn einige und stellen die Musik ab, sodass sie nun die gesamte Aufmerksamkeit der Gäste haben.

Paco bedankt sich bei allen für das Kommen und sieht dann zu Juan. Er bedankt sich noch einmal bei ihm, dass er ihm seine Schwester anvertraut. Paco weiß, wie viel Bella ihrer Familie bedeutet. »Es werden ab jetzt neue Zeiten anbrechen, ich bin glücklich, dass ihr alle hier versammelt seid, um das mit uns zu feiern!« Er hebt sein Glas, alle Gäste und auch Bella erheben ihres ebenfalls. »Ich danke Gott dafür, dass er mir einen Engel geschickt hat, den ich heute zu meiner Frau nehmen durfte.« Glücklich gibt er Bella einen Kuss.

»Gott schütze unsere Familien/Que dios bendiga nuestra familia!«

Jeder einzelne Gast wiederholt Pacos Worte und sie trinken einen Schluck. In diesem Moment beginnt über ihnen ein wunderschönes buntes Feuerwerk. Bella schaut fasziniert in den Himmel, das hatte sie gar nicht geplant.

Paco lächelt über ihr erstauntes Gesicht und küsst sie erneut.

»Auf unsere Zukunft!«

Das Kennenlernen von Sam und Miko

Auch dieses Ereignis wollten die Leser gerne noch einmal genauer beschrieben haben.

»Ey, du hast gerade unseren Teil betreten!« Chico wirft die zusammenge-knüllte Alufolie nach Miko. Sie beide sehen sich gerade die neue Grenze an, die sie seit ein paar Tagen neu festgelegt haben, nachdem sie die neutrale Zone ansonsten nicht richtig bewachen konnten und die Übergriffe auf sie immer schlimmer wurden. »Wie viele von diesen beschissenen Hot Dogs isst du am Tag eigentlich?« Miko weicht der Folie aus und Chico schnalzt die Zunge. »Es gibt nichts Besseres!« Miko mag den frechen Surena, auch wenn sie streng genommen Feinde sind, aber die Umstände zwingen sie zur Zeit zu einer Zusammenarbeit mit ihnen und da Chico und er am wenigs-ten Probleme miteinander haben, läuft es fast alles über sie beide.

Sie sehen sich die Geschäfte an, die an der neuen Grenze stehen. Die Läden in dieser Stadthälfte haben Miko noch nie sonderlich interessiert, in einigen war er sogar noch nie drin. Chico lenkt seinen Blick auf einen Mann, der im feinen Anzug über die Straße läuft und direkt ein Geschäft ansteuert. Egal wie teuer sein Anzug wirkt, man sieht ihm sofort an, dass er Dreck am Stecken hat, deswegen folgen die beiden ihm. Sie wissen noch immer nicht, wer für all die Übergriffe verantwortlich ist und gehen jeder Auffälligkeit nach.

Als der Mann im Laden verschwindet, fasst Miko sich unbewusst in den hinteren Hosenbund. Er vergisst seine Waffe nie, trotzdem kann er sich das nicht abgewöhnen. Sie gehen in den kleinen Klamottenladen der Miko vor-her noch nie aufgefallen war. Der Laden ist eng, es gibt einen Tresen, und die Seiten sind vollgehängt mit unzähligen Kleidungsstücken. Ein paar Spiegel hangen noch an den Wänden, sonst gibt es nichts weiter außer einer zierlichen Frau, die gerade neue Ware aufhängt und hinter der dieser Mann nun steht und auf sie einzureden scheint. Als Miko und Chico eintreten, blickt sich die Frau zu ihnen um, auch der Mann wendet seinen Blick zu ihnen.

»Hast du dir jetzt auch noch Verstärkung geholt?« Die Frau zeigt genervt zu ihnen. Miko hat die Frau noch nie gesehen, sie ist klein und schlank, sie trägt ihre Haare kurz und sie hat ein niedliches Gesicht, wobei ihre großen Augen am meisten herausstechen. »Ich kenne die beiden nicht, aber ich bin sicher, sie sind genau das, was ich meine!« Der Mann sieht sie drohend an. Chico schüttelt grinsend den Kopf, als er auf den Mann zugeht. »Dafür, dass du hier gerade in unserer Stadt bist, hast du ja eine ziemlich große Klappe. Ich habe dich hier noch nie gesehen, woher kommst du?« Der Mann ignoriert sie einfach und wendet sich wieder an die Frau. »Nicht einmal eine Woche, bravo Sam, du wolltest ja nicht auf mich hören!«

Die Frau verdreht nur genervt die Augen und beginnt weiter ihre Kleidungsstücke auszuräumen. »Die sind doch von dir engagiert, ein wirklich billiger Versuch. Und jetzt verschwinde und nimm deine Freunde gleich mit, ich habe zu tun.« Miko reicht das Theater langsam, er geht direkt auf den Mann zu. Chico scheint das alles nur zu amüsieren, er sieht ihnen zu. Miko packt den Mann am Kragen seines Anzuges und sieht ihm ernst in die Augen. »Hast du nicht verstanden? Woher du bist und was du hier willst?«

Nun hat er die volle Aufmerksamkeit des Mannes und auch die der Frau. Der Mann sieht ihn etwas verängstigt an. »Wir kommen von zwei Städten weiter. Meine Freundin hat letzte Woche ...«, die Frau unterbricht ihn, »Ex-Freundin, Ex!!« Der Mann wirft ihr einen bösen Blick zu. »Sie hat hier letzte Woche den Laden aufgemacht und ich versuche ihr beizubringen, dass es keine gute Idee ist, was sich ja gerade bestätigt.« Miko lässt ihn los, offensichtlich doch keine neue Spur. Er sagt dem Mann, er soll ihm seine Hände zeigen und diese auch drehen, damit er nach einer Plaka Ausschau halten kann, doch er trägt keine.

Jetzt meldet sich Chico auch mal wieder zu Wort. »Wieso ist das keine gute Idee, die beste Idee, die sie hatte, nach der, dich zu verlassen.« Der Mann sieht wütend zu Chico, der es liebt andere Menschen zu provozieren. »Sierra ist eine wunderschönen Stadt und wir heißen sie herzlich willkommen, Mylady!« Er macht einen angedeuteten Knicks und nun verdreht Miko genervt die Augen. Der Mann will noch etwas sagen, doch Miko zeigt zur Tür. »Sie hat ihnen gesagt, sie sollen verschwinden, tun sie uns allen den Gefallen und machen sie das auch, wir wollen nicht nachhelfen müssen!« Er ist sauer. Jedes Mal, wenn in ihm die Hoffnung aufkeimt, er hätte eine Lösung für dieses Problem stellt sich heraus, dass sie immer noch nicht weiter sind. Der Mann geht weg, doch dreht sich noch einmal zu der Frau um. »Wir sprechen uns noch, Sam!«

Miko dreht sein Cap genervt andersherum und schnippt den Zahnstocher weg. Seit er sich das Rauchen abgewöhnt hat, ist das seine Ersatzdroge. Er will dem Mann folgen, auch Chico kommt mit zur Tür, da wendet sich die Frau noch einmal an sie. »Ihr gehört zu diesen Familias, oder? Die hier wohnen?« Miko dreht sich noch einmal zu ihr um. Sie ist hübsch, aber er hat jetzt keine Zeit und keine Nerven für so etwas. »Ja, warum?« Die Frau kommt näher. »Wollt ihr Geld von mir, damit ihr meinen Laden schützt?« Chico lehnt sich an die Theke, Miko will einfach nur raus hier, der Laden ist so klein, dass er Platzangst bekommt. »Die Läden in der Stadt sind so oder so durch uns geschützt.« Miko sieht sich um. »Was willst du hier schützen? Da wird nichts passieren, keine Sorgen!«

Die Frau blickt etwas wütend zu ihm. »Ich meine es ernst, ich bezahle euch dafür, dass ihr dafür sorgt, dass ich hier meine Ruhe habe, ein paar Wochen dürften genügen.« Miko muss lachen. »Du kannst uns gar nicht bezahlen!« Die Frau scheint es ernst zu meinen und funkelt ihn böse an. Sie gefällt Miko, auch wenn sie nicht ganz dem Typ von Frau entspricht, der ihn sonst immer reizt. »Lass das mal meine Sorge sein.« Chico geht an ihm vorbei aus dem Laden und klopft ihm dabei auf die Schulter. Miko hat keine Zeit für solche Sachen, aber sie ist eine Frau, und der Mann scheint vorhin sehr wütend gewesen zu sein, er wird wiederkommen. »Wir nehmen kein Geld von dir, aber da du jetzt in unserer Stadt bist, werde ich ab und zu mal vorbei kommen und nachsehen, ob alles in Ordnung ist.«

Ohne ihre Meinung dazu abzuwarten verlässt Miko den Laden, reine Zeitverschwendung mal wieder. Chico wartet auf ihn. »Es hat geknistert zwischen euch, ich wollte nicht stören.« Miko wirft ihm einen fragenden Blick zu. »Quatscht ihr Surenas alle so einen Mist? Ich komme mit zur Uni. Bella hat gleich Schluss, aber vorher muss ich noch Popcorn besorgen.«

Nachdem er seine Cousine abgeholt hat, fahren sie zum Einkaufszentrum. Bella ist in letzter Zeit nur noch traurig. Miko hasst es sie so zu sehen und will versuchen sie wieder etwas aufzuheitern. Von Weitem sieht er zu Sams Laden. Er beobachtet, wie sie gerade die Schaufenster dekoriert. Er hat für so etwas keine Zeit, doch er weiß nun davon und kann es auch nicht komplett ignorieren. Also sieht Miko am nächsten Tag, kurz bevor er Bella abholt, bei dieser Sam im Laden vorbei. Als sie ihn entdeckt, nickt er ihr zu, sie ist gerade mit Kunden beschäftigt und Miko setzt sich an die Kassentheke, an der einige Hocker stehen.

Als sie den Kunden etwas verkauft hat, kommt sie zu ihm, sobald diese den Laden verlassen haben. »Das ist nett, dass du dir die Mühe machst, heute war er zum Glück noch nicht da. Ich will nur, dass er sich endlich aus meinem Leben heraushält!« Sie bietet ihm einen Kaffee an, doch Miko lehnt ab. »Hast du etwas Kaltes?« Sam stellt ihm eine kalte Cola hin und Miko nimmt einen Schluck. Er mustert die zierliche Frau, sie hat etwas Besonderes an sich, auch wenn sie nicht die Art von Frau ist, die Miko normalerweise bevorzugt. »Wie kommt es, dass du hier gelandet bist, und seit wann bist du von dem Kerl getrennt?« Sam legt das eben verdiente Geld in die Kasse.

»Es ist nicht so, dass ich ihn jemals wollte, es ist eher so, dass ich nie wusste, was ich wirklich will. Zumindest habe ich es mich nie getraut. Ich habe mich nicht mal gewagt meine Haare abzuschneiden, weil meine Mutter wollte, dass ich lange Haare habe. Sie haben ihn mir vorgestellt, also war es nicht wirklich meine Wahl. Aber irgendwann hatte ich das Gefühl zu ersticken, habe meine Haare abgeschnitten und bin hierher, um den Laden aufzumachen, so ist die kurze Fassung der Geschichte.« Sam schenkt ihm ein freches Lächeln und jetzt entdeckt Miko, was sie so besonders macht. An ihren beiden Wangen sind niedliche Grübchen und ihr Lächeln lässt ihn sofort ebenfalls schmunzeln.

»Eine Rebellin also?« Sam lacht und holt einen Karton unter der Theke hervor, worin sich wieder neue Klamotten befinden. »Na ja, zumindest gehe ich jetzt meinen eigenen Weg und ich möchte, dass man das respektiert.« Eine neue Kundin betritt das Geschäft. Miko sieht noch einmal in die großen Augen der frechen Sam. Er nimmt ein Papier und einen Kugelschreiber. »Ich bin weg, ich komme morgen wieder, wenn etwas ist, ruf hier an. Sollte er auftauchen, melde dich und ich komme, du musst ihn nur so lange hinhalten.« Sam nimmt seine Nummer und sieht ihn dankbar an. »Danke, das mache ich!«

Miko geht Bella abholen, seine Gedanken sind aber immer wieder bei dieser Sam und am nächsten Tag verbringt er mehr Zeit bei ihr im Laden. Sie hat eine Kleinigkeit zum Essen gemacht, es ist nicht viel los in ihrem Geschäft. Miko erfährt, dass sie über dem Laden eine kleine Wohnung hat und bekommt auch etwas mehr über ihr bisheriges Leben in der anderen

Stadt mit. Sie ist wohlbehütet als Einzelkind aufgewachsen. Kein Wunder, dass sich ihre Eltern bei allem eingemischt haben, was ihre Zukunft betrifft.

Sam beginnt ihn über die Familias auszufragen und Miko erzählt ihr bereitwillig davon. Er ist stolz, was er ist und zu wem er gehört. Als sie nach Chico fragt, erzählt er ihr auch von den Surenas und dass ihr Laden normalerweise in die neutrale Zone gehört und warum es gerade nicht so ist. Dafür, dass sie aus so einer anderen Welt kommt, reagiert Sam ziemlich unerschrocken auf all das, im Gegenteil, sie scheint sehr interessiert. Als Miko los muss und ihr erklärt, dass er seine Cousine abholt, lächelt sie wieder mit ihren Grübchen. »Du bist ein guter Mensch, Miko.« Miko setzt sich sein Cap auf und zwinkert ihr zum Abschied noch einmal zu. »Da irrst du dich.«

Es macht ihm richtig Spaß zu Sam zu gehen und als er am nächsten Tag sogar schon früher losfahren will, fängt ihn sein Cousin Juan unterwegs ab, als er ihm mit Absicht fast in den Kofferraum fährt. Er hält neben ihm und kurbelt das Fenster herunter. »Wohin, du Sack?« Miko hat keine Lust auf Juans Kommentare, doch sein Cousin ist viel zu neugierig, um es nicht früher oder später von allein zu erfahren. »Chico und ich haben eine Frau getroffen, die unsere Hilfe braucht und ich sehe nach, ob alles in Ordnung ist.« Juan zieht die Augenbrauen zusammen. »Dir und Chico ist aber schon noch klar, dass wir Feinde sind?«

Zum Glück stürzt sich Juan auf das und überhört die Frau, was ihn aber nicht daran hindert, neben Miko zu Sams Laden zu fahren und mit ihm über die Autoscheiben hinweg zu reden, als würden sie einen gemütlichen Spaziergang zusammen machen. Juan hat im Einkaufszentrum zu tun, hält aber neben Mikos Auto. Sam steht vor dem Laden und redet mit einer Frau. Juan sieht etwas verblüfft zu Miko. »Okay, stehst du auf sie?« Miko schnipst seinen Zahnstocher gegen Juans Stirn. »Wie kommst du auf so einen Scheiß?« Juan grinst wissend. »Tust du, sonst wäre deine Antwort gewesen 'Zum Spaß haben ist sie nicht schlecht.' Mach dir keinen Kopf deswegen, irgendwann erwischt es alle.« Miko zeigt seinem Cousin mit einem Finger, was er davon hält und der lacht laut los. »Denk an meine Worte.« Juan fährt weiter. »Niemals, nicht mit mir«, ruft Miko ihm hinterher und hört noch immer Juans Lachen.

Natürlich haben sie so Sams Aufmerksamkeit bekommen. Als er zu ihr kommt, sieht sie ihn fragend an. »Familie«, erklärt er knapp und folgt ihr in den Laden. Heute hat Sam das erste Mal keine schwarze Hose und ein Shirt an wie sonst immer, sondern eine Jeansshorts und eine enge Bluse. Als sie ihm etwas zu trinken holt, lässt Miko seinen Blick über ihre Beine wandern. Sie ist einfach süß. Er kann nicht sagen, dass er sie übertrieben sexy findet, wie die langhaarige, wohlgeformte Cela, die er letztes Wochenende beglückt hat, trotzdem gefällt sie Miko. Er entdeckt ein Muttermal auf ihrer Wade und sogar das findet er niedlich. Miko will gerade wegsehen, da dreht sich Sam um und bemerkt seinen Blick auf ihr. »Gefunden, was du gesucht hast?«

Miko mag Sam, er mag ihre freche Art, ihr Selbstbewusstsein, sie ist wirklich anders als die Frauen, die er bisher kennengelernt hatte. Wieder beginnen sie, sich zu unterhalten und Miko bemerkt gar nicht wie die Zeit vergeht, er genießt die Zeit mit Sam etwas zu sehr, muss er sich eingestehen. Als Bella ihn anruft, ist es eigentlich noch viel zu früh um sie abzuholen, doch sie sagt, sie hat früher Schluss. Also verabschiedet er sich von Sam und geht aus dem Laden. Er will gerade in sein Auto steigen, als er aus dem Augenwinkel sieht, wie jemand den Laden betritt. Er könnte schwören, dass es wieder dieser Ex von ihr ist. Miko flucht, er muss Bella abholen, da fällt ihm ein, dass sich Chico bestimmt dort in der Nähe aufhält. Er ruft ihn an und bittet ihn Bella zu bringen. Chico sagt sofort, dass es in Ordnung ist und Miko erkennt, dass er sich auf ihn verlassen kann, auch wenn er ein Surena ist.

Miko eilt zum Laden und kommt gerade herein, als der Ex von Sam sie unsanft an den Armen hält, rüttelt und sie anschreit. Auch wenn Miko schnell ist, kann er es nicht verhindern, dass der Typ ausholt und Sam mit voller Wucht ins Gesicht schlägt. Keine Sekunde später zieht Miko ihn von ihr weg und knallt seinen Kopf auf den Verkaufstresen. »Du verdammter Bastard, hat sie dir nicht gesagt, dass du verschwinden sollst, was verstehst du an den Worten nicht?« Der Mann ist wie beim letzten Mal ohne Respekt. »Nur weil du sie jetzt durchnehmen willst?« Miko dreht ihn zu sich um. »Wen ich durchnehme oder nicht, geht dich einen Scheiß an. Was dich aber zu interessieren hat, ist, dass du ab sofort deine Finger von Sam nimmst. Sie steht unter meinem Schutz.«

Der Mann versucht sich freizumachen und Miko gibt ihm mit voller Wucht einen Schlag. Er hofft, dass es ihm dreimal so sehr wehgetan hat wie sein Schlag gegen Sam, die sich ein Taschentuch an die Nase hält und blutet. »Hast du verstanden? Sie steht unter dem Schutz der Trez Puntos, also halte dich von ihr fern, kapiert? Oder soll ich dir das ganze noch einmal in die Stirn schneiden, damit du das auch nicht vergisst?« Miko will ein Messer aus der Tasche ziehen, doch der Mann zuckt zusammen. Sam kommt zu Miko und hält seine Hand in der Bewegung fest. »Es reicht, ich glaube er hat es verstanden«, murmelt sie leise und schneller als sie beide gucken können, ist der Mann aus dem Laden verschwunden.

Miko dreht sich zu Sam, die ganz nah bei ihm steht und nimmt ihr das Taschentuch von der Nase. »Zeig mal.« Vorsichtig tastet er ihre Nase ab und fragt, ob es ihr wehtut, doch sie schüttelt den Kopf. Erst als er ihre Wange berührt, zuckt sie zusammen. »Das wird sicherlich blau werden.« Sam antwortet nicht, erst jetzt bemerkt Miko, dass sie ihm in die Augen sieht. »Danke.« Miko lässt seine Hand an ihrer Wange und sieht ihr auch in die Augen. Sie hat wirklich schöne Augen und er kann es nicht lassen.

Er beugt sich zu ihr hinunter und drückt vorsichtig seine Lippen auf ihre. Sam erwidert seinen Kuss sofort. Miko ist normalerweise viel stürmischer, doch er will ihr nicht wehtun, ihre Wange wird sicherlich noch brennen. Zudem genießt er es sie zu küssen, also dehnt er den Kuss lange und zärtlich aus. Es fühlt sich gut an, er mag ihren Geschmack, die Wärme ihres Körpers und er hat nicht vor, diesen Kuss zu beenden. Auch Sam scheint nicht daran zu denken, bis es draußen hupt und er Chico rufen hört. »Punto, ich habe hier etwas für dich!«

Als Miko an dem Abend im Cielo ist, muss er noch oft an den Kuss denken. Er ist danach noch mit Bella bei Sam geblieben, die beiden haben sich auf Anhieb gut verstanden. Allerdings weiß Miko nicht, ob er jetzt noch zu Sam gehen soll, eigentlich hat sich das Problem mit dem Kerl jetzt erledigt, aber Miko würde gerne wieder hingehen. Er tut es dann am nächsten Tag auch, obwohl er sich dabei etwas dumm vorkommt. Sam aber scheint es zu freuen, mehr noch, sie hat offensichtlich sogar damit gerechnet und für ihn eine Portion Essen mitgekocht.

So verbringt er die restliche Woche auch jeden weiteren Tag bei Sam, sie unterhalten sich, es macht ihm auch nichts aus, wenn Kunden kommen und sie etwas anderes zu tun hat, er beobachtet sie gerne dabei. Chico bringt nun Bella immer zu Sam in den Laden, manchmal bleibt er auch ein paar Minuten, jeder mag Sam, was verständlich ist, sie hat eine sehr lockere Art an sich. Doch noch einmal so nah gekommen sind sie sich nicht, auch wenn sie sich immer besser kennenlernen. Miko hat niemals über eine

Beziehung nachgedacht, Sam ist so gar nicht sein Typ, aber sie fesselt ihn so sehr, dass er immer wieder zu ihr kommt.

Am Wochenende sitzen sie gerade im Punto-Haus, Miko und Raul zeigen den anderen die neuesten Waffen, die sie sich besorgt haben, als Bella mit Sam zusammen erscheint. Verwundert sieht er beide an. »Was machst du hier?« Sam scheint das etwas unangenehm zu sein. »Ich habe sie eingeladen als Dankeschön für die Klamotten, wieso fragst du?« Tito lehnt sich zurück. »Willst du uns nicht deine Freundin vorstellen, Princesa?« Miko kommt ihr zuvor. »Das ist Sam!« Vielleicht etwas zu scharf, aber Titos Unterton hat ihm nicht gepasst. Sam und Bella ziehen gleichzeitig die Augenbrauen hoch. »Habt ihr noch etwas von dem Gegrillten?« Juan grinst breit und zeigt in die Küche. »Es ist noch viel da, bedient euch, ihr Hübschen!«

 Als die beiden Frauen verschwunden sind, schlägt Juan ihm auf die Schulter. »Keine Sorge, sie gehört dir, Tito sie gehört zu Miko!« Miko will gerade etwas einwerfen, da lacht Raul los und Tito schnalzt die Zunge. »Es ist wie eine Krankheit, irgendwann erwischt es jeden!« Miko wirft allen einen bösen Blick zu. »Ihr quatscht nur Blödsinn!« Als Sam und Bella wiederkommen, setzen sie sich zu ihnen. Auch wenn Miko am Anfang verwundert war, so gefällt es ihm nach einer gewissen Zeit, dass Sam da ist. Sie versteht sich mit den Anderen und Miko genießt es, sie neben sich zu haben, hier im Punto-Haus.

Als Sam danach nach Hause fahren will, begleitet er sie noch zu ihrem Auto. Er erklärt ihr, wie das Punto-Gebiet aufgegliedert ist und weil sie Interesse hat, zeigt er ihr, wo er wohnt. Natürlich erhofft er sich mehr, als sie in sein Haus kommen. Er hat keine Probleme damit, den Chicas zu zeigen, was er vorhat, doch bei Sam hat er Hemmungen etwas falsch zu machen. Allerdings braucht er den ersten Schritt gar nicht zu machen, sie wendet sich, sobald sie einen Blick durch sein Haus geworfen hat, zu ihm um. »Ich habe oft an unseren Kuss gedacht.« Sam lächelt Miko mit ihren süßen Grübchen an, er hat ständig daran gedacht, doch anstatt ihr das zu sagen, zeigt er es ihr und küsst sie erneut.

Auch wenn ihre Wange wieder gut aussieht, ist er langsam und zärtlich zu ihr, doch sie übernimmt die Führung und vertieft den Kuss so schnell und so heftig, dass Miko die Kontrolle verliert, sie auf den Tisch setzt, um sie noch enger an sich zu spüren. Sam scheint es gar nicht abwarten zu können, sie nimmt sein Cap ab, zieht ihm das Shirt aus und sich auch gleich. Miko ist davon etwas überrumpelt, doch es gefällt ihm, die Frau weiß, was sie will. Sam trägt keinen BH, sie hat keine großen Brüste wie die Frauen, die er bisher hatte, doch als er sie in den Mund nimmt und sie schmeckt, liebt er sie trotzdem.

Er bekommt richtig Angst sie zu zerbrechen, als sie sich stöhnend in seine Arme schmiegt, während er sie verwöhnt, doch als sie beginnt, ihm die Hose zu öffnen, weiß er, dass er keine Angst haben muss, egal wie zart diese Frau ist, sie weiß, was sie will. Miko nimmt sie erneut hoch und bringt sie zu seinem Bett, wo sie alle Hüllen fallen lassen. Er verwöhnt sie und auch wenn er spürt, dass er sie dabei quält, weil sie ganz ungeduldig darauf wartet, ihn endlich richtig zu spüren, lässt er sich viel Zeit. Er erkundet jeden Zentimeter ihres Körpers und stellt fest, dass ihm alles gefällt.

Allerdings wird nichts aus dem Weiterquälen, denn plötzlich macht sich Sam los und setzt sich auf ihn. Lächelnd beginnt sie sein Spiel zu spielen, dabei ist sie noch gerissener als er. Als sie seine empfindlichste Stelle liebkost, murmelt er leise einen Fluch und krallt sich in ihren kurzen Haaren fest, diese Frau ist unglaublich. Sam ist es letztlich, die sie beide erlöst, als sie ihn tief in sich aufnimmt und sich auf ihm zu bewegen beginnt. Miko genießt es und als sein Blick über die erhitzte Sam geht, weiß er nicht, ob er schon jemals etwas Schöneres gesehen hat.

»Das war gut, genau das habe ich gebraucht!« Miko kommt kaum wieder zu Atem und will gerade nach Sam greifen, um sie in seine Arme zu ziehen, da steht sie auf und beginnt sich anzuziehen. »Was tust du da?« Miko setzt sich auf. So schnell, wie sie sich ausgezogen hat, ist Sam wieder angezogen. »Ich muss los, es ist schon spät, komm mal wieder im Laden vorbei.« Sie wirft ihm einen Luftkuss zu und ist schon verschwunden.

Miko lässt sich ins Kissen zurückfallen. Jeder Mann würde sich jetzt freuen, optimal, sie wollte nur Sex, er wünschte sich bei so mancher Chica, man würde sie so leicht loswerden, doch das eben von Sam macht ihn sauer. Sie wollte nur Sex! Sollte ihn das stören? Nein, natürlich nicht, doch das tut es.

Am nächsten Tag würde Miko gerne zu Sam in den Laden fahren, doch er denkt nicht daran. Sie hat zu ihm gesagt, er kann mal vorbeikommen, sie will gar nicht, dass er bei ihr ist. Irgendwann zieht ihn Juan zur Seite. »Entweder du sagst jetzt, wieso du den ganzen Tag schon so pissig drauf bist oder ich erschieße dich!« Miko schlägt den Arm seines Cousins weg und setzt sich auf einen Stuhl. Wieso sollte er Juan nicht sagen was Sache ist, wenn einer weiß, was er tun könnte, dann er. Immerhin ist er der Einzige von ihnen, der schön länger eine Freundin hat. Auch wenn er es nicht gerne macht, erzählt er Juan von der Situation und das er sich komisch dabei fühlt, er sollte doch zufrieden sein, wie es gelaufen ist. »Willst du mehr von ihr als Sex?« Juan bringt es danach sofort auf den Punkt.

Miko zuckt die Schultern. »Ich weiß nicht so genau, vielleicht.« Juan nimmt sein Handy aus der Tasche. »Dann musst du Blumen kaufen!« Miko blickt zu seinem Cousin auf. »Was?« Juan ignoriert ihn und spricht ins Handy. »Carlos, Juan hier … Nein nicht wieder ein Notfall, also zumindest nicht für mich. Nimm fünfzig deiner schönsten roten Rosen und bring sie zu dem neuen Klamottengeschäft in der Achalli-Straße. Sie sind für eine Sam, sag nicht wer sie schickt und ich bezahle beim nächsten Mal die Rechnung.«

Miko schüttelt den Kopf »Was soll das, du Idiot, was soll das bringen?« Juan legt auf und zwinkert ihm zu. »Ich weiß nicht wieso, aber egal was schief läuft, Blumen machen alles wieder gut. Ich bin Carlos' bester Kunde.« Wenigstens bringt er Miko wieder zum Lachen. Am späten Nachmittag macht er sich dann doch noch auf den Weg zu Sams Laden, er kann es nicht lassen. Als er dort ankommt, steht ein Mann am Tresen und ist gerade in ein Gespräch mit Sam verwickelt. Miko sieht auf die Blumen, die zwischen ihnen stehen. Die Art wie der Mann Sam anhimmelt, gefällt ihm nicht. Als Sam Miko entdeckt, lächelt sie. Der Mann entdeckt Miko und steht auf. »Okay, also überlege dir das mit dem Essen.« Sam zeigt auf die Blumen. »Vielen Dank noch einmal für die Geste.«

Miko beginnt laut zu lachen und schlägt dem Mann etwas fester auf die Schulter. »Wer bist du, Carlos?« Sam sieht ihn an als wäre er geistesgestört. »Nein, das ist mein Lieferant Doran, wie kommst du auf einen Carlos?« Miko kann nur über diesen Witzbold neben ihm lachen. »Ach so und dann dachtest du, du gibst die Blumen als deine aus und punktest so bei ihr, wieso schickst du ihr nicht selber welche?« Der Mann läuft rot an. »Ich habe ihr nicht gesagt, dass ich sie geschickt habe. Ich kam rein und sie hat sich so gefreut und bedankt, ich wollte sie nicht enttäuschen.«

Nun sieht Sam wütend zu dem Lieferanten. »Natürlich dachte ich, sie sind von dir und wieso machst du dann deinen Mund nicht auf?« Miko ist das Lachen vergangen, sie hat sich gefreut und war glücklich, weil sie angenommen hat, sie kommen von einem anderen Mann. Er dreht sich einfach um und geht, dabei schmeißt er die Kisten, die der Lieferant offensichtlich vorhin abgestellt hat, wütend um. Er hat sich genug zum Hampelmann gemacht, es reicht!

Sobald er zuhause ist, geht er unter die Dusche. Er lässt solange das heiße Wasser über sich laufen, bis er keine Gedanken mehr daran verschwendet. Das ändert sich leider sofort, als er die Dusche ausstellt und es laut gegen die Tür klopfen hört.

Miko bindet sich ein Handtuch um und öffnet die Haustür, sofort kommt eine wütende Sam hereingestürzt und hält ihm die Blumen hin. »Wieso tust du das?« Miko knallt die Tür lässig zu und geht zur Küche, um sich ein Glas Wasser zu nehmen. Sam folgt ihm aufgebracht. »Was? Blumen schicken? Steht darauf jetzt eine Strafe oder bist du so wütend, weil sie von dem Falschen kommen?« Sam hält ihn am Arm fest und er dreht sich zu ihr um.

»Natürlich dachte ich, dass sie nicht von dir sind, ich habe dem Lieferanten aber gesagt, dass ich das zwar nett finde, ich aber kein Interesse habe. Wie sollte ich wissen, dass die Blumen von dir sind, ich hätte mich darüber gefreut, natürlich. Vom ersten Tag an hast du mir gefallen, ich dachte ... ich würde ... also du hättest auch Interesse, besonders nach unserem Kuss, doch dann hat mir Bella, als ich sie ausgefragt habe, gesagt, dass du kein Interesse an etwas Ernstem hast und ihr nur alle euren Spaß haben wollt, also habe ich das Ganze versucht zu vergessen. Gestern habe ich auch versucht nur so zu denken, dass wir unseren Spaß haben, aber im Auto auf der Rückfahrt habe ich mir gewünscht, dass ... ich meine ... ich habe damit überhaupt nicht ...«

Miko unterbricht sie mit einem Kuss. Ihr kleines verwirrtes Geständnis hat sein Herz schneller schlagen lassen, er weiß nicht, ob er eine feste Beziehung führen kann, doch er weiß, dass er es mit ihr probieren will. »Starten wir noch einmal neu?« Miko muss grinsen, auch Sam lächelt wieder, wobei sie sich an ihn schmiegt und traurig auf die mittlerweile ziemlich verwüsteten Rosen schaut. »Sie sind alle kaputt, das tut mir leid, sie waren so schön.« Miko lacht und hebt Sam auf die Küchenanrichte.

»Ich kaufe dir neue. Meine Cousine hat recht, ich wollte nie etwas Ernstes, aber ich möchte es mit dir versuchen ... Ich denke, von nun an hat Carlos der Blumenhändler einen neuen Stammkunden.«

Fragen an die Autorin 2013

1. Ist es Fiktion, dass es einen "engeren Kreis" von Vertrauten in den Familias gibt oder beruht dies auf der Realität?

Das ist ganz unterschiedlich, keine Familia ist genauso strukturiert wie die anderen. Ich weiß, dass es in einigen so gehandhabt wird, dass die Mitglieder zum engeren Kreis gehören, die in die Familia geboren werden, wie es bei den Trez Puntos und den Les Surenas ist, mit kleinen Ausnahmen wie z. B. Mano. Aber es ist nicht in jeder Familia so. Viele haben andere Strukturen und Aufnahmerituale.

2. Ist der Aspekt der Familias in Llora por el amor aus Bellas Sicht aus einem bestimmten Grund nicht so detailliert beschrieben? Wenn ja, welcher?

Ja natürlich, weil sie als einzige Frau der inneren Kreise kein großes Interesse an diesem Leben hat. Sie liebt ihre Familie, ihre Familia, doch sie hat kein sehr großes Interesse an diesem 'Familia-Leben', was im Buch ja öfter ersichtlich wird. Ihr Bruder und die Cousins regen sich ja immer über ihren Leichtsinn im Umgang mit dem Thema auf. Ich denke, auch nur aus diesem Grund hatte sie den Mut, Paco näher zu kommen. Deswegen wird es aus Bellas Sicht nicht so detailliert beschrieben, wie, wenn es aus der Sicht von einem der Männer geschrieben ist, da es für sie nicht so relevant ist.

3. Welches Buch aus der Llora por el amor-Reihe ist Ihr persönliches Lieblingsbuch?

Jedes Buch der Llora por el amor-Reihe hat für mich seine Besonderheit. Natürlich ist und bleibt das erste Buch 'Weine aus Liebe' für mich immer etwas Besonderes und 'Nueva era' ebenfalls, da es für mich eine neue Ära in dieser Buchreihe einläutet.

4. Dass die Familias in Llora por el amor keine "dreckigen Geschäfte", sprich Prostitution und Frauenhandel betreiben, rechtfertigt jedoch meines Erachtens nicht die anderen Dinge wie z.B. Waffendeals, oder sehen Sie das anders? Bezieht es sich auf die Banden in der Realität?

Über das Thema wurden mir oft Fragen gestellt, ebenso, dass dort sehr leichtfertig mit dem Thema Tod umgegangen wird, doch ich kann dazu nur sagen, es sind Bücher über Familia. Was meine persönliche Sicht über die Geschäfte oder das Töten von Menschen ist, ist irrelevant. Ich kann nicht über Familia schreiben und sagen, dass sie Donuts verkaufen, keine Schimpfwörter benutzen oder nicht töten. Wenn man sich einen Film über Gangs oder auch einen Mafiafilm ansieht, weiß man auch, was einen erwartet. Ich mildere deswegen Szenen auch nicht ab oder lasse sie wegfallen, weil es für mich sonst nicht mehr real wäre. So ist das Leben in einer Familia und das kann man nicht einfach nett umschreiben, sonst würde es nicht mehr so echt rüberkommen.

5. In dem Roman entscheiden sich die Hauptfiguren für die Liebe und die Familias lassen dies durchgehen. Wollen Sie den Anschein rüberbringen, dass Liebe alles bewältigt? Oder gab es diese Situation schon mal in einer Familia, die es wirklich gibt/gab?

Der Weg, dass sie sich aber letzten Endes für die Liebe entscheiden, ist sehr lang. Es war mir wichtig, dass sie viel dagegen gekämpft haben, dass die Familias sich vorher schon gezwungenermaßen annähern, durch die Vorfälle mit den Angriffen auf sie, dass einiges passiert ist, dass die Familias es letzten Endes akzeptieren. Wären all diese Sachen nicht passiert, hätten sie es auch nicht akzeptiert. Also nein, Liebe allein bewältigt vielleicht nicht alles, aber wenn man darum und dafür kämpft, kann es vieles bewältigen und ändern.

6. Welche der Figuren ist Ihre Lieblingsfigur. Über welche Person ist es Ihnen besonders leicht gefallen zu schreiben?

Von den Frauen Bella. Viele, die das Buch kennen und mich persönlich kennen, sagen auch, dass sie mir sehr ähnlich ist, deswegen fällt es mir nicht schwer, in ihre Rolle zu schlüpfen. Von den Männern mag ich Rodriguez am meisten, ich kann auch nicht festmachen, woran es liegt, aber er war für mich von Anfang an eine interessante Person und es war klar, dass ich ihm ein Buch widmen werde.

7. Wieso gibt es in Nueva era eine so drastische Änderung und Zeitspanne?

Damit habe ich sehr lange gehadert, aber ich habe gespürt, dass es nötig ist. Es wäre für mich langweilig geworden, wieder über die bestehenden Familias zu schreiben und ich war mir sicher, dass es auch für die Leser nicht mehr so interessant gewesen wäre. Ich wollte neue Geschichten, neue Charaktere, doch ich war mir nicht sicher, wie die Leser darauf reagieren würden. Letzten Endes habe ich es dann umgesetzt. Es hat sich richtig angefühlt und es hat mir sehr viel Spaß gemacht, dieses Buch zu schreiben. Die Leser haben es zum Glück positiv aufgenommen.

8. Wenn eine Person aus den Büchern Sie selber am besten widerspiegeln sollte, welche wäre das?

Bella, nicht bezogen auf die Situation, in der sie lebt, sondern von den Charakterzügen und Merkmalen.

9. Finden Sie, dass durch die Liebesgeschichte von Paco und Bella die Familia-Angelegenheiten in den Hintergrund gerückt werden oder nicht?

Nein, deswegen habe ich ja fast zeitgleich den Roman 'El Destino' geschrieben, wo es auch um einen Anführer einer Familia geht, die Familia aber fast ganz in den Hintergrund rückt, weil ich mich da ganz auf die Liebesgeschichte konzentriert habe. Bei 'Weine aus Liebe' passiert soviel drumherum, um die Familias, um die beiden, dass ich mir mehr Platz für die Gefühlswelt der beiden gewünscht hätte und ich das in El Destino umgesetzt habe.

Fragen an die Autorin 2015:

1. Was glauben Sie, wie viele Teile es für el Puerto geben wird, und werden Sie auch über andere Personen in dem Buch ein eigenes Buch schreiben?

Für meine neue Buchreihe el Puerto sind für 2016 zwei Teile geplant. Ich habe schon einige Ideen, die ich in den Büchern umsetzen möchte, doch wie viele Teile es am Ende geben wird und ob es extra Bücher zu einzelnen Personen geben wird, kann ich jetzt noch nicht sagen. Diese Dinge ergeben sich meistens erst beim Schreiben und die Arbeiten zu den neuen Teilen von el Puerto starten ab Januar 2016.

2. Wird es neben den Büchern um die Familias oder Bücher wie Mila auch noch etwas ganz Neues geben, nochmal Fantasy oder etwas ganz anderes?

Bestimmt, ich werde nächstes Jahr sicherlich auch noch ein drittes Buch auf den Markt bringen. Ich habe dazu auch schon einige Ideen, allerdings noch nichts Festes und es würde auch wieder etwas in Richtung Fantasy gehen, wo ich momentan noch gar nicht einschätzen kann, wie die Nachfrage dazu momentan noch ist. Ich werde aber sicherlich bald auch wieder etwas ganz Neues, unabhängig von Familias herausbringen.

3. Wenn Sie ein Buch schreiben, denken Sie sich die ganze Story davor schon aus oder kommt das alles von alleine beim Schreiben?

Es gibt immer Grundideen, oft kommen mir verschiedene Szenen in die Gedanken und die schreibe ich mir dann schnell auf und verwerte sie beim Schreiben, doch die richtige Geschichte entwickelt sich immer beim Schreiben selbst.

4. Wie kamen Sie auf die Idee, über die Familias zu schreiben?

Das alles hat mit der Geschichte um Bella und Paco angefangen, sie war schon in meinen Gedanken, nicht mit allen Umrissen und Facetten, doch sie war da. Ich habe sie nur nie aufgeschrieben, da ich dachte, an dieser Art von Geschichte hat sicherlich kaum jemand Interesse. Nach einem Kinobesuch mit meiner besten Freundin, ihrem Freund und meinem Mann, wo wir Sin Nombre gesehen haben, habe ich mich dann aber doch dazu entschlossen, es aufzuschreiben und war überrascht, wie sehr diese Liebesgeschichte alle berührt.

5. Was inspiriert Sie am meisten, wenn Sie an einem neuen Buch sitzen (z. B. wenn man eine Blockade oder so etwas hat)?

Wenn ich schreibe, müssen Ideen da sein, wenn nicht, schließe ich das Notebook und warte ein paar Tage, bis mir irgendwann ganz von allein in Gedanken kommt, wie es weitergehen soll. Ich bleibe nie sitzen und zwinge mich etwas zu schreiben, das funktioniert nicht und es würde niemals so flüssig werden, wie es meistens in meinen Büchern der Fall ist. Ideen und Inspirationen kommen mir in den merkwürdigsten Situationen, oft, wenn ich den Haushalt mache und es ganz ruhig in der Wohnung ist, dann träume ich vor mich hin und so entstehen die besten Ideen.

6. Wählen Sie die Namen der im Buch spielenden Rollen durch Zufall?

Am Anfang bei den ersten Büchern war es gar nicht so schwer, mittlerweile habe ich ein echtes Namensproblem. Ich versuche niemals in meinen Büchern, Namen doppelt zu verwenden und langsam gehen mir die Namen aus, da ich ja bereits einige Bücher geschrieben habe. Besonders wenn ich arabische Namen suche, frage ich oft über Facebook meine Leser, da kommen immer ganz tolle Namen zusammen. Für el Puerto habe ich mir vorher eine Liste mit schönen Namen gemacht und mir dann von da die

Namen gesucht, noch sind einige Namen auf der Liste, aber wie gesagt, langsam werden da auch meine Ideen knapp.

7. Was fühlen Sie, wenn das letzte Wort geschrieben haben und das Buch fertig ist?

Das ist sehr schwer zu beschreiben, meistens weiß ich erst zu diesem Zeitpunkt, ob das Buch gut geworden ist. Wenn ich schreibe, weine ich manchmal, ich lache und am Ende muss ein bestimmtes Gefühl aufkommen, damit ich weiß ... das Buch ist gut geworden. Es ist ein herrliches, aufregendes Kribbeln und bis jetzt habe ich es bei jedem Buch so empfunden.

8. Was machen Sie, wenn ein neues Buch erscheint, feiern Sie es?

Nein, das habe ich bei den ersten gemacht, mittlerweile nicht mehr. Es ist ja meistens zeitversetzt. Wenn ich ein Buch beende, beginnen die Arbeiten wie Lektorat, Cover, Lesezeichen usw. Da wird es für mich schon entspannter und meistens mache ich zu dem Zeitpunkt für einige Tage, manchmal ein bis zwei Wochen Urlaub. Wenn das Buch dann abgeschickt wird und im Handel erscheint, sitze ich meistens schon wieder an einem komplett anderen Projekt, sodass ich euch das Erscheinen zwar ankündige, gedanklich aber schon viel weiter bin.

9. Gibt es bestimmt Menschen/Orte, die Sie inspirieren?

Menschen weniger, eher Situationen. Es kann sein, dass ich gewisse Dinge erlebe und sie in meinen Büchern wiedergebe oder zumindest so ähnlich, oder wenn man Geschichten von Freunden oder Bekannten hört, aber auch das ist eher selten. Ich kreiere die Geschichten eher in meinen Gedanken. Orte: Ganz klar das Meer, generell habe ich immer viele Ideen wenn ich mehrere Wochen in Spanien bin, was aber sicher nicht nur an der Landschaft liegt, sondern auch einfach, weil ich dann frei habe und zur Ruhe komme, durchatmen kann und neue Ideen sammle.

Die Llora por el amor – Reihe

1. Weine aus Liebe
2. Verschiedene Welten
3. Hass und Liebe
4. Nueva era
5. De tal palo tal astilla
6. Cicatriz

Sonderausgaben

1. Sonderausgabe zu Weine aus Liebe
2. Latizias Weg
3. Dilaras Glück